6
Author 刻一
Illustration はらけんし
極振り拒否して手探りスタート！
特化しないヒーラー、仲間と別れて旅に出る

マリーサ
ルーク
シオン

「やりました！」
「かわいいな……」
「そうだろう、そうだろう」
エレナ
僕が持ってる様々な情報から考えて、
ＭＮＤが回復魔法に大きな影響を
与えているのは間違いない。
ＭＮＤは精神のことっぽいから
精神を鍛えれば回復魔法が
使えるようになるんじゃないか。
次のメニューは武術の修行だ。
健全なる精神は健全なる身体に宿る、
とも言うし、心を鍛えるには
まず身体からと考え、
とりあえず剣でも振らせて
みようと思ったのだ。

「リゼ、ちょっとこれを見てほしいんだけど」

「ん～。どうしてこんなに小さいの？」

「あっ！ お薬、使った？」

「えっ？ 薬？」

リゼ
ホーリーディメンション内にリゼを呼び、床に置かれた皿の中にあるモノを指差した。それは実験的に育てているオランの種から出た芽。

6
author 刻一
Illustration はらけんし
極振り拒否して手探りスタート！
特化しないヒーラー、仲間と別れて旅に出る

イラスト／はらけんし

CONTENTS

KARIM KINGDOM/KANADILA REPUBLIC

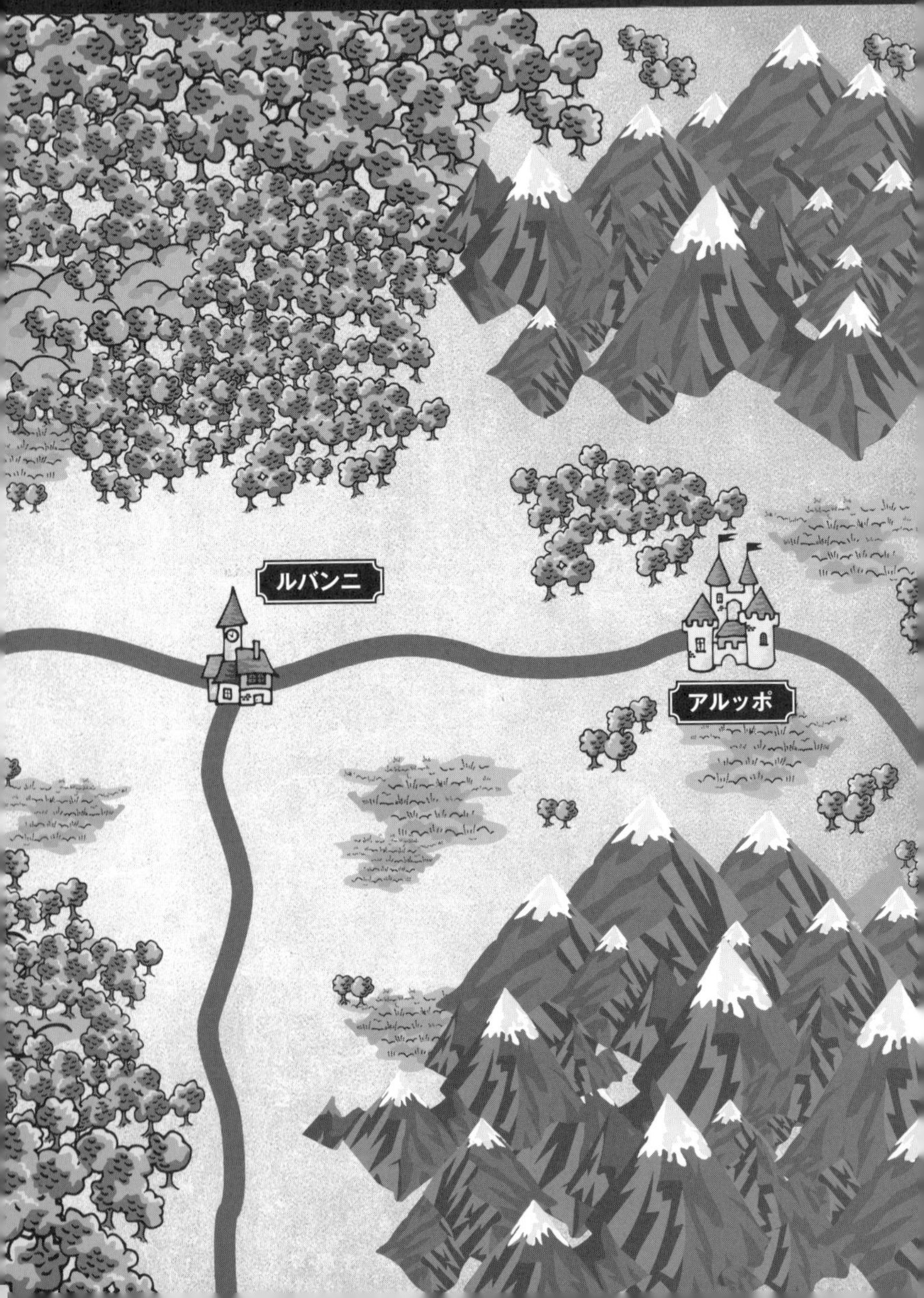

MAP

ZUNTS KINGDOM

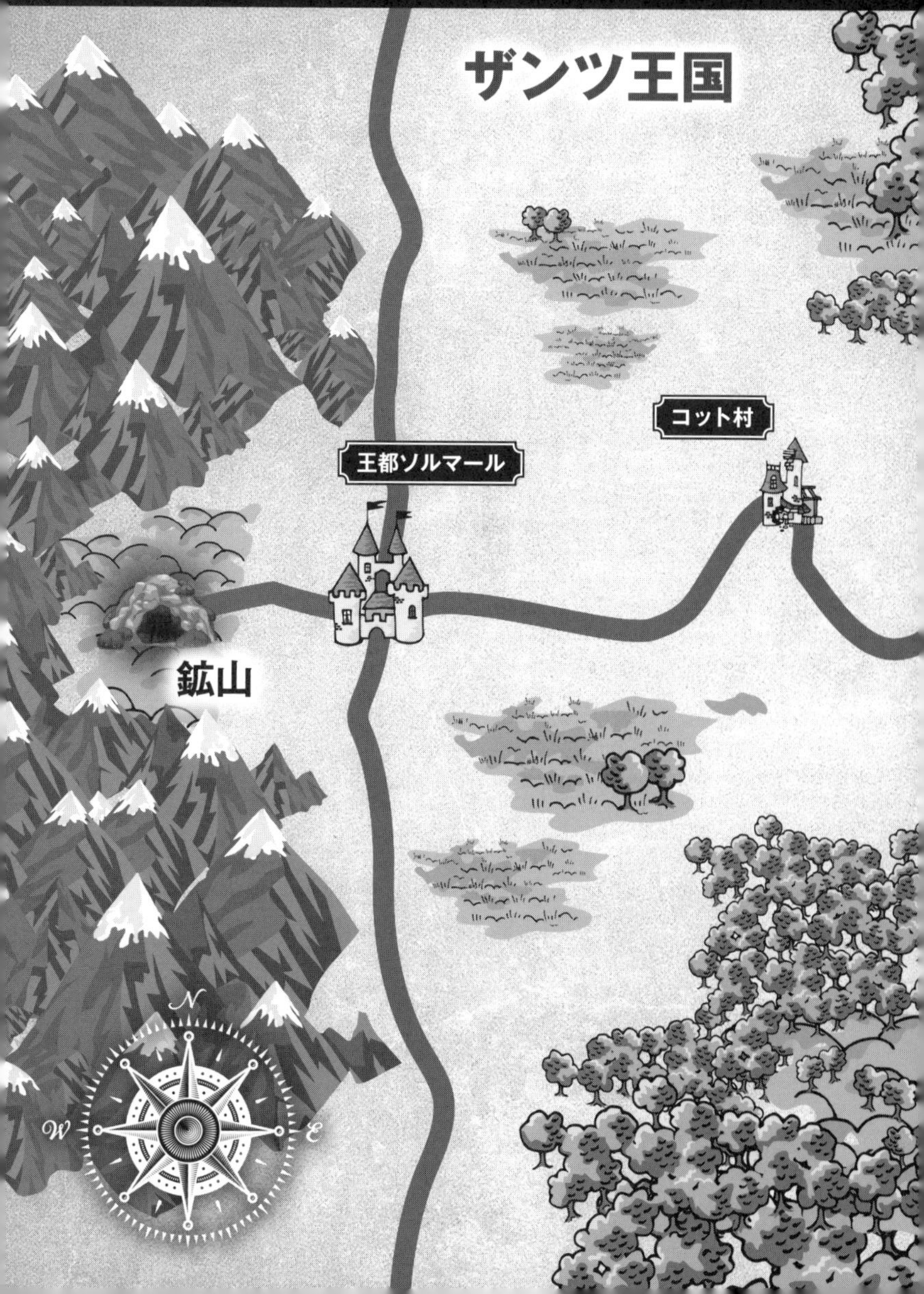

プロローグ
伝説の聖女の伝説
PROLOGUE

その昔、後に伝説の聖女と呼ばれることになる『聖女ステラ』がこの地に誕生した。

聖女ステラは貧しい人々に手を差し伸《の》べ、お金のない人には無償《むしょう》で治療《ちりょう》を施《ほどこ》す慈愛《じあい》の人だったそうな。

そんなある日、町が魔王《まおう》の軍勢に襲《おそ》われた。

その大軍勢を見た人々は悲嘆《ひたん》に暮れ、死を覚悟《かくご》し、神に祈《いの》った。

もはやこれまで、と誰《だれ》もが思ったその時。その祈りに応《こた》えるように聖女ステラは立ち上がり、人々を鼓舞《こぶ》し、モンスター共を退《しりぞ》ける光となったのだ。

そしてその場に教会を建て、永久にこの地を守護すると誓《ちか》われたという。

あぁ、聖女ステラの愛は永遠にこの地に残り続け、我々をお守りくださるだろう……。

第一章 ルバンニの町

CHAPTER 1

毎度のごとくゴトゴトという音と共に流れる景色を薄暗《うすぐら》い馬車の中からひたすら眺《なが》め続ける。

これが地球なら電子の板をいじって暇《ひま》でも潰《つぶ》すのかもしれないけど、ここでいじれるのはこのモフモフしかない。

こういう場面ではそれがこの世界のちょっと退屈《たいくつ》なところかもしれないが、まぁそういう時間も悪くないだろう。

そう思いながら膝《ひざ》の上で眠《ねむ》るシオンを撫《な》でる。

「もうすぐ関所だぜ」

御者《ぎょしゃ》がそう言いながら振《ふ》り返る。

幌馬車《ほろばしゃ》の前方の開口部からは石造りの建物と塔《とう》のようなモノが見えていた。

アルッポのダンジョンを色々とありつつクリアし、アルッポの町から旅立って数日、ようやく国境線までたどり着くことが出来たのだ。

アルッポのダンジョンがああなった以上、あの町に留《とど》まる理由はなくなったので他の場所に移動しようと思ったのだけど、どこに向かうべきなのかが問題だった。

はっきり言ってこの国では色々とやらかしているので、ほとぼりが冷めるまでは別の国に行く必要があって。となるとアルノルンに戻《もど》るという選択肢《せんたくし》はないし、当然ながらグレスポ公爵《こうしやくりよう》領側に向かうのも避《さ》けたい。なのでとにかく西に向かいながら情報収集を続け、最終的に西にある国へ抜《ぬ》けようと決めた。

その国とは、ザンツ王国。鉱業が盛《さか》んな山の国らしく、以前カナディーラ共和国に来た頃《ころ》、アルノルンまで歩く際に遠くに見えた山の辺りらしい。

そう考えたら遠くに来たものだとしみじみ感じてしまうよね。


「着いたぞ」

他の乗客が降りるのに合わせて僕《ぼく》も降りる。

目の前に広がるのは枯《か》れた木々、石造りの建物と塔、木製の柵《さく》。それなりに堅牢《けんろう》そうな関所だ。

季節は秋を通り越《こ》して冬に入る頃なのだろうか。それとも山に近づいたからだろうか。幌馬車から出ただけで冷たい風を頬《ほお》で感じる。

乗客を降ろした幌馬車がUターンして戻っていくのを見つつ他の乗客と共に関所の前の列に並ぶ。

よく考えてみると、こうやって正式な形で国境を越えるのはこれが初めてな気がするぞ。以前は色々とあってゴニョゴニョする感じになって裏道からスルッと密入……もとい、お邪魔《じやま》したわけだけど、今回は堂々と出入国するわけで、なんだか嬉《うれ》しいような緊張《きんちよう》するような不思議な気分になってくる。

そんなことを考えている間にサクッと列が進み、僕の番が近づいてくる。

良かった。列の前の人を見る限りではそんなに厳しい取り締《し》まりがあるわけでもなく、単純に通行人の顔と身分の確認《かくにん》と通行料の徴収《ちょうしゅう》をしているだけっぽい。

これは事前に調べて知ってはいたけど、実際に見てみるまで安心出来ないからね。

少し前に並んでいた馬車の御者が銀色のカードを提示すると、その馬車は特に荷物の確認もされず即《そく》通された。やっぱりここでも特定の身分やらがある人は優遇《ゆうぐう》されているらしい。

「次！」

そうこうしている間に僕の番になったので、前の人がやっていたように冒険者《ぼうけんしゃ》ギルドカードを提示する。

兵士は僕のギルドカードを義務的にサラッと確認すると「銀貨一枚」と言った。

「銀貨一枚です」

「よし、通れ！」

大人しくお金を出して関所を通る。

銀貨一枚というのが安いのか高いのかは分からないけど、一食か二食ぐらい食べられる金額と考えたら妥当《だとう》な金額のような気もする。昔の日本とか中世ヨーロッパはもっとべらぼうに高かったという話を聞いたことがある気もするし、そう考えると安いのかも。

そうして関所を抜けて少し歩くと、また関所があった。

「あぁ、そうだよね」

ここは国と国との国境なので、国境を守る関所はそれぞれの国がそれぞれ作っているのだ。

なのでこちらのザンツ王国側の関所でも同じようにギルドカードを提示して銀貨一枚を払《はら》う。

そうしてやっと、僕はこの世界に来て三カ国目、ザンツ王国に入った。

「よしっ！　歩こうか」

「キュ！」

シオンを地面に下ろし、遠くに見える町に向かって歩く。

関所までの乗合馬車は国境を越えることを嫌《いや》がって国境手前で帰ってしまうし、彼《かれ》らはいつ来るのか分からない客を待つために国境線で待機したりはしないらしく、ここからは運良く乗合馬車が訪《おとず》れたタイミング以外は歩きになってしまうらしい。

国境地帯は冒険者であってもウロウロしにくい場所で、モンスターの数も増えやすい。

町から町への移動もそれなりに危険はあるけど、国境を越える旅にはそれ以上に危険が伴《ともな》うということだ。

気を引き締め周囲を警戒《けいかい》しつつ山の方へ向かって西に進む。

見る限り西の山は高く広く、これを徒歩で越えるのは不可能に感じる。ここから別の国などに移動する場合は北か南に向かう必要があるはずだ。これから将来的にどちらに向かうのかは決めきれていないけど、この国の次の目的地の情報収集もしていかないとね。

「ん？」

と考えていると、道の左側の森の奥《おく》からガサガサと音が聞こえてきて、やがてマギロケーションでも大きめの反応をとらえた。

「なんだ、この反応」

ミスリル合金カジェルを握《にぎ》り直しながら考える。

広範囲《こうはんい》のマギロケーションでは詳細《しょうさい》な形まではとらえきれないが、全長が二メートルぐらいあるっぽい。だけど僕が知るモンスターの情報の中にこんな存在はなかったはず。

それから数秒後、枯れて茶色に変わっている森の中から姿を現したのは大きな亀《かめ》だった。

甲羅《こうら》からは棘《とげ》のような岩がいくつも突《つ》き出ていて、手脚《てあし》や頭も装甲《そうこう》のようなモノに覆《おお》われている、大きなリクガメ。

ここでようやく僕の少し前を歩いていた商人っぽい男性が異変に気付き、謎《なぞ》のリクガメの姿を確認した瞬間《しゅんかん》、顔色を変えて町の方へ全速力で駆《か》けていった。

ちょっと！　こんないたいけな少年を残して逃《に》げるなんて酷《ひど》い！　……とはちょっと思うけど、全《すべ》て自己責任の世界だから仕方がない。

「シオンは下がってて。ギリギリまでブレスとか魔法は使わないようにね」

「キュ」

ここは人の目がまだ多い。シオンのブレス魔法？　はバレたくない。

「ウガッ！」

「おっと」

謎のリクガメの突進《とつしん》。それをシオンと一緒《いっしょ》に避《よ》ける。標的を失った謎のリクガメはそのまま道の反対側にある木にドスンとぶつかり、ノソノソと方向転換《ほうこうてんかん》している。

岩とかを背負《せお》っている分、体が重いからなのか多少スピードは出せても小回りは利《き》かないらしい。

当然そのスキを見逃《みのが》さず、ガラ空きの後ろ脚にミスリル合金カジェルを振り抜く。

「はっ！」

「グァッ！」

脚の装甲がベキッと割れるような手触《てざわ》りがあり、その脚がガクンと落ちる。

これはいけそうかも！　と思った瞬間、謎のリクガメは四肢《しし》と頭を引っ込《こ》めて完全防御《ぼうぎょ》態勢に入った。

「だったら！」

ミスリル合金カジェルを大きく振りかぶり、頭があった部分の甲羅におもいっきり叩《たた》きつける。

こうなりゃ力まかせだ！

ガンッ！　という音と共に甲羅の上の岩の一部が弾《はじ》け飛んで舞《ま》う。が、それだけ。

「ならもう一回ッ！」

鈍《にぶ》い音と共に岩が弾け飛ぶ。

ガンガンガンッと何度も何度も何度も上から横から場所を変えて殴《なぐ》る。

甲羅の上の岩が弾け飛び、側面の装甲がひしゃげる。

「オラッ！　出てこい！」

まるでどこぞのミナミの借金取りのように頭の入り口を殴り続けるが、甲羅に凹《くぼ》みやヒビが入ってはいっても破壊《はかい》するには至らない。

そうこうしている内にどんどんこちらの体力も消耗《しょうもう》していく。

「硬《かた》すぎる！　キリがない！」

こうなりゃこいつの職場に乗り込んで——じゃなくて、ライトボールでも使ってみようか？

「おいっ！　なにやってんだ！　早くひっくり返せ！」

「えっ？」

どうやら僕がガンガンやっている内に後ろを歩いていた冒険者パーティが追いついてきたらしい。

「ロックトータスに正面から殴りかかるヤツがあるか！　炎《ほのお》魔法がないなら俺達《おれたち》がやる！」

う〜ん……。仕方がない。

このままこのロックトータスとやらの相手をしていてもキリがなさそうだし、彼らに譲《ゆず》ることにしてシオンを掴《つか》んで後ろに下がった。

それを了承《りようしよう》ととらえたのか、彼らの中で鎧《よろい》を着た男二人が一気にロックトータスとの距離《きより》を詰《つ》め、その体の下に指を入れる。

「せーの！」

「おいさ！」

そして二人はタイミングを合わせて一気に持ち上げ、ロックトータスをゴロンとひっくり返した。

「やれっ！」

「いくよ！　離《はな》れて！　炎よ、燃え上がれ《フレイム》」

女性の冒険者が手を掲《かか》げ、魔法を発動した瞬間、彼女《かのじよ》の手から放たれた小さな炎の玉がロックトータスの甲羅に直撃《ちよくげき》。そこから火柱が上がる。

「グォォォォ！」

それはまるで火にかけられた土鍋《どなべ》。ひっくり返されて身動きが取れないままグツグツ煮《に》られていく。

ロックトータスは手脚をバタバタさせ、起き上がろうともがいていたけど、すぐに動かなくなってしまった。

「あっけない……」

「キュ……」

あんなに硬くて手こずったのに火属性魔法なら一発か……。

今の僕には火属性魔法は使えないし、あの巨体《きょたい》をひっくり返すことも難しい。ライトボールを使ってもあまり意味はなかったと思う。ホーリーレイなら効いたかもしれないけど、それはこの場では使えないから意味がない。

これは相性《あいしょう》的なモノなんだろうけど、単純に火力不足とも考えられる。仮にこれがボロックさんとかゴルドさんなら単純にパワーで叩き潰していた気もするしね。

「おっ？」

そうこう考えていると光が渦巻《うずま》き、女神《めがみ》の祝福を得た。

これで三九回目だったろうか。レベルで言えば四〇レベルだろう。

そこそこ上がってきた気もするけど、こうやって勝てないモンスターを見てしまうとまだまだな気がするね。

そうこうしていると、冒険者パーティの内の一人の男が話しかけてきた。

「こいつの素材は俺達がもらうぜ。問題ないよな？」

「ええ、勿論《もちろん》です」

実際、彼らが倒《たお》したのだから文句は言えない。

でもせめて情報ぐらいは得ておきたいよね。

「あの、このロックトータスってどんなモンスターなんです？」

「ん？」

先程《さきほど》の男性冒険者がロックトータスの首をナイフでギコギコしながら振り向いた。

野蛮《やばん》すぎてちょっと怖《こわ》いよ！

「ザンツ王国は初めてか？　こいつはＤランクモンスターのロックトータスだ」

「Ｄですか……」

予想より低い。

てっきりＣぐらいあるかと思ったんだけど……。やっぱり相性が悪いと格下モンスター相手でもこんなに面倒《めんどう》なことになるのか。

「本来はこんな場所にはめったに出ないんだがよ。今日はツイてやがるぜ！」

「そうなんですね」

暫《しばら》く彼らから情報収集した後、解体を続けている彼らと別れて町に向かう道を急いだ。

彼らの話によると、ロックトータスは本来もっと山側に生息しているモンスターで、甲羅に背負っている岩の中に鉱石や宝石が含《ふく》まれていることがあり、当たりを引くと儲《もう》かるとかなんとか。

相性的に僕には縁《えん》のないモンスターになりそうだけど、上手《うま》く狩《か》れる方法があればまたチャレンジしてみたいかもしれない。

そうして歩き続けていると、あるところで周囲の木々が全てなくなり、そこから町まで見渡《みわた》す限り畑一色の世界に変わっていた。

今まで見てきたどの町にも外に畑はあったけど、ここまで大きいのは初めてかもしれない。

「おぉ、凄《すご》いね」

「キュ！」

ここは農業の町なんだろうか？

季節的に作物はほとんど刈り取られた後で、どんなモノを作っていたのかは分からないけど、これだけ面積が大きいならかなりの収穫量《しゅうかくりょう》だろう。

もし春や夏に訪れたなら凄く良い風景が広がっていたに違《ちが》いない。

「いいねぇ」

青い空と土の匂《にお》い。たまにすれ違う荷馬車。少し遠くに広がる灰色の山脈。肌寒《はださむ》い風。

のどかな雰囲気《ふんいき》を楽しみながら歩く。

シオンがピョンピョンとそこらを飛び跳《は》ねたりしながら僕の周囲を走り回っている。

最近はずっとゾンビやらスケルトンやらと戯《たわむ》れつつ、逆に生あるモノの権力や領土争いに絡《から》むアレコレを見る生活を続けていたし、たまにはこんなのんびりした雰囲気も良いかもしれない……というか、人生にはそういう休息も必要だと思うんだよ、うん。

しみじみ感じながらのんびり進み、日が傾《かたむ》く前には町の門までたどり着くことが出来た。

「ギルドカードを」

「お疲《つか》れ様です」

冒険者ギルドのカードを提示して中に入る。

町の中を見た感じの印象は『中規模の町』という感じで、アルッポやアルノルンのような大都市ではないけど農村という感じでもなく、表通りにはそこそこ人や馬車が行き交《か》っていて。店には多くの農産物が並び、豊かな町であることが見て取れた。

冒険者ギルドを探しながら大通り沿いの店を見て回る。

「ん？　ちょっと見たことない野菜もあるな」

「キュゥン」

シオンが食料品店の店先にある台の上を見ようと何度もジャンプしているので、彼を抱《かか》えて肩《かた》に乗せた。

なにか気になるモノでもあったのだろうか。

「美味《おい》しそうなモノあった？」

「キュ！」

シオンが器用に前脚を伸《の》ばした先にあったのは、ピンポン玉より大きいぐらいのサイズでオレンジ色をした丸い果実。

ん～、形はオレンジに似ているけど違う気もする。

「すみません、これはなんです？」

「これはオランだよ。この辺りじゃ肉なんかの香《かお》りつけに使う人が多いね」

「へ～」

なるほど。見た目と総合して考えるならレモンとか柚子《ゆず》とかそういう感じの使い方なんだろうか。

「シオンはこれが欲《ほ》しいんだよね？」

「キュ」

「よしっ！　じゃあ、これいくらです？」

「ザル山盛りで銀貨二枚のところ、おまけで銀貨一枚銅貨五枚でどうかい？」

単位がザルなのか……。ちょっと多い気もするけど、まぁいいかな。もし食べ切れなくても冷蔵庫――じゃなくて、アンデッドダンジョンで手に入れた時間停止の箱、名付けて『時止めの箱』があるし、日持ちはするだろう。……というか、本当に時間が停止するなら半永久的に日持ちするはずなんだよね。

「じゃあそれで」

「ありがとね！」

布袋《ぬのぶくろ》を渡して食料品店のおばさんにオランを入れてもらう。

ついでにオススメの宿屋の場所も聞き、そちらの方向に歩きつつ、オランを要求するシオンの攻《こう》撃《げき》をあしらいながら背負《せお》袋《い》の中に入れる。

新しい町に着いたら冒険者ギルドに行って情報収集をしておきたいけど、今日はもう太陽が沈《しず》みそうなのでそれは明日にしようと思う。

そうして町中のお店の位置をチェックしたり町の雰囲気を確かめたりしながら中央部を目指して歩き、空が少し赤くなってきた頃、宿屋に辿《たど》り着いた。

宿の扉《とびら》をガチャリと開けた瞬間、他の町の宿とは違う匂いが鼻腔《びこう》をくすぐる。

「らっしゃい！　一泊《ぱく》夕食付きで銀貨三枚だ」

「とりあえず一泊で」

思ったより安い。

建物もしっかりしてそうなのに安いのは国境沿いの田舎《いなか》だからだろうか？

「こっちです！」

「よろしく」

お手伝いをしている男の子に二階の部屋に案内される。

部屋の中はよく手入れされてあり、ベッドに机もあって並以上の部屋に感じた。

「夕食はもう出来ているので、この番号札を持って下に来てください！」

「ありがと」

男の子が出ていった後、ベッドに腰掛《こしか》けて背負袋からオランを出す。

食事の前にデザートだ！

「早速試《さっそくため》してみますか！」

「キュ！」

シオンが『待ちきれないぜ！』ってな感じで叫《さけ》んだ。

実は僕も、これまでの経験上シオンが欲しがる食べ物は大体ハズレナシなので、今回もちょっと期待してたりする。

ベッドの上に袋を置き、中からガサガサといくつかかき出してきて、その中の一つを手に取る。

シオンは皮ごとかぶりついているけど、やはり文明人としては皮を剥《む》いて食べるべきかと考え、剥こうとするけど難しい。やっぱり小さい柑橘類《かんきつるい》は異世界でも剥きにくい。こういうところは謎のご都合主義異世界ウルトラパワーメークアップ！　でなんとかしてくれたらいいのに……。上手くはいかないものだ。

なんとか気合いで皮を剥いてみると、中から出てきたのは完全に柑橘類のソレ。

それを恐《おそ》る恐る口に含んでみる。

「……酸《す》っぱ渋《しぶ》い」

「キュ？」

柑橘系は柑橘系でもオレンジとかではなく柚子とかカボスとかの系統か。

マズいってわけでもないけど、そのまま食べるモノじゃないかもね……。

……いや、待てよ。じゃあなんでシオンが欲しがったんだ？

「シオン、ちょっと待った！」

「キュ？」

シオンが布袋の中から新しいオランを取り出したところで止める。

そう。今、シオンは布袋の中から取り出したのだ。既《すで》にベッドの上に転がっているモノではなく、わざわざ袋の中から取り出した。

「そのオラン、ちょっとだけ食べさせて」

「……キュ」

どう見ても『しょうがないなぁ』ってな感じのシオンからオランをもらい、半分に割って中から実を一つだけ取り出し口に放《ほう》り込む。

「……うん。まぁ食べられる」

「キュ」

シオンが催促《さいそく》するので残りの実を渡し、考える。

シオンが選んだオランは酸味はあるけど甘《あま》みも若干《じゃっかん》あって、渋みも少なく食べられるレベルな感じ。

まぁ日本のみかん基準で考えるならハズレの酸っぱいみかんだけど、この甘味《かんみ》の少ない世界では十分デザートとして許せるレベルだ。

他の実も少し放置すれば熟して美味しく食べられるように変わるかもしれないし、少し様子を見てみるのもいいかもね。

さて、オランの味も確認したし、夕食に行こう。

「じゃあご飯にするよ」

オランを背負袋に戻し、部屋を出て一階に下りた。

酒場の扉を開けるとムワッと良い香りが広がってくる。

中には数人の男女の客がいて、カウンターの中には中年男性が一人。

若干、客が少ない気もするけど、まぁそんな日もあるんだろう。

「らっしゃい！」

「お願いします」

隅《すみ》の方の席に座《すわ》りながら部屋番号が書かれた板を見せる。

「飲み物は？」

「オススメはなんです？」

「そりゃあこの町で造った葡萄酒《ぶどうしゅ》だな。この国じゃ有名なんだぜ、ルバンニの町の葡萄酒は国一番だってな」

「へー、じゃあそれで」

「銀貨一枚な」

ちょっとお高い！　他の町の良い葡萄酒の倍ぐらいする……けど、まぁお金はそこそこ持ってるし、生活も安定してきたから食事には多少はお金を使ってもいいと思う。というか、贅沢《ぜいたく》をするわけじゃなくて、食事の質を上げるために色々とお金をかけてみるのも良いかもしれないよね。例えば日本の料理とかを再現してみるとかさ。

そう考えていると、地球で食べたいくつかの料理を思い出す。

カレー、寿司《すし》、ラーメン、うどん。もう長い間そういう料理は食べてない。

「思い出すと食べたくなってくるなぁ……」

そろそろ『とにかく生きること』以外の楽しみを多少は追い求めても大丈夫《だいじょうぶ》なぐらいの余裕《よゆう》はあるよね？　もう少し、色々と生活の改善のために動いてみようかな。

などと考えている間に厨房《ちゅうぼう》の方でガサゴソ作業をしていたマスターが料理と酒を僕のテーブルの上に置いた。

「出来たぜ」

「おぉ！」

料理は三つ。スープ、肉、黒パン。だけど黄金《こがね》色のスープには見たことがない白い野菜と緑の葉野菜が入っているし、皿に並んだ肉も色が薄く今まで見たことがない肉に感じる。それに肉の皿には緑色のペーストが盛られていた。

今までに見たことがない料理だ。

銀貨一枚を払って料理に手を付ける。まずは肉から、二股《ふたまた》のフォークで口に運んだ。

「うん、悪くない」

淡白《たんぱく》な鶏肉《とりにく》のような味。だが淡白なだけに、少し物足りなさがある。

次に緑色ペーストを肉に付けて食べてみる。

「これは！」

ガツンと来る塩気に舌に残る若干の辛味《からみ》。それから青いハーブのような濃《こ》い香りが鼻に来て、それが淡白な肉の味に深みを出している。

今までに食べたことがない味だ。

「マスター、これってなんです？」

「あぁ、それはユランの肉だ。ソースは俺のオリジナルだから言えねぇな」

「ユラン？」

「この辺りによく出るモンスターさ」

へー、明日にでもギルドで調べてみようかな。

「キュ！」

「あぁ、ごめんごめん」

シオンにもユランの肉を食べさせ、僕はスープに手を伸ばす。

大きめのスプーンで器《うつわ》を軽くかき混ぜてみると、白い根菜と青い葉野菜に玉ねぎに似たオニールなんかが確認出来た。どうやら肉は入っていないようだけど、果たして味は……。

スープを口に含む。

「これは、いける」

肉の旨味《うまみ》に野菜の甘み。丁度良い塩味。

流石《さすが》は農業の町。素材を活《い》かしたシンプルな料理が旨《うま》い。

「この町、いいな……」

これだけ安い宿屋でこの味なら他にももっと美味しい料理を出す店はあるはず。

本当はこの町で情報収集しつつ次の町を目指すつもりだったけど、もう少しここに滞在《たいざい》してもいいかもしれない。特に急ぐ用事はないのだしね。

それから葡萄酒の美味しさにまた驚《おどろ》きつつ料理を楽しみ、この日は一人と一匹《ぴき》、共に満足な顔でベッドに横になれた。

◆　◆　◆

「……う、あ……寒っ……」

あまりの寒さに目が覚めた。

部屋はまだ暗く、寝《ね》てからまだ数時間も経《た》っていないだろう。

昔、ランクフルトの町で買った外套《がいとう》に包《くる》まって寝ていたけど、これではもう寒さに耐《た》えられそうにない。

シオンも僕の腋《わき》の間にしっかり潜《もぐ》り込んできている。

「こ、これはダメだ……。それは新たなる世界。開け次元の扉《ホーリーディメンション》」

暗い部屋にホーリーディメンション内からの光が放たれる。

寝ぼけた頭でふらつきながらホーリーディメンション内に入り、その床《ゆか》に敷《し》いていた毛皮のマントを掴んで外に出そうとする、と。

「寒く、ない？」

ホーリーディメンション内は外部から切り離された空間だからなのか、快適な温度に保たれていた。

中々、居心地《いごこち》が良さそう。

「……こっちで寝たいかも」

と、考えたけど、首を振って却下《きゃっか》する。

不要なことで使いすぎてコレがバレてしまうのは怖い。

しょうがないのでベッドに毛皮のマントを敷き、その上に外套を敷き、そこに寝転んでからオムレツのように包まって寝る。

「暖かい……」

やはり冬用のマント。レベル違いに暖かい。スライムとメタルなスライムぐらい違う。

シオンが当たり前のようにマントの中に入ってきて、僕の腕《うで》の中に収まる。ので、ギュッと抱《だ》きしめた。

「暖かい……」

そうして、また幸せに包まれながら眠りに落ちたのだった。

◆　◆　◆

「……ふぁ」

階下からのカチャカチャという音で目覚めた。

いつも、どこの宿でも朝は大体この目覚ましで起きられる。目覚まし時計なんて必要なかった。

「やっぱ寒いや。そろそろ毛皮のマント使うか」

夜中に目が覚めた時も寒かったけど朝になってもやっぱり寒い。

ホーリーディメンション内の敷毛布《しきもうふ》状態になっていた毛皮のマントだけど、ようやく活躍《かつやく》する時が来たみたいだ。

ローブの上から敷いていたマントを羽織り、胸辺りを紐《ひも》で結ぶ。

若干、どこぞの蛮族っぽくなるけどしょうがない。

「じゃあ行こうか」

「キュ」

一通りの準備を完了させて部屋から出て、階段を下りたところで手伝いをしていた男の子と会う。

「おはようございます！　今日は雪が降ってますよ」

「雪？」

雪、か。そりゃ昨日から寒かったし、雪ぐらい降ってても不思議じゃない。

「去年より早いらしいです。今年は寒くなるかもってお父さんが言ってました！　お客さんも気を付けてくださいね」

「そうなんだ。ありがとね」

そう言いながら男の子に鍵《かぎ》を渡してチェックアウト。宿を出る。

外に出ると一面の銀景色が広がっていて……なんてことは当然なく、灰色の空から白い雪がパラパラと舞い落ちているだけで積もるような感じでは全然なかった。

でもやっぱり雪はかぶりたくないので、シオンをローブのフードの中に入れ、その上のマントの方のフードを深くかぶる。

今日は情報収集をしつつ冒険者ギルドに行く予定だ。

とりあえずこの先の予定を考えないといけないし、それにはこの国の、この町の周辺の情報が必要だ。

そう考えながら町の中央部から少し歩くと冒険者ギルドに辿り着いた。

丈夫そうな扉を開けて中に入る。と、少し違和《いわ》感を覚えた。

時刻は朝の早い頃。他の冒険者ギルドならば冒険者が多く集まっている時間帯だけど、ここにはあまり人がいない。ギルドの職員も少ないようで、カウンターには一人しか座っておらず、その一人のところに数人が並んでいた。

「先に資料室に行こうかな」

別に急いでるわけでもないし、先に情報収集することにする。

階段を上がり、いつもの似たような形状の廊下《ろうか》の先にある資料室に入って本や資料を探していく。

「えっと、モンスターは、と」

棚《たな》にある木の板を端《はし》から確認していき、知っているモンスターを読み飛ばし、例のモンスターに辿り着く。

「ユラン、こいつか！」

棚から木の板を取り出す。

えっと、ユランは主に森の中に生息しているEランクモンスターで、長い体を使った締め付け攻撃と噛《か》みつき攻撃をしてくるが毒はない――って、これ。

「蛇《へび》だわ……」

蛇か……。そうか、蛇か。

描《か》いてある絵を見てもやっぱり蛇以外のナニモノでもない。これが蛇でないならスライムでもドラゴンだと言い張れるだろう。

う～ん、でも美味しかったし……。まぁ仕方がないよね。

この世界に来てそれなりに時間が経ったけど、やっぱりまだ地球で食べ慣れてない系統のモノには違和感がある。美味しいと分かっていても一瞬ちょっと考えてしまう。

「こっちの世界の食生活に慣れていかないとね……」

ゆっくりと頑張《がんば》ろう。慣れておかないと、いつか本当に食べる物がなくなって困った時に本当に本当に困ったことになるかもしれないし。

それからロックトータスの情報を調べたり、他の本なんかも一応確認したりした後、部屋から出て階段を下りた。

「なんだと！　それは本当か⁉」

というところでカウンターの方から大きな声がした。

見ると冒険者風の男がカウンターの中の受付嬢《じょう》に詰め寄っていた。

「落ち着いてください。これは事実です。先日、確かにアルッポのダンジョンは消滅《しょうめつ》しました。このギルドでも確認済みです」

「そんな……」

受付嬢が男をなだめる。

なんだか聞き覚えのある単語が聞こえてきた気がするぞ。

「どうするんだよ、おい！　今から他探すって無理だぞ！」

「だから言っただろ！　遊んでないでもっと早く動こうって！」

男のパーティのメンバーらしき人々が口々に文句を言う。

「クソッ！　誰《だれ》だよアルッポのダンジョンをクリアしちまったヤツはよ！」

はっはっは！　それはゴラントンの剣《けん》というパーティですぞ！　文句があるなら彼らにどうぞ！

それでは、僕は関係ないのでちょいっと失礼！

というところでギルドの受付はまだ忙《いそが》しそうだし隣《となり》の酒場にあるカウンターに行く。

「アレ、どうしたんですか？　あっ、葡萄酒で」

「銀貨一枚だ」

騒《さわ》いでいるパーティを親指で指し銀貨を出すと、マスターは葡萄酒をトクトク注ぎながら言った。

「あいつら近くの村の冒険者なんだがよ。冬の間は隣国《りんごく》のアルッポのダンジョンで食いつなぐ予定だったらしいが、そのアルッポのダンジョンが誰かにクリアされちまったのを知らなかったらしくてよ。今から他の場所に行こうったって間に合わねぇだろ？　つまり詰んだってやつだ」

そう言ってマスターはクックッと笑った。

「そうなんですね。ハハッ……」

……ん？

「すみません。その『詰んだ』って部分、もう少し詳《くわ》しく教えてもらえますか？」

「あん？　そりゃおめぇ、冬の間は仕事なんざ激減すんだからよ。アテがないならダンジョンにでも行かねぇと食ってけねぇだろうが」

「いや、いや……。ちょっと待ってくださいよ」

なんだか少し嫌な予感がするぞ。落ち着いて考えよう。

腕を組んで頭をひねる。

冬場は仕事が激減する？　ダンジョンにでも行かないと食えない？　ちょっと待てよ……。

「あの、もしかして、この辺りってかなり寒くなるんですか？」

「当然だろ。冬なんだからよ」

「……もしかして、冬にはモンスターが冬眠《とうみん》——数が減ったりします？」

「当然だろ。冬なんだからよ」

頭の中がグルグルと回転し、いくつかの情報や事象が思い浮《う》かんでくる。

いや、確かに冬の間は人の動きも減って全般《ぜんぱん》的に仕事は減るだろうとは頭の隅にあったけど、それでも冒険者という職業が成り立っている以上、まぁそれなりに冬でもなんとかなっているんだろう、ぐらいの軽い気持ちでしか考えてなかったぞ。

「……だったら冬場の冒険者ってどうやって生活してるんです？」

思わずそう聞くと、マスターは『なに言ってんだこいつ』という顔をした。

「だからダンジョンに潜るんだろうが。つーかお前だって冒険者だろ。今までどうしてたんだよ」

「あー……まぁあまり寒くならない地域に住んでたもので」

そう言うとマスターは「あぁ……外にはそういう地域もあるか」と呟《つぶや》いた。

僕が冒険者になったのは今年からだし、こんな冒険者という職業がある地域に来たのも当然ながら今年からだから分からないモノは分からない。

「まぁ、冬になっても関係なく出てくるモンスターもいるからよ、それを狩ってもいい。それに冬には冬の仕事もある。少ねぇ仕事を地元の冒険者と奪《うば》い合いたいならそうすりゃいいさ。良い顔はされねぇだろうがよ」

マスターはそう言って店の奥をチラリと見ながら顎《あご》をしゃくる。

その先には数人の冒険者がいて、朝から酒を飲んでいた。恐らくこの町に昔から定住している冒険者なんだろう。

整理しよう。まず、この地域では冬になると動物のように活動が鈍くなるモンスターがいる――もしくは冬眠してしまうモンスターがいる。だから冬場はモンスターが減って冒険者の実入りが減る。冬ならではの仕事もあるが、それは数が少ない。なのでこの地域では冬になる前にダンジョンがある別の町とかに移動する冒険者が多い。

だからこの町に冒険者が少なかったのか……。

「冒険者が冬の間に避難《ひなん》する場所でこれまで人気だったのはどこなんです？」

「そりゃアルッポだ。あそこはここから近いし冬でもダンジョン内はそこまで寒くならなかったしてよ。稼《かせ》げたらしいぜ」

もう、ないじゃん……。どうすんのコレ——って思いかけたけど、よく考えなくても今の僕はそこそこお金はあるんだし、この冬の間くらいなら別に働かなくてもいいわけで、特に焦《あせ》る必要はないんだよね。他のランクの低い冒険者からしたら死活問題になる可能性はあるんだろうけどさ。

「それでもこの町で冬を越すってのも悪くはないと俺は思うぜ。なんせこの町は農業の町だからな、冬でも他の町より食料は豊富だぜ」

「なる、ほど……」

あっ、そうだ。地球でも冷蔵庫とかビニールハウス栽培《さいばい》とかが普及《ふきゅう》するまで冬場は保存食が中心になっていたはず。となると、今から冬が進むにつれてどんどん保存が利かない食材が消えていき、最終的には保存食オンリーの食事に変わってしまうはず。それはこの町ならマシではあっても結局は同じだろう。

いや、待てよ……。そうなるならアレを使って色々——

「まぁ移動するなら早めに決めた方がいいぜ。雪が積もったら乗合馬車もなくなるしな」

「えっ！　なくなるんですか？」

「当然だろ。冬なんだからよ」

ちょっと待てよ。一気に色々と考えなきゃいけないことが増えたぞ。

顎に手を当て考える。

まず、雪が積もるとこの町から出られなくなる。そうなると、この町で春の雪解けまで過ごすことになる。しかしこの町なら他の町よりは食料事情は良いと。

もし、下手にこの町から移動して小さな村で立ち往生してしまったら大変なことになるかもしれない。小さな村だとよそ者の食料を一冬分まかなう余裕がない可能性もある。

いいや、それでもこの娯楽《ごらく》もなさそうな農業の町で冬を越すのは辛《つら》い気がする。いくらお金に余裕があるからって何十日も宿の中で食べて飲んで寝てだけの食っちゃ寝だけ生活だとオーク体型になりそうだし、暇すぎて流石におかしくなるぞ。

「この近くにもっと大きな町とか、冬の間にやることがありそうな町ってありませんか？　あっ！　今から行ける範囲で」

マスターは「今から行ける範囲ねぇ……」と少し考える素振《そぶ》りを見せた後、言葉を続けた。

「それなら王都しかないだろうな。勧《すす》めはしねぇがよ」

「……と言いますと？」

「あそこは物がたけぇんだよ。どんなモノでもこっちの倍はする。普通にはやってけねぇぜ」

都会の物価が高いのはどこも一緒なんだろうか。

う～ん……よく考えると、こちらの世界に来てから『王都』と呼ばれる町には行ったことがないな。だからその辺りの事情も完全には理解しきれないところもあるけど……。

よしっ！　とにかく、今はここでゆっくり考えている時間はなさそうだし、とりあえず王都に向かうと決めて準備を進めよう！

それからマスターから王都に関する情報をいくつか聞き出し、そのままギルドから飛び出した。

「まずは……」

さっき出たばかりの宿屋に小走りで向かうと、宿の前の道を掃除《そうじ》していた少年を見付ける。

「ちょっといい？」

「あっ、お客さん、忘れ物？」

「いや、そうじゃないんだけど。この宿で出してる葡萄酒だけどさ、どこで買えるのか教えてもらえないかな？」

「そんなの教えたらウチが商売にならないじゃん！」

ふむふむ、ごもっともな意見。

懐《ふところ》の中から銀貨をサッと取り出し、男の子の手にスッと握らせる。

「銀……。あ〜、町の西の市場にある表通りから一本入った道の三番目の店に葡萄酒を買いに行ったお父さん、早く帰ってこないかなぁ〜」

「ありがとう！」

わざとらしい演技をする少年に軽く手を振り礼を言い、町の西側に急ぐ。

昨日飲んだ葡萄酒が渋みも強いけどスッキリ飲めて肉に合いそうだったので、いくつかまとめて購入《こうにゅう》しておくつもりだ。

未舗装《みほそう》の大通りを進んで町の西側に来ると、パラパラと舞い落ちる雪の中なのにポツポツと人通りが増えてきて食料品店が多くなってきた。

「今年最後の薬物だよ〜、次は春まで出ないよ〜、買っとくれ！」

いくつかの店を通り過ぎたところでそんな声が耳に入ってきて立ち止まる。

「最後？　あの、これで最後なんですか？」

「今年はもう雪が降ってきちまったからね。残ってる薬物も凍《こお》っちまうだろうから今日ので終わりだろうさ」

僕の質問に食料品店の猫耳《ねこみみ》のおばちゃんはそう答えた。

う～ん……。これは買っておくべきか？

アルッポのダンジョンで得たアーティファクト『時止めの箱』があれば生モノでも半永久的に保存出来るはず。なので冬の間に生鮮《せいせん》食品が食べられなくなるなら今の内に時止めの箱で保存しておけば後々捗《はかど》るんじゃないかとさっき考えていたのだけど、問題は具体的にどの食材を保存しておくかだ。

食料品店の中を見回してみると、これまでこの世界で見たことがある作物がいくつか並んでいた。

玉ねぎっぽいオニール、ジャガイモっぽいポタト、人参《にんじん》っぽいキャロ。それにカブっぽい野菜に昨日買ったオラン。後は薬物がいくつか。

「この薬物ってどうやって使うんです？」

「クレ草かい？　スープに入れてもいいし肉と合わせてもいいよ。それに臭《くさ》み消しにもなって解毒《げどく》効果も少しあるから、ちょっとばかし日が経って臭《にお》いが気になる肉を食べる時は一緒に煮ればいいさ」

「いやいや、そんな腐《くさ》った肉はちょっと……」

「なーに、それで腹を壊《こわ》したらこのクレ草をしゃぶればいいだけだよ」

「おぉう……」

おばちゃんの勢いに押《お》されてクレ草を一袋購入。ついでにポタトとオランも一袋買っておく。それを背負袋につっこみながら裏道に入り、人目がない場所で魔法袋に移し替《か》える。

それから教えてもらった店を目指して進むと、宿の少年に聞いた通り三軒目《げんめ》にそれらしき店を見付けた。

外見は普通の民家っぽいけど入り口の上部に丸みのある瓶《びん》の絵が描かれたプレートがぶら下がっていて、それで辛《かろ》うじてここが店だと分かる。醸造所《じょうぞうしょ》という感じでもなく、販売所《はんばいしょ》という感じでもない、問屋的な印象がある店だ。僕も紹介《しょうかい》されてなければ気付かなかったと思う。

店の扉を開けて中に入る。

「すみません」

土間の床。壁際《かべぎわ》に積み上がっている樽《たる》。棚に並べられた黒っぽい色のガラス瓶と丸みのある形状の陶器《とうき》瓶。店の奥でなにやら作業をしている人々。

やっぱり中を見てもお店という感じはまったくない。

店の奥で作業していた男が一人、こちらに気付いて顔を上げる。

「ウチは量り売りやってないぜ」

男は作業を続けながらそう言った。

「やってないんですか？」

「あぁ、この町じゃ馴染《なじ》みの店に卸《おろ》す分以外は全て輸出用だからな。人気なんだぜ、ここの葡萄酒はよ」

エレムとかアルノルンなど大きな町では酒類を陶器の瓶で量り売りをする卸問屋《おろしどんや》みたいな店があったけど、この町では存在しないようだ。そして葡萄酒が有名すぎるせいか、町の中で消費するのではなく他の町とかに売られていくんだろう。

「じゃあ葡萄酒を買うにはどうすれば？」

「樽単位か、こっちの瓶入りでもいいぞ。高いがな」

店の奥に進んで男の手元を見ると、ガラス瓶に紙で作られたラベルを貼《は》り付けていた。

店の奥に目をやると、ガラス瓶のコルク栓《せん》の上から黄色いロウソクを垂らし、その上からスタンプのようなモノを押し当てている。

見た感じ、少し形が不揃《ふぞろ》いだったり歪《ゆが》みがあったりもするけど、地球で見たワインボトルと大きさや形状とかほとんど同じな気がするぞ。

「こっちのガラス瓶とあっちの陶器瓶の違いはなんです？」

「中身に違いはねぇよ。ただガラス瓶の方が金持ちにウケが良い」

そう言った後に男は「で、買うのか？　買わねぇのか？　どっちだい」と続けた。

「じゃあいくらなんです？」

「陶器瓶なら金貨一枚。ガラス瓶なら金貨で二枚だな」

「ちょっと高くないですか？」

以前、エレムとかで似たような量の葡萄酒を買った時は瓶の代金抜きで銀貨三枚もしなかったはず。それに金額自体が高すぎるのもあるけど、ガラス瓶にしただけでそこから二倍になるのはちょっと高すぎるぞ。

「別に買わなくてもいいんだぜ。どうせここにあるモノはすぐに王都の商会が持っていくしな」

男の声を聞きながら考える。

やっぱり一見客《いちげん》だしふっかけられているのだろうか？

……いや、宿屋で飲んだ葡萄酒も他の町の倍はしてたし、人気があることは間違いないはず。実際、味も他とは違う感じがしたし。

……まぁ、お金はあるんだし、美味しいお酒に金貨の一枚ぐらい出してもいいよね？　それぐらいの贅沢は問題ないっしょ！

と、陶器瓶の葡萄酒を買おうとして、ふと、ガラス瓶の蓋《ふた》にかかった蝋《ろう》にスタンプされた紋様《もんよう》が気になった。意外と複雑な形状で、中央に犬……ではなく狼《おおかみ》っぽい生物があしらわれている。

いや、待てよ……。

「すみません。この瓶に付けてる狼の紋様ってなんです？」

「それはここの領主様の――サリオール家のお墨付《すみつ》きの印だ。おっと、真似《まね》しようなんて思うなよ？

勝手にこの紋様を使ったらコレだからな」

そう言いながら男は自分の首にトントンと手刀を振り下ろすジェスチャーをする。

なる、ほど……。なんとなく掴めてきたモノがある。

考えてみたら当然だけど、ここの葡萄酒が人気だといっても他の場所に持っていった時にそれが本当にここの葡萄酒かを証明することは難しいはずなのだ。日本でもあったと思うけど、プレミアの付いた高級酒の瓶だけ入手して、中に別の酒を入れて販売する。そんな悪いことも可能だしね。そんな悪事をさせないようにここの葡萄酒に信用を与《あた》え、罰則《ばっそく》を作ってこの葡萄酒で詐欺《さぎ》をするリスクも作る。あの蝋による封《ふう》とスタンプにはそういう意味があるのだろう。

となると、仮にあの安い封がしてない陶器瓶の方で葡萄酒を買ったとしても、それを自分で飲んで楽しむ分にはなにも問題はないのだけど、誰かへの贈《おく》り物には使えないし価値も低いのだろう。信用がないからね。

　倍の値段にはその信用料分が乗っているんだ。

「ここの領主様は有能なんだろうな……」

「そりゃそうだぜ」

　男はそう言いながらニヤッと笑い、グッと親指を立てた。

　なんとなく、彼と心が通じ合った気がした。

　と、男が立ち上がって腕を組む。

「ところでだ……買うのか買わねぇのか、どっちなんだっての！　こっちも暇じゃねぇんだぞ」

「すみません！　買います！」

　ということでガラス瓶の葡萄酒を買うことにした。

　現時点ではこの葡萄酒を誰かにプレゼントするような予定はないし、全て自分で飲むつもりなんだけど……なんとなく乾燥《かんそう》ファンガスのことを思い出してしまった。そう、アルッポのダンジョンの中で乾燥ファンガスが高ランク冒険者への情報提供料になったことを。

　この世界には地球のような流通網《もう》はないし、遠くの珍《めずら》しい食品の希少度は想像出来ないぐらい高いのだ。この葡萄酒だって他の地域に持っていけばお金には換《か》えられないモノに化ける可能性は十分にある。

◆　◆　◆

それから、いくつか小物を買い入れた後、乗合馬車の予定を聞くため西側の門に向かった。

すると門の前にいつもの乗合馬車が停《と》まっていて、その横で男が声を張り上げていた。

「王都方面、コット村行き出るよ！　今年最後かもしれないよ！」

は？　そんな急に最後なんてある？

慌《あわ》てて男に駆け寄り質問する。

「本当にこれが今年最後なんですか？」

「それは分からんよ。今日の夜の積もり方と明日の天候次第《しだい》だね」

それを聞いて少し考え、また質問する。

「そのコット村に着いても王都に向かう馬車がない可能性もあります？」

「そりゃあるだろうさ。あちらの天候次第だからね」

う～ん……。最悪、コット村とやらで足止めされて立ち往生か……。

まぁ、本当に乗合馬車がなくなってたらホーリーディメンション泊も覚悟《かくご》で王都まで歩いてみてもいいかな。

「じゃあ、乗ります！」

「はいよ！」

男に銀貨を渡し、乗合馬車に乗り込んだ。

なんだかいきなり王都行きが決まってしまったけど、そんな日もあるよね。このままルバンニの町で冬を越すのはちょっと選択肢としてなさそうだし、チャンスがある時に即断即決で動かないといけない時もあるはずだ。特にこの世界では。

そんなこんなで数時間、乗合馬車に揺《ゆ》られた。

馬車の中は商人風の男が二人と村人っぽい男だけ。いつものような冒険者っぽい人はいない。やっぱり冒険者は既にもっと前に移動し終わっているのだろう。

「着いたよ。コット村だ」

馬車から外に出る。

昨日の夜から降り続いていた雪は止《や》み、雲の間からは太陽の光が漏《も》れていた。が、標高が上がったからなのか、少し寒くなった気がした。

周囲を見渡すと、ルバンニの町と同じように畑が広がっていて、ここが農業の村だと分かる。

反対に町の方を見ると、町の中心の方に人が集まっているのが見えた。

「なんだろ？」

「おや、なにも知らずに来たのかい？」

振り返ると商人風の男がいた。

僕が軽く頷《うなず》くと、男は両手を大きく広げながら言葉を続ける。

「今日は年に一度の収穫祭さ」

「あぁ、そうなんですね」

よく見ると広場の中心には高く積み上げられた材木があり、その周囲にはテーブルなんかが並んでいて、キャンプファイヤーを囲みながら宴会《えんかい》をするような雰囲気が漂《ただよ》っていた。

「これに合わせてルバンニで色々と仕入れてくると儲かって儲かって――ゲフンゲフンッ……まぁ、あんたも楽しんでいきなよ」

「これってよそ者でも参加して大丈夫なモノなんですか?」

「大丈夫大丈夫、今日は年に一度の祝いの日だからね」

商人風の男はそれだけ言うと大きな荷物を背負って広場の方に消えていった。

「収穫祭だってさ」

「キュ?」

「食べ物がいっぱい穫《と》れたことを神様とかに感謝する日、かな」

それは地球での話だけど、まぁこちらでも大きな違いはないんじゃないかな。

そう考えつつ、あえて広場には向かわず、村の中を見物しながら宿屋を探し歩く。

木製の家と家の間を抜け、石段を下りて曲がりくねった道を進み、村をぐるりと回っていく。

見た感じ、この村は数百人程度の規模で、主要産業は農業という印象。ほとんどが民家で、店なんかは見えない。

一通り村を探検した後、中央の広場に向かう。

そこでは大勢の人々がお祭りの準備をしていて、テーブルを用意したり飾《かざ》り付けをしたり忙しそうにしていた。

そんな彼らがいる広場を囲むように店がいくつかあり、その中に宿屋の看板を見付けたので人々の間を通り抜けて宿屋に入り中のカウンターに進むと、後ろから「お客さんかい?」と声がした。

どうやら店主も店の外で祭りの準備をしていたようだ。

「今日もやってます？」

「あぁ、だが今日はメシを作らねぇから祭りで適当につまんでくれ」

「わかりました」

宿代は銀貨一枚でいいと言うのですぐに払い、木製のプレートを受け取る。

「しかしこの時期に王都に向かう冒険者とは珍しいな。やっぱりアレか？　ギリギリまでフラフラしちまって王都に行くしかなくなったクチか？」

「フラフラ……。う～ん、まぁそんな感じですかね」

別に遊んじゃってこうなったんじゃないけど、結果だけ見れば無計画にフラフラしちゃってギリギリになって焦っているのと同じ。なので曖昧《あいまい》に肯定《こうてい》しておいた。

「良くないぜ、良くない。確かに王都なら冬の間も仕事はあるが、冬の鉱山労働なんてロクなもんじゃねぇぞ。まぁ、今更《いまさら》どうしようもねぇが」

「鉱山、労働？」

「なんだ？　鉱山の採掘《さいくつ》で食いつなぐために王都に行くんじゃねぇのか？」

「いえ、冬を越すなら栄えてる町の方がやることが多いかと思っただけなんですよ」

僕がそう言うと宿屋の店主は少し驚いた顔で「そりゃあ変わってんな」と言った。

そんなに変わってるかな？　と思ったけど、大体の人は生きることに精一杯《せいいっぱい》なのかもしれない。

店主との世間話を切り上げて部屋に向かう。そして二階の部屋に入るとしっかりとプレートで閂《かんぬき》をかけて呪文《じゅもん》を詠唱《えいしょう》する。

「それは新たなる世界。開け次元の扉《ホーリーディメンション》」

部屋の壁に光の扉が現れ、その先に異空間が出現した。

「さて、と。荷物整理しないとな～っと《浄化《じょうか》》」

全身に浄化をかけて毛皮の外套を脱《ぬ》ぎ、フードの中からシオンを取り出す。

「今日は豪華《ごうか》料理らしいよ！」

「キュ！」

どうやらシオンも楽しみらしい。

モフモフしながらシオンを地面に下ろし、次に魔法袋の中から買ってきたモノを取り出していく。

そして壁際に置いてある時止めの箱を開け、中にオランなど生鮮食品を入れる――

「――っと、これも《浄化》っと」

前に浄化をかけてキレイにしてから入れる。

やっぱり浄化は生活必需《ひつじゅ》魔法だ。これがない一般人がどんな生活をしているのかもう分からないぐらい頼《たよ》り切っている。

次に葡萄酒のガラス瓶を取り出して部屋の奥に置いていく。

数は六本。不自然でなく買えるギリギリの数がこれだった。出来ればもっと買っておきたかったけど、こればっかりは仕方がないよね。

「葡萄酒って保存する時は横にするんだっけ？」

「キュ？」

シオンが『なんだそれ？』という顔でこちらを見る。

どうやらシオンも知らないらしい。

葡萄酒専用の棚か……いいねぇ雰囲気があって。いつか家具をこの中に設置したいと思ってたけど、家ナシの冒険者がそんなモノを買っていたら不自然で仕方ないので買えずにいる。流石にタンス背負って旅に出る冒険者なんているはずないし。

いないよね？

……なんて考えながら魔法袋の中を探《さぐ》っていく。

「えぇっと、他になにか……」

と、思い出したので取り出してみる。

「って、使えるじゃん！」

最近、まったく覚えられないので忘れかけてた魔法書を取り出してみるとしっかり手に反応が返ってきて、その魔法書を使えることが分かった。

それはラージヒールの魔法書。確か前に洞窟《どうくつ》内の遺跡《いせき》で見付けたモノだ。

なんだか若干、感動を覚えつつ魔法書を開いて読んでいく。すると本が燃え上がり頭の中にラージヒールの魔法が確かに残り、魔法が使えるようになった。

「ついに二番目の回復魔法か……」

僕にとっては三個目の回復魔法だけど、光属性の回復魔法としては二番目のモノ。初級回復魔法と呼ばれているヒールから一つ上のこのラージヒールになったことでようやく一人前のヒーラーになれた気がする。ぶっちゃけヒールしか使えないのにヒーラーを名乗っていいのか迷うところはあったんだよね。これでようやく堂々とヒーラーを名乗れるかも。

「……ということは、もしかするとライトアローも使えるようになってたりして？」

この村では確認出来ないので保留になるけど、王都に行ったら確認しよう。

◆　◆　◆

「皆《みな》の衆、今年も一年ご苦労じゃった。今年は例年より冬が早く、収穫量は少なめじゃったが……それでも大地の神アーシェス様のおかげで冬を越すのに十分な収穫を得た。そして無事、一年を過ごすことが出来たのは光の神テスレイティア様のおかげである。そのことを感謝しよう」

ステージの上に立つ村長っぽい老人がそう話し、全員にジョッキを持つように促《うなが》した。

「それでは、乾杯《かんぱい》！」

「乾杯！」

「大地の神に」

「光の神に」

「豊穣《ほうじょう》に」

村長の音頭《おんど》で皆が木製のジョッキを掲げ、それぞれがそれぞれに敬意を表し、ジョッキを傾ける。

僕もなにかを言わなければいけない気がして、皆からワンテンポ遅《おく》れてボソリと「神に」と言いながら例の白い場所で見た神らしき存在を思い出した。

でもよく考えると、あの神に感謝しなければいけないことはなにもない気がするわけで、ちょっと微妙《びみょう》かもしれない。

ぶっちゃけ、転生？　転移？　する前の記憶《きおく》が曖昧で、もしかすると平和に暮らしていただけの僕をあの神が無理にこちらの世界に召喚《しょうかん》したのかもしれない。その場合は感謝より罵倒《ばとう》を送りたいところだけど、実は地球での僕はテンプレ仕様のトラックに轢《ひ》かれて既に死んでいて、あの神に第二の人生を生きるチャンスを与えてもらった可能性もあるわけで、簡単に判断出来ないところではある。

と、本来の地球での僕が既に死んでいるかもしれない可能性を考えてしまい、体がブルっと震《ふる》える。

あまり考えないようにしていたことだけど、少しでも考えてしまうと頭に残ってしまう。そして地球にいる両親や兄や友人のこと、それに一緒にあの白い場所に来たけど別れてしまった彼らのことも考えてしまう。

「……」

それを押し流すようにジョッキを傾け、一気に喉《のど》の奥に流し込んだ。

「くぅぅぅぅ！」

キリッとした喉越しにスッキリした味わい。今まで飲んできたエールとは少し違う。

「よう兄ちゃん、いい飲みっぷりじゃねぇか！　どうだい、この村のラガーは他とは違うだろ？」

「これがラガーなんですか？」

「あぁ、ラガーは造れる地域が限られてっからな！　ここでしか飲めねぇぜ！」

ラガーか、これは……僕もよく知っているビールに近い気がする。

キンキンに冷えてないのはちょっと物足りない気もするけど、味の方向性は完全に地球のビールだ。

って……言ってるそばから思い出すんだからしょうがないや。

「それでは火をつけるぞい」

松明《たいまつ》を持った村長が現れ、広場の中央にある材木にそれを投げ込んだ。

「火の神フレイドよ、聖なる炎で魔を祓《はら》いたまえ！」

村長の言葉と同時に太鼓《たいこ》のような楽器がドンドコ打ち鳴らされ、それに合わせて数人の村人が踊《おど》る。

リズムに合わせて手拍子《てびょうし》する人。ただただ飲み続ける人。歌い出す人。それぞれ思い思いに楽しんでいる。

日が傾き、暗くなってきた空をキャンプファイヤーの炎が照らし、月明かりと混ざる。

「宴《うたげ》の始まりじゃ！」

村長の言葉で村の皆々がカップを天高く掲げた。

僕も一緒にカップを天高く掲げ、ラガーを飲み干す。

「兄ちゃん、いい飲みっぷりだねぇ！　もう一杯やってきな！」

「いただきます！」

お姉さんに注いでもらったラガーをまた呷《あお》り、網《あみ》で焼かれていた串焼《くしや》きに手を伸ばし、シオンも一緒に頬張る。

「いけるな！」

「キュ！」

料理は全て素朴《そぼく》ながらホッとする味で懐《なつ》かしい気持ちになった。
そうして収穫祭は夜遅《よるおそ》くまで続いたのだった。

第二章　王都ソルマール

CHAPTER 2

翌日、乗合馬車に乗り、王都に向かう。

空は晴天で雲もなく外の景色にも雪は見えないけど、先日の雪が解けたのか地面に若干《じゃっかん》のぬかるみがあり、馬車の速度がイマイチ上がらない。

「だからさ、私は王都の方面は好きになれないんだよね」

「そうなんですね」

馬車がトロトロと進む中、昨日もコット村行きの乗合馬車で一緒《いっしょ》になった小太り中年の商人の男性とまた同じ乗合馬車に乗ることになり、なんとなく挨拶《あいさつ》をして、そのまま世間話を続けている。

彼《かれ》が言うには、コット村はルバンニの町と同じくサリオール伯爵家《はくしゃくけ》の領地なのだけど、この先の村からは王家の領地になり色々と勝手が違《ちが》うらしく、あまり好きになれないとかなんとか。

「商売だから仕方ないけどね、それがなければ王都なんて――っと、もうすぐオクタイ子爵領の村だね」

「あれっ？　この先は王家の領地じゃないんですか？」

さっきは『この先は王家の領地』と言っていた気がするけど、聞き間違いかな？

「王家の領地さ。王家がオクタイ子爵にくれてやったがね」

「えーっと、それはどういう……。サリオール伯爵領とは違う感じですか？」

「そりゃそうだ。サリオール伯爵領は昔からずっと伯爵様のモノだよ」

「う～ん……つまり、オクタイ子爵は王家から領地を貰《もら》い、サリオール伯爵は王家から領地を貰ってない？」

話しているうちに馬車は村を通り抜《ぬ》け、そのまま王都方面に向かってまた進んでいく。

どうやらこの村では乗る人がいなかったようだ。

「あんた、私はいいけどね、それサリオール伯爵領の人に言わない方がいいよ。血の気が多い連中に聞かれたらぶん殴《なぐ》られるかもよ」

「ええ……。すみません、ちょっと今後のために確認《かくにん》しておきたいのですけど、それってサリオール伯爵領の人々はサリオール伯爵家が王から領地を貰ってないことに誇《ほこ》りを持っている、ということでいいんですか？」

「当然じゃないか。いいかい？　今は色々あってソルマズ王家に従っちゃいるけどね、我々の先祖はサリオール家と共にこの地を切り拓《ひら》いて守り続けてきたんだ。それをソルマズ王家に尻尾《しっぽ》振《ふ》って領地を手に入れた貴族と一緒にするなら――戦争だよ？」

ヒエッ……。怖《こわ》すぎる……。

でも、この話はここで聞けて良かったのかもしれない。人によって地域によって地雷《じらい》となるワードは違ったりするのだろうけど、こういうのって実際にその地の人に聞いてみないと分からないのだけど。そもそも常識が違いすぎるとどこが問題なのかすり合わせが出来ず、実際に表面化してみないと地雷が分からないこともあるだろうしさ。

「気をつけます……」

そう言って外を見た。

馬車は緩《ゆる》い斜面《しやめん》を上っているようで、馬車内にも少し傾斜《けいしや》がついている。

それから暫《しばら》く進むと周囲の景色から木々が少なくなり、その代わりに岩が多くなってきた。

更《さら》に進むと岩場を切り拓いたような地形になってきて、景色が灰色の岩肌《いわはだ》一色になっていく。

季節が秋冬とはいえ樹木どころか草花すらほとんど見えないし、そもそも土もあまりない。

「寂《さび》しい景色だろう？」

「え？　ええ……まぁそうですね」

「王都周辺は岩場が多くて耕作には向かないんだ。だから食料は他の領地からの輸入に頼《たよ》っているのにさ、その作物を作っている我々を田舎者《いなかもの》扱《あつか》いするんだから腹が立つんだよ」

「あぁ、そういう……」

なんとなく、王都民と周辺領地の関係性が見えてきたので頭の中にしっかりメモしておく。

「ほら、あれが王都さ」

その言葉に進行方向を見ると、岩肌が剥《む》き出しの傾斜地の中、岩山の麓《ふもと》の方に大きな都市があった。

そしてそれに近づいていくと、都市の外壁《がいへき》沿いにあばら家がいくつも立ち並んでいてスラムのようになっているのが見え、なんだか異様な雰囲気《ふんいき》が漂《ただよ》っていた。

王都の入り口に繋《つな》がる道沿いには流石《さすが》に家は建てられなかったみたいだけど、道から少し離《はな》れたところからはビッチリとボロボロの小屋が続いている。

「ここには周辺の地域から食い詰《つ》めた奴《やつ》らが集まってくるのさ。鉱山ならいつでも誰《だれ》でも動けるなら仕事はあるからね」

「……なるほど」

「まぁ、あっちに落ちたらもう戻《もど》れないいんだがね」

「……なるほど」

馬車がスラムに近づいていくと、この寒い中、外でゴザを敷《し》いて寝《ね》ているボロボロの服の人がいたり、そこら中で地面に座《すわ》り込《こ》んでいる人が見え、もうどう考えてもヤバい雰囲気しか漂ってなくて驚《おどろ》く。

今まで様々な町を見てきたけど、まず外壁の外に人が住んでいる状況《じょうきょう》が初めてだし、低所得者層が住むエリアなんかは町中にあったけど、ここまで酷《ひど》い場所は初めて見た。

ちょっとこのエリアには近づかないようにしないとね……。

「王都に着いたぜ」

御者《ぎょしゃ》がそう言ってすぐ、馬車が停《と》まる。

馬車から降りると、そこは町の正門前。豪華《ごうか》な馬車は門をノーチェックで素通《すどお》りしていき、僕《ぼく》らのような一般《いっぱん》ピープルは列に並ぶ。それはいつものことなのだけど、門から少し離れたところにスラムがあり、ちょっと落ち着かない。

「身分証明書を見せろ」

「はい」

僕の番が来たので門番にギルドカードを見せ、問題なく門を通り抜け、一緒に馬車に乗ってきた商人と別れてから町に入った。

外のスラムとはまったく違って石材や土壁《つちかべ》、レンガなどで造られた家が多く、完全に別世界という感じがする。町は人通りもそれなりにあって賑《にぎ》わっているけど、壁を一つ越《こ》えるだけでこうも変わってしまうのかと思った。

「とりあえず、どうするべきか……」

空を見ると太陽が傾《かたむ》いてきていて、あと少しで空が赤くなる時間。

冒険者《ぼうけんしゃ》ギルドを探すか、宿を決めて今日はゆっくりするか、微妙《びみょう》な時間帯だ。と、考えながら道を進み、周辺の店なんかを観察していく。

野菜を売っている店を簡単に確認してみた感じ、ルバンニの町なんかで売られていたモノよりシナシナで質が悪いような気がする。やっぱり耕作に向かない土地なだけあって、他所《よそ》から運んでいる間に生鮮《せいせん》食品の質は下がってしまうのだろうか。

「素泊《すど》まり、大部屋、雑魚寝《ざこね》、銀貨四枚だ！　もうすぐ埋《う》まるよ！」

大通りを一本入った道でそう叫《さけ》んでいる女性がいる。

「素泊まりの雑魚寝で、銀貨四枚……？」

彼女《かのじょ》の言葉を脳内で反芻《はんすう》する。

激安の宿で見知らぬ相手と雑魚寝するプランがあるという話はランクフルトにいた頃《ころ》に聞いたこ

とがあるけど、寝ている間になにをされるか分からないから極力避《さ》けるべきだと聞いていたし、今まではそこまで金欠になることはなかったから利用してこなかった。けど……。

「その激安プランで銀貨四枚ってことは……普通《ふつう》の宿はいくらになるんだ？」

今まで個室の宿を様々な町で利用してきたけど、価格は銀貨で二枚から五枚ぐらいが普通だったと思う。あぁ、そういえば金貨一枚もする高級ホテルもあったっけ。とにかく、そこから考えると食事ナシの雑魚寝で銀貨四枚は異常と言っていい価格だ。

「これは早めに宿を押《お》さえないと、ヤバい？」

この感じだとコスパが良い宿の競争率は他の町より高い気がするぞ。

少し焦《あせ》りながら大通り沿いを歩き、ボロボロすぎずキレイすぎない普通クラスの宿を探してそこに入った。

扉《とびら》を開けると店の奥《おく》のカウンターで、イスの背もたれに体を預けながら寝ている男が見えた。

その瞬間《しゅんかん》に扉を閉めて帰ろうかと思ったけど、ギリギリ踏《ふ》みとどまって男の方に近づいていく。

「すみません」

「ンゴッ……」

「すみませーん！」

「……ん……あ……あぁ、客か」

起きた男はこちらを見て「金貨一枚」と続けた。

前にアルノルンで泊《と》まった高級ホテルと同じ価格！　これは……。

「……夕食はついてるんですか？」

「あるぜ」

「あの、この辺りの宿ってどこもこんなに高いモノなんですか？」

「あぁ？　なんだ、この町は初めてか？　どこも大体こんなもんだぜ。嘘《うそ》だと思うなら他も見てみな。まぁ今から探して他が見つかるか知らねぇけどな」

そう言って男は陶器《とうき》の瓶《びん》からカップにビールっぽいモノをトクトクと注ぎ、それをガッと飲み干した。

さて、どうするか……。現時点でこの宿に良い印象はまったくないけど、男の言うように今から他の宿を探しても見つからない可能性がある。そうなると最悪はスラム行きだ。

勿論《もちろん》、ホーリーディメンション内で寝ることは出来るけど、あんな目立つモノを町中で展開すると誰かに見られる可能性が高いし最悪の最悪の状況まで避けたい。となると……。

金貨を取り出してカウンターの上にパチっと置く。

まぁ、最初はとりあえずこの宿でいい。良い宿は明日から探していけばいいのだし。

「二階、手前の部屋」

男はそう言いながら金貨をポケットにつっこみ、カウンターの下から木の板を取り出してカウンターの上に置いた。

無言でそれを受け取り、男の横を抜けて階段を上がって部屋に入る。

「ふ～……この宿、大丈夫《だいじょうぶ》なのか？」

そう言いつつ荷物を下ろし、外套《がいとう》を脱《ぬ》いでベッドに放ってシオンを床《ゆか》に下ろす。

「どう思う？」

「キュ」

そんなことは知らないとばかりにシオンはベッドに上がり丸くなった。

こんな時は細かいことを考えなくてもいい動物のことを少し羨《うらや》ましく思ってしまうところだ。

「さて、と」

僕もベッドに座り、シオンをワシャワシャしながら今後について考えていく。

王都ソルマールに来たものの、特に目的があって来たわけではない。状況的にこの町が冬を越すのに最適だと判断しただけだ。なのでこの町でやれることを探しつつ目標や目的を早い段階で設定しておいた方がいいと感じた。

「う〜ん、やっぱり火力不足は問題だよね」

相性《あいしょう》が悪いとはいえDランクのロックトータスが完全に守りに入ってしまうと、それを崩《くず》す手立てがないというのは心もとない。今後もっと守備力の高い敵が出てきた時にどうしようもなくなってしまうと詰んでしまう可能性があるし、それがダンジョンの中とかだと人生が詰んでしまう可能性もあるからなんとかしたい。

「となると、武器かな？」

ミスリル合金カジェルは比較的《ひかくてき》軽めで耐久性《たいきゅうせい》も高くて使い勝手は良いけど、所詮《しょせん》はただの打撃《だげき》武器でしかない。ここはもっと高い威力《いりょく》が必要だ。だから槍《やり》とか新しい武器を買うか、それとも――

「武器の強化、か……」

強化スクロールという謎《なぞ》のアイテムを使って武具を強化する謎すぎるシステム。

エレムの町で武器強化に失敗して高そうな武器を『燃やして』しまった冒険者の姿を思い出す。

一体全体、強化されてなにがどうなるのかはよく分からないけど、あんな風に多くの人間を狂《くる》わせている以上、実際になんらかの効果があることは間違いない。

最初に武具強化についてハンスさんに聞いた時、確か『一人前になってからにしろ』的なことを言われたはず。でも今の僕は冒険者としては一人前と考えても大丈夫なCランクになっているわけで、そろそろチャレンジしてみてもいい気がする。

「強化スクロールについて、本格的に検証し始めてもいいかもね」

顎《あご》に手を当て考える。

とりあえず強化スクロールの検証はやるとして、新しい武器探しも並行してやろう。

「とすると、冒険者ランクか」

アルッポの町では高級武具店から立入禁止を告げられた。

高級な店にはそれなりに肩書《かたがき》がある人しか入れないらしい。僕らのようなしがない冒険者が得られる肩書なんてのは冒険者ランクぐらい。もしくは武功でも立てて貴族にでもなるかだけど、今は特定の国に縛《しば》られたくないからそっちはナシ。

「Bランクになるかどうか、だよね」

王都のギルドならBランクへの昇格《しょうかく》を受け付けていると聞いた。

いやまぁ、そもそもなれるのかどうかも分からないのだけどね。

でも、流石にBランクになったら大体の店には入れる気がするし、冒険者が良いアイテムを探すならランクアップは必須《ひっす》だと感じる。

「でもなぁ……目立ちすぎる気がするんだよなぁ……」

今の段階ではギリギリ『才能ある少年』という枠《わく》に入っているようで、要するに『珍《めずら》しいけど聞かない話ではない』ぐらいだからそこまで目立ってないけど、これが今の僕の見た目でBランクになってしまうと『異常さ』が出てしまうのではないか、という予感がある。冒険者ランクはCまではそこそこ真面目《まじめ》にやってればいつかは到達《とうたつ》するらしいし、実際、冒険者の大多数はCとDランクという話は聞いた。でも、Bランクからは一気に数が少なくなる。その理由は簡単で、つまり町を破壊《はかい》しかねない――グレートボアのようなモンスターと戦える強さが必要だからだ。

あの巨体《きょたい》と質量を相手にするということは、やっぱり技術とか経験とかそんな次元を超《こ》えて、ちょっと人外の領域に一歩足を踏み入れないと難しいわけで、僕がそういう存在として見られるということは、少しばかり異常さが出てしまい変に目立ってしまう気がするのだ。

はっきり言って、悪目立ちして変なところから絡《から》まれてしまっても、それを撥《は》ね返せるだけのチート能力なんて持ち合わせてはいない。仮に暗殺者なんかに四六時中狙《ねら》われる状況になってしまったら普通に死ぬ。間違いなく死ぬ。夜中、寝ている間に首掻《か》っ切られて蛍《ほたる》の光が流れて終了《しゅうりょう》。またの転生にご期待くださいだ。当然ながら警戒《けいかい》してホーリーディメンション内で寝れば大丈夫だろうけど、そもそも狙われているかどうか知ってなきゃ警戒出来ないし、平時から四六時中警戒し続けることは難しい。

それに一番面倒《めんどう》そうなのが監視《かんし》の目だろう。もしかすると壁をすり抜けて透視《とうし》・遠視するような、健全な男子なら大喜びしそうなスキルやアーティファクトが存在している可能性だってあるし、僕が変に目立つことでそういったモノを向けられる対象になる可能性もある。

「……まぁ、とりあえずギルドで話だけでも聞いてみますか」

そもそも今の僕がBランクの条件を満たしてるのかすら分かってないしね。

行ってみたら全然まだまだだっていう可能性も普通にある。

「後は……住む場所とか仕事だけど、これは冒険者ギルドに行ってから考えるとして――」

というところで階下から「メシだぞ！」という声が聞こえてきた。

「行こっか」

「キュ」

広げた荷物をまた持って、部屋を出て階段を下りる。

食堂には既《すで》に数人の冒険者っぽい人がいて、食事をしていた。が、その食事風景を見て嫌《いや》な予感に襲《おそ》われる。

しかしどうにもならないので食堂のカウンターに向かい木の板を見せた。

「はい」

「飲み物は？」

「なにがあるんです？」

「ラガーだな。銀貨一枚だ」

たっかすっぎ！　とは思いつつ、銀貨を一枚カウンターの上にパチリと置く。

そして出された食事とラガーを見て色々と察する。

食事はスープとポタト、その二種類。スープは中に小さな肉片《にくへん》と野菜くずっぽいモノが浮《う》いていて、ポタトはゴルフボールサイズが五個で、見る感じ茹《ゆ》でただけだ。

カトラリー類がなにもついてないので器《うつわ》からスープを直接、ミソスープスタイルでズズッと一口、飲んでみた。

「あっ……」

色々と察するモノがあり、思わず声が漏《も》れる。

味は完全に塩。それ以外なく塩。肉や野菜の旨味《うまみ》なんてモノはほとんど感じない。

次にマイフォークを魔法《まほう》袋《ぶくろ》から取り出し、それでポタトを口に放《ほう》り込む。

「うん……」

別にマズくはないけど普通に茹でジャガイモだ。塩も使われてないから味もジャガイモそのもの。

それ以上でもそれ以下でもない。

周囲を見てみると、冒険者らは文句も言わずに黙々《もくもく》と食べて席を立っている。

どうやらこれが普通であって、特に文句を付けるようなレベルでもないってことなんだろう。

「……これは、想像以上にヤバいかもしれない」

ちょっとした危機感を持ちつつ、少ない食事をシオンと分けて食べ、他の人らと同じようにすぐ部屋に戻り、ベッドに荷物を投げ出した。

「ダメだね、量も質も物足りないや……。そうだ、口直しじゃないけどオランでも食べる？」

「キュ！」

「よしっ！　決まりだ！　それは新たなる世界。開け次元の扉《ホーリーディメンション》」

壁に現れた白い異空間に入り、オランが入った袋を掴《つか》む。

「う～ん……二人だけで食べるのもアレだし、リゼも呼ぼうか」

「キュ！」

「うん、そうだね。わが呼び声に応《こた》え、道を示せ《サモンフェアリー》」

聖石から生まれた魔法陣《じん》が割れ、リゼが飛び出してくる。

「こんにちは！」

「キュ！」

「やあ、実はオランを一緒に食べないかなと思ってさ」

そう言ってホーリーディメンション内に広げた毛皮の外套の上にオランをガサガサっと出す。

うん、やっぱりテーブルが欲《ほ》しいな。いや、今の季節は毛皮の上に座りたいし、ちゃぶ台かな？

「おぉ！」

「シオン、リゼに美味《おい》しいヤツ、選んであげて」

「キュ」

シオンがオランをいくつか嗅《か》いで、その中の一つを手でテシテシと叩《たた》いた。

「これか」

そのオランを拾い上げ、皮を丁寧《ていねい》に剥いてリゼに渡《わた》す。

「はい」

「ありがとう！」

僕も適当に拾ったオランを剥いて食べつつ、近況報告的な雑談などをして、気付けば二個三個とオランを消費していた。

「ん～……」

次のオランを食べようと手を伸《の》ばし、明らかに数が減ったオランに気付く。

「どうしたの？」

「いや、ね……。このペースで食べてたらすぐになくなるな、と思ってね」

デザートとしてならともかく、夕食が物足りないからってこのオランで埋め合わせてたら数日中に食べ終わってしまうだろう。まだまだ冬は長いのにだ。今の時点でこれだと、今後もっと食料事情が厳しくなっていくであろう冬の後半には酷い状況になっているかもしれない。この町の食料の備蓄《びちく》状況によってはお金があっても食料を買えないような事態になってしまう可能性だってある。

はっきり言ってしまうと、僕はこういう科学技術がない世界の冬を舐《な》めていたのかもしれない。

今から対策をして間に合うのか分からないけど、なにかしら考えないと……。

「だったら、増やそうよ！」

「……増や、す？」

「ほら、これ！」

リゼがガッと突《つ》き出してきたのは、種。さっき食べていたオランの種だった。

「これをね！　お水をあげたらブワッと芽が出てポンポンポンって沢山《たくさん》増えるんだよ！」

「いや……まぁ確かに、種を蒔《ま》いて上手《うま》くいけば、いつかは実がなるんだろうけどさ……」

仮に植えるとして、どこに植えればいいんだ？　そんな場所なんてなくない？

町の外に植えても今は冬だからダメだろうし、仮に上手く生えても他の人に取られたら終わりだし、それ以前にこの町の周辺には植物の生育に適した土地が少ないらしいし。

と、考えていた時、ふと気になってホーリーディメンションの外側にある宿の部屋に目をやった。

外はもうすっかり夜になっていて、ホーリーディメンション内からの光が外に漏れ、暗い部屋を照らしていた。

ホーリーディメンション内を見回してみる。

こちらは光が溢《あふ》れ、まるで昼間のように明るい。

このホーリーディメンションは謎の力によって壁や床が発光し、謎に二四時間年中無休で明るいままだ。

そう考えた瞬間、なにかの点と点がシュパっと繋がった。

「あっ、時間だ！　じゃあまたね！」

「キュ！」

「あ、うん。またね」

リゼが消え、ホーリーディメンション内に静寂《せいじやく》が訪《おとず》れる。

聞こえてくるのはシオンがオランをハムハムする音だけだ。

床に落ちていたオランの種を指でつまみ、目の前に持ってきてよく見る。

その種は小さく、柚子《ゆず》やカボスなんかに入っている種と色や形、大きさは変わらない。どこにでもある普通の種だ。

「もしかして『ある』のか？」

◆　◆　◆

翌日、朝から町に繰《く》り出した。

外はどんよりとした曇《くも》り空で、もう少しでも悪い方に空が傾くと降ってきそうな感じがする。

少し気分が暗くなりかけるも店の位置とか特徴《とくちょう》的な建物なんかを簡単にメモしつつ、町の構造とか大体の雰囲気とかを把握《はあく》していく。

その途中《とちゅう》でいくつか陶器の皿を購入《こうにゅう》し、足りなくなった物資なんかも補給しながら冒険者ギルドの情報を集めていく。これから比較的長くお世話になりそうだしランクアップもする予定の冒険者ギルドだからだ。

そうして一つの店が気になって立ち止まる。

「ん～家具、か……」

二階建ての店の一階部分は八百屋のように開口部が大きく、外からでも店の中が見通せる。

店内では職人が木材を加工していたり組み立てたりしていた。

販売店《はんばいてん》、というよりは木材加工所という感じだろうか。

店に入り、入り口に近い場所に置いてあるイスを観察する。

素材は悪くはなさそうだけど、やっぱりこのサイズの家具を買って帰るのは無理があるよね。家具類を購入してホーリーディメンション内に設置するのは諦《あきら》めた方がよさそう。出来れば、みかん箱でもビールケースでもいいから小さくてもテーブルになるようなモノが欲しいのだけど……。

でも、家具が無理でもクッションとかならギリギリ大丈夫な気がしないでもない。

「すみませ～ん」

「はいよ」

奥で作業している店員を呼ぶ。

「このイスに使うようなクッションとかないですか？」

「クッションだ？　お前さん、冒険者だろ？　んなモンなにに使うんだよ？」

「いやぁ、ほら馬車で使ったりとか……。それに寝心地《ねごこち》良い枕《まくら》が欲しいなって……」

「あぁそう……」

店員は若干、呆《あき》れたような目をした。

いや勿論、一般的な冒険者がそんな理由のために無駄《むだ》に荷物を増やさないことは知ってるよ！

でも、こちらも快適なホーリーディメンションライフのために色々と欲しくてですね……ってな説明は出来ないのだけどさ。

「まぁここいらじゃそんな素材はほぼ採れねぇからな。他の町で探しな」

「素材がないと？」

「見たら分かるだろ。この周辺は木すらまともに生えない。この店だって家具の修理がメインで、作りはしないいんだぜ」

よく観察してみると作業している職人も折れた机の脚《あし》を直しているだけだし、置かれている商品も年季が入ったモノばかりだ。恐《おそ》らく補修した中古品なんだろう。

この町では木材――特に家具の製作に耐《た》えうる強度のある木材が貴重だから他の地域で作った完

成品を持ってきているのだろう。それは家具だけでなくクッションなんかも同じで、周辺地域で素材となる植物やらモンスターやらがいなければ作れないのだ。

う〜ん……日本全国どこでも大体同じモノが手に入る、あの感覚がまだ抜けてなかったのかも。

「まぁ、高い仕立て屋なら作ってるかもしれねぇがな」

「でもそれって入りにくい店ですよね？」

「お前さんが実はお貴族様の御落胤《ごらくいん》だっていうなら入りやすい店だぜ」

そう言って店員は肩をすくめ、僕も『ナイナイ』と手を振って否定する。

当然、僕はどこかの貴族の子供ではないので入りにくい。前に入店拒否《きょひ》された武具屋みたいになるのがオチだ。

店員に礼を言い、店から出る。

それからいくつもの店を巡《めぐ》って、適当に入った店で微妙な昼食を食べ、昼過ぎ頃に冒険者ギルドに到着した。

調べた感じでは、ここの冒険者ギルドの評判は良い方だと感じる。

まぁ、いきなり余所者《よそもの》が第三者に話を聞いてみたところでギルドの内情なんかは出てこないだろうし、どこまで意味があるのかは分からないけど、少なくとも噂《うわさ》になるような悪評はないし、むしろ良い評判が聞こえるぐらいだった。

まず入ってすぐにギルド内の掲示板《けいじばん》を確認すると、雑用的な依頼《いらい》の中に『ホーンラビットの肉』という依頼が多く出ていることに気付いた。

「見たことないモンスターかな？」

魔法袋からメモの束を取り出してペラペラめくり確認するけど、やっぱり初モンスターっぽい。

「これは資料室で確認だね」

ホーンラビットは後回しということで、先に受付に向かい、ギルドカードを提出する。

「すみません。このギルドでBランクに昇格可能だと聞いたんですが」

そう言うと受付嬢《じょう》が少し驚いた顔をして、僕のギルドカードを隅々《すみずみ》まで確認した後、こちらを向いた。

「確かにBランクへの昇格申請《しんせい》は受け付けています。しかし、ルークさんはこのギルドは初めてですよね？」

「昨日こちらに来たばかりですね」

「では、推薦状《すいせんじょう》などはお持ちですか？」

「推薦状ですか……」

推薦状……当然ながらそんなモノは持っていない。いや、アルノルンに帰って頼《たの》めば黄金竜《りゅう》の爪《つめ》のコネで誰かが用意してくれそうな気はするけど。

「推薦状などがないのでしたら、まずこのソルマールのギルドに貢献《こうけん》していただく必要がありますね」

「えぇっと、まず『推薦状など』って具体的にどんなモノがあるんですか？」

「そうですね……。他の地域のギルドマスターが能力のある冒険者を推挙したりですとか。それに貴族家が発行した感状なんかも対象になることがありますね」

「感状とは、なんです？」

「そこからですか……」

ほんの一瞬、面倒そうな顔をしつつ彼女は言葉を続けた。

「貴族などの有力者が功績を上げた者に対し、その功績を称《たた》え証明するために贈《おく》る公式文書ですね。冒険者ギルドでは戦争などで武功を立てた武人に贈られた感状を参考にする場合もあります」

今まで色々な戦闘《せんとう》に参加してきた気がするけど、そんなの貰ってないんだけど……。って、アルノルンでは色々と戦後処理が始まる前にそそくさと脱出《だっしゅつ》してきたし、アルッポでは功績を自《みずか》らなすりつけたわけで、そんなモノを貰う可能性なんて僕にはなかった……。

「では、ギルドに貢献とは具体的にどうすればいいのですか？」

「まず町周辺モンスターの討伐《とうばつ》で実績を積むのがよろしいかと」

「では、町周辺のBランクモンスターを討伐しろと？」

「とんでもない！　町の周辺にBランクモンスターなんてまず出ませんよ！」

う～ん……いや、そうか、町の近くにグレートボアみたいなモンスターがポンポン出てたら町が消滅《しょうめつ》してるよね。

でもそうなると……。

「じゃあどうやってBランク相当の実力を証明するんです？」

「すぐに実力を証明する必要はありませんよ。実績を積んでいけば、その内お声がけする機会もあるでしょうから」

う～ん、これは想像以上に厄介《やっかい》かもしれない。

冒険者ギルドが町ごとに独立した組織であって、ギルドカードに過去の功績が記載《きさい》されるような謎の便利機能なんて存在していない以上、町ごとに実績を積む必要があると。

……あぁ、だから推薦状とか感状なのか。別の地域の実績を証明する手段がそれぐらいしかないんだ。

しかしそうなると、Bに上がるにはこの町でじっくり実績を積んで地道にギルドに貢献して、ギルドに認められ、ギルドのお偉方《えらがた》の目に留まってようやくBに上がれる感じか……。それっていつまでかかるんだ？

いや、でもそれが本来のやり方なんだろうね。普通はそうやって長い期間をかけて実績を積み上げて信頼《しんらい》を勝ち取る必要があるのだ。

「あの、Bランクモンスターの魔石ならいくつか持ってるので提出出来ますけど……」

そう言うと受付嬢の顔がピクリと動いた気がした。

「出していただけるなら買い取りますし、それも評価にプラスされますが、それだけではランクアップは出来ませんよ。魔石は他で買ってくることも出来ますからね」

「……Bへのランクアップって C までより厳しくないですか？」

Cランクまではそれなりに妥当《だとう》なノルマをクリアすればいつかは上がれる感があったけど、Bはちょっと基準が曖昧《あいまい》だし厳しすぎる気がする。

「当然です。Bランクからは求められることが違いますから。町の存亡に関《かか》わるような強いモンスターと戦うこともありますし、本当に失敗出来ない依頼を受けてもらうこともあるでしょうし、貴族の方々と接する機会も増えます。強ければ良いという単純な話ではないのですよ」

「なるほど……」

どうしようか？　なんだかBランクって無理に狙って目指すようなモノでもないような気がしてきた。

まぁでも、現時点では特に急いではないし、この町には冬の間は滞在《たいざい》しなきゃならない状況だし、特にランクアップのことは考えずに普段通り生活していてもいいかもしれないね。

「……ちなみにですけど、他に評価を上げる方法ってないですか？」

「そうですね……。なにか特技などがお有りなら、それに合わせた依頼をご紹介《しょうかい》出来るかもしれませんし、人に出来ないそういった依頼を達成することで大きく評価を上げる冒険者もいると思いますよ。薬草の採取とか、特殊《とくしゅ》な素材の入手とか、物資の運搬《うんぱん》とか、引く手数多《あまた》な特技はありますから」

なるほどなるほど……。その冒険者にしか出来ない特殊な依頼を達成することで評価を上げる感じか。確かにそれならギルドから注目されるだろうし貢献度《こうけんど》も高いだろう。

そうかそうか……って──

「……いや、実は回復魔法が使えるんですけど、これって特技に入ります？」

僕がそう言うと、受付嬢の眉《まゆ》がピクピクッと動き、クワッとこちらを向き、弾《はじ》けるように叫んだ。

「それはもう！　めっちゃくっちゃ特技ですよ！」

「お、おぅ」

「光属性持ちはほぼ教会に持っていかれますし！　光属性を持っている人が来ても自分で魔法書を手に入れて回復魔法を覚えてる人はほとんどいません！　つまり回復魔法が使える冒険者は最高に珍しい存在なんです！　だから当然ながらめっちゃ特技ですよ！」

「あ、はい」

僕が少々ドン引きしているのに気付いた受付嬢が軽く咳払《せきばら》いしてテンションを戻していった。

「確認しますが、教会には所属されていない、ということでよろしいですか？」

「はい」

「では、どこまでの回復魔法を使えますか？」

「ラージヒールですね」

「良いですね」

受付嬢は鼻息荒《あら》くフムフム頷《うなず》きながら書類を確認している。

話が途切れたので、少し気になっていることを聞いていく。

「教会関係以外で回復魔法が使える人って、どれぐらいいるんです？　そんなに貴重なんですか？」

「使える人はそこそこいるはずですよ。ヒーラーと名乗れるぐらい実用的に使える人となると少ないですが、この王都にも……具体的な数までは言えませんが、それなりにいると把握しています」

「……それって貴重なんですか？」

「それはもう貴重ですよ！　高ランク冒険者だとヒールぐらい覚えてしまう人もいますが、大体は小さな切り傷を治せるぐらいですし。ちゃんとしたヒーラーは王家や貴族に召《め》し抱《かか》えられているか、大手クランや中級以上のパーティに所属していますから。ソロでヒーラーをやっている冒険者は貴重なんですよ！」

なるほど。つまり、いるにはいるけど既にどこかに所属している人が多いと。

「それで……ランクアップをするには一定以上の貢献をこのソルマール冒険者ギルドにしていただ

き、そのランクに相応《ふさわ》しい実力を証明していただく必要があります。そこでご提案なのですが、定期的にここで冒険者の治療《ちりょう》をしてみませんか？　勿論、ルークさんの空いている時間で大丈夫ですので」

「治療、ですか？」

職業柄《がら》、冒険者は怪我《けが》をしやすいはず。でも、ポーションという超常的《ちょうじょう》な薬も存在しているし、それでも治療が必要なら教会に行けばヒーラーは必ずいるので——あぁ、そういえば南の村ではご高齢《こうれい》すぎて使えなかったんだっけ？　でも、あれは小さな村だからで、ここは王都なんだし教会に行けば確実に治療は受けられるはずだし、僕がわざわざ出張って冒険者の治療をする意味が見出《みいだ》せない。

「それなりに稼《かせ》げている冒険者ならポーションも常備可能でしょうし、教会での治療も受けられます。しかし低ランク冒険者は治療を受けられないことも多く、最悪、亡《な》くなることもあります。なのでこの冒険者ギルドではギルドマスターの意向でヒーラーの冒険者には冒険者ギルドでの治療を要請《ようせい》しており、多くの皆様《みなさま》にご協力いただいているのです」

「なるほど……つまり、お金的には？」

「はい……。少々お安くなってしまいます。ですがギルドへの貢献は大きいと認識しておりますので、普通に冒険者として活動されるよりは大きな評価が得られると考えていただいて構いません」

顎に手を当て考える。

つまりお金は稼げない代わりに評価が稼げる仕事か。現時点では特にお金には困ってないし、むしろ評価の方が重要。今の僕にとっては悪くはない提案だと思う。

今まではダンジョン攻略《こうりやく》とかモンスター討伐をメインに活動してた——というか、するしかなかった。護衛任務とか薬草採取みたいな、ギルドや依頼主《ぬし》からの信用が必要な依頼は掲示板にはほぼ貼《は》り出されず指名依頼として特定の冒険者に直接打診《だしん》される形になってたから。

そして今はこの、ダンジョンもなくて、しかもモンスターの数が減るから冒険者の仕事も減るという冬の時期に長期滞在が決定している状態。先のことを考えたらギルドからの信用は得ておいて損はないはず。それに、長期滞在確定故《ゆえ》に断ってギルドから悪い印象を持たれるかもしれないデメリットも大きい。

「このソルマール冒険者ギルドでは他の冒険者のヒーラーにも同じようにお願いをしておりますし、実際、多くの方々には快諾《かいだく》していただいてますが、本業があったりクランやパーティに所属されている冒険者はそちらの活動がメインになりますから、常に人材は足りていない状態なんです」

「なるほど」

これまでの冒険者ギルドでこういう話は聞いたことがなかったし、これはここのギルドならではの施策《しさく》なのだろうか。でも、ヒーラー側にとってもランクアップを狙うなら悪くはない提案でもあるし、低ランク冒険者にとっては良い環境《かんきょう》だと思う。ここのギルドマスターは色々とちゃんと考えている人なのかも。

それから詳《くわ》しい条件などを聞いた後、提案を受けると返答し、階段を上がって資料室に向かった。

資料室に入り、いつものように棚《たな》にある本を端《はし》から調べていき、見たことのない本は軽く目を通し、次にモンスター情報のエリアを見る。

「えーっと……ホーンラビット、これか」

ギルドの掲示板に多く貼り出されてた依頼のターゲットがこれだ。

「額に角が生えている小型のEランクモンスター。体毛は灰色。冬になると毛が生え変わって白色になる個体もある、か」

説明を読んでみても大体想像通りのモンスターだった。

エルラビットとの違いはやっぱり角の大きさで、刃物《はもの》のように長いらしく。低ランク冒険者が角で脚なんかを刺《さ》されて怪我をすることがあり、当たりどころが悪ければ大怪我をする的なことが書かれてある。

これは日本の猪《いのしし》とかと同じだよね、突進《とっしん》で運悪く脚の太い血管をやられると想像以上の重い怪我になるみたいな。

木の板を棚に戻し、ロックトータスとか気になっていた他のモンスターの情報を確認。そして次を見てみると……。

「ん？　イエティ？」

木の板を手に取る。

イエティとは人型のCランクモンスターだけど、情報によると近年は目撃されなくなったらしい。乱獲《らんかく》されすぎて絶滅《ぜつめつ》でもしたのだろうか？

「そもそもモンスターに絶滅とかあるのかな？」

よく分からないけど、そういうこともあるんだろう。

木の板を棚に戻し、資料室を出て階段を下りる。

ギルド一階には冒険者の姿が増えてきていて、そろそろ冒険者が依頼を終えて戻ってくる時間帯に入りつつあることを示していた。

さて、今日の予定は大体終えたけど、もう一つ重要な用事が残っている。宿についての調査だ。

とりあえずギルドに併設《へいせつ》されている酒場に行き、カウンターでマスターにラガーを注文し、周囲を見渡し情報収集しやすそうな人を探《さぐ》る、と――

「ん？　お前は――」

「えっ？」

カウンターで隣《となり》にいた男性がこちらを見ていた。

はて？　この人とはどこかで会っただろうか？

パッと見た感じ、彼は黒髪《くろかみ》で細身の猫《ねこ》系の獣人《じゅうじん》。初対面な気がするけど、見たことがあるような気がしないでもない。

「前にアルノルンで会ったよな？」

「アルノルン……」

アルノルンでは様々な人と出会ったので候補は無数にある。クランのメンバーとか公爵家の中で会った人とか……。んんん！　分からないぞ、これ！

「アルノルンの冒険者ギルドでお前が冒険者登録してた時に話したニックだ」

アルノルンの冒険者ギルドで冒険者登録……あぁ！　そういえば！

「思い出しました！　受付のエリナンザさんを説得してくれた人ですね！」

「説得、というか、俺《おれ》は俺が思うことを言っただけだがな」

僕が二回目の冒険者登録のためにアルノルンの冒険者ギルドに行った時、受付で対応してくれたエリナンザさんに登録を止められそうになり、困っていたら助けてくれた人だ。

「そういえば、あれから見かけなくなったとは思ってたんですけど、この町に移動してたんですね」

「あぁ……いや、俺はこっちの生まれでな。ただ気まぐれで戻ってきただけさ」

マスターがカウンターの向こうから「はいよ、ラガーだぜ」と、カップをコトリと置いた。

「まぁ、酒も来たんだ、とりあえず乾杯《かんぱい》といこうじゃないか」

「そうですね！」

「再会に、乾杯」

「乾杯」

それから暫く彼と話し込んだ。

彼がアルノルンから離れた後の町の話。グレスポ公爵との戦いの話。黄金竜が襲ってきた話など。勿論、言いにくい部分はボカしてだが。

彼と会ったのはほんの一回だけの短い時間だったけど、互《たが》いのことを覚えていて、同じ町にいたという共通点があっただけで話は弾《はず》み、意外と盛り上がった。今まで一つの場所に定住せず移動を繰り返す日々だったから他の町で知り合いと会うなんてなかったけど、こうやって会ってみると凄《すご》く楽しく嬉《うれ》しいモノだと凄く感じた。

この先、冒険者を長く続けていれば、こういう機会はもっともっと増えていくのだろうか。

新しい町で新しい仲間や友人と出会い、そして別れ。また別の町で新しい人々と出会い、また別れ。次の町でも出会いと別れがあり、いつかは再会もある。そうして人生が続いていく。

そう考えていくと少し楽しい気分になり、僕もやっとこの世界の一員になれた——なんてちょっとカッコつけたことを考えたりもしたのだった。

「……！」

「なんだ？」

ニックさんが冒険者ギルドの受付の方を見てそう呟《つぶや》いた。

なんだか周囲がザワザワしてきたので僕もそちらを向く。

そこには同じ服装。学校の制服のようなモノを着た若い男女が六人で言い争いをしていた。

「あれは、なんです？」

「さあな。服装からして学院の生徒なのは間違いないが……」

「学院……とは？」

「この町にある王立学院。この国の金持ちのボンボンらが行く場所さ」

「へー」

そんなモノがあるのか……。流石は王都、という感じだろうか。

などと考えつつ彼らを観察していると、一方の男性三人、女性一人の側の内、中央にいた偉《えら》そうな男がもう一方の女性二人に指をビシッと差し、吠《ほ》えた。

「もうお前にはうんざりなんだよ！」

そう言われた二人の女性の内、一人が「ひあっ」と小さく叫び声を上げ、ビクッとしながら一歩下がる。するともう一人の女性がそれを後ろから抱《だ》き止めた。

男は言葉を続ける。

「いいか！　今日限りでお前を学院のチームから追放し！　冒険者パーティからも追放し！　お前

の家との契約《けいやく》も破棄《はき》し！　お前との婚約《こんやく》も破棄する！」

「そんな……」

「そして、俺はこのスミカと婚約することにした！　彼女はお前のような無能とは違い、素晴《すば》らしい女性だ」

男はそう言い、横に立っていた女性を抱き寄せた。

女性の方もまんざらでもないようで、男の方を見上げながらキラキラ潤《うる》んだ瞳《ひとみ》で「イラ様……」なんて囁《ささや》いている。

そしてここにいる冒険者らの大半が、いきなり始まった寸劇喜劇の意味が分からないのか、頭が付いてこないのか、ポカンとした顔をしている。かく言う僕も状況が意味不明で混乱しているのだけど。

「もうお前の顔は見たくない！　二度とその顔を見せるなよ！　分かったな⁉」

そう吐《は》き捨て、男は仲間と新婚約者らしい女性を連れて冒険者ギルドから出ていった。

そして周囲に静寂が訪れる。

誰もなにも言わないし、動きもしない。

カウンターの中で鍋《なべ》がコトコト呟くだけ。

「行こう、エレナ」

「……」

もう一人の女性に手を引かれ、エレナと呼ばれた女性が覚束《おぼつか》ない足取りのままギルドカウンターの中に入っていき、奥の扉の中に消えていく。

バタンと扉が閉まる音が聞こえ、それでやっと誰かの息を吐き出す音が聞こえ、冒険者達《たち》がひそひそ話を始めた。

周囲で「あれはどこの――」とか「婚約だって――」などと聞こえてくる。

カップに残っているラガーをグイッと飲み干す。

もう、なにがなんだか意味不明でよく分からないけど――

「追放追放&破棄破棄……。欲張りセットかな？」

◆　◆　◆

それから色々ありつつニックさんに良さげな宿を紹介してもらい、そこに移ることにした。

「ここか」

そこは冒険者ギルド近くの大通りから一本入った裏道にあり、一見するとただの民家のような佇《たたず》まいだけど扉の上の方に額から角を生やした馬が彫《ほ》られた金属製のレリーフが取り付けられてあり、知る人ぞ知る……というか知らない人は絶対に気付かない感じになっていた。その名も『聖なる白馬亭《てい》』だ。

扉を開けて中に入る。

「らっしゃい。お、初見だな。誰かの紹介か？」

「はい。ニックさんの紹介なんですが」

と返すと、店主らしき髭面《ひげづら》で筋骨隆々《きんこつりゅうりゅう》な中年男性が「ニックの紹介か……」と少し考える素振《そぶ》りを見せた後、僕の方を改めて確認してから「まぁいいだろう」と続けた。

ニックさんからこの宿の話は聞いている。基本的に一見《いちげん》さんお断りで、紹介がないと入れない店らしいのだけど、紹介があっても店主が認めなければ追い返される、そんな店らしい。

ニックさんが言うには礼儀《れいぎ》さえちゃんとしていれば大丈夫らしく、それに『子供には甘《あま》いところがあるから問題ないだろう』なんていう微妙な気持ちになる言葉もいただいた。

「で、一泊《ぱく》か？　五泊か？　一泊なら金貨一枚、五泊で合わせて金貨二枚銀貨五枚だ」

この宿の特徴は連泊だと安くなるところで、実質半額になる。

ここが安い理由は、まず連泊中は内部の清掃《せいそう》が行われず、ベッドメイキングなんかもないとか。

「五泊でお願いします」

「分かった」

お金を払《はら》うと、店主はカウンターの中をゴソゴソしながら店の奥に「おーい！」と呼びかけた。

そして「はーい」という声と共に現れた若い女性に案内された二階の部屋に入り、扉を閉める。

「ふ～……」

ベッドに座り、シオンを出してから倒《たお》れ込む。

ベッドの寝心地も、土台の干し草がしっかりしていて悪くない。

とりあえずは前の宿より雰囲気は凄く良いし、店主は強面《こわもて》だけど人柄は良さそうな感じ。値段的にも安くなっているし、現時点ではかなりポジティブな評価だ。

本当は賃貸物件でも借りようかと思っていたけど、ニックさんと話した感じでは役所への登録とか税金とかややこしそうで断念した。家に住むとなると本格的な定住を視野に入れる状況にならないとメリットが大きくないのかもしれない。

「さてと――それは新たなる世界。開け次元の扉《ホーリーディメンション》」

ホーリーディメンションを開いて中に入り、背負《せお》い袋や魔法袋から買ってきたアイテムをどんどん出して床に置く。

「夕食の前に実験してみるか」

「キュ？」

「我々の今後の食生活を改善するための実験だよワトソン君」

「……キュ」

なに言ってんだお前は的な顔をされた気がするが、気にせずホーリーディメンション内に買ってきた陶器のお皿を並べていく。

そして一つの皿に水滴《すいてき》の魔法を使って水を入れた。

「シオン、こっちの皿に聖水を入れてくれる？」

「キュ？」

シオンは不思議そうな顔をしつつ、聖水を作って皿に入れた。

僕が魔法で作った水を入れた皿。その隣にシオンが作った聖水が入った皿が並ぶ。

「う～ん……。実験をするなら井戸水《いどみず》も使ってみるべきかな」

これから行うのはホーリーディメンション内でのオラン発芽実験だ。

目的としては、このホーリーディメンション内で植物を育てることが可能なのか調べる、というモノだけど、ついでだから水によってどんな違いが生まれるのかも調べてみたい。だって魔法で作った水とか聖水とか面白《おもしろ》いアイテムがあるんだし、どうせなら試《ため》してみたいし。そうなると、一般代表として井戸水も用意しておかないと違いが分からない。

「後で井戸水を汲《く》みに行こう」

しかし地面で色々と作業をするのはやりにくい。やっぱりテーブルは欲しいよね。これもどこかで入手したいところだ。

「次は、と」

背負袋の中から魔法書を取り出す。昼間に錬金術師《れんきんじゅつし》の店で見付けたライトアローの魔法書だ。ラージヒールが使えるようになっていたので、調べてみたら使えるようになっていたから買ってきた。

いつものように魔法書を読んで魔法を覚える。

「よしっ！　これでまた新しい魔法を覚えられたぞ！」

「キュ！」

シオンと軽くハイタッチ？　をして細《ささ》やかに祝う。

今日はもう確かめられないし、明日にでも外に出てライトアローの威力を試してみよう。と、考えていると、宿の部屋の木窓がカタカタと揺《ゆ》れた。

ホーリーディメンションから出て木窓を持ち上げてみる。

「うわ、寒っ！」

窓の向こうの暗闇《くらやみ》から冷気と共に粉雪が舞《ま》い込んだ。

この感じだと明日は積もってしまうかも。

「……防寒具って、本当にこれで大丈夫なのかな？」

ふと気になった。

毛皮の外套はあるし、手袋と靴下《くつした》はぶ厚めのをアルッポで買ってある。でも、それで足りるのだろうか？

地球でなら大体の気温は地域ごとに分かるから、それに合わせて服装を選べばいいけど、こっちだとそんなモノはないし、判断基準がない。同じ雪が降る環境でも○度前後とお湯が一瞬で凍《こお》る環境では意味が違うはず。

「シオンの防寒具は……いらないいか」

「キュ？」

一瞬、どこかのお金持ちの犬が装備していそうな犬用のお洋服を想像してしまったけど、この世界にそんなモノが普通に売っているとは思えない。まぁシオンは基本僕が着ている闇のローブのフードの中だし、なくても大丈夫だろう。

それはそうとして、防寒について考えていく。

すると、重要なことに気付いた。

「……いや、そもそも部屋に暖房《だんぼう》がないよね？」

というか、今までの町の宿でも暖炉《だんろ》がある部屋なんかなかったはず。普通に考えると各部屋に暖炉を置くなんてコスト的に無理なんだろうけど、そうなると冬は厚着をして凌《しの》ぐか暖かい寝具《しんぐ》を用意するのが一般的な冬の凌ぎ方になるはず。けど普通の宿にはベッドと枕ぐらいは用意されていても布団《ふとん》はないわけで、寝具なんて持ち歩くわけにもいかない冒険者的には厚着をするしかなくなるはずだ。

「まぁ雪山登山にも暖房なんてないし、大丈夫でしょ、厚着すれば！」

近い内に冬用の衣服をもう少し増やさないとね。

そう考えていると階下で鍋底を叩く音がした。

「夕飯だ、行こうか」

「キュ！」

ホーリーディメンションを閉じ、階段を下りる。

食堂に入ると漂ってきたムワッとした香《かお》り。その中に包まれながら数人の冒険者が食事をとっている。

カウンター席に座り、カウンターの中にいた恰幅《かっぷく》の良い中年女性に部屋番号が書かれたプレートを見せた。

「飲み物はいるのかい？」

「じゃあラガーで」

「銅貨五枚ね」

おっ、やっぱり昨日の宿はボッタクリだったのだろうか？　いや、そもそも昨日の店基準で考えるからアレなんだけど、ここでも他の町の倍ぐらいなんだよね。やっぱりこの王都の物価は高すぎるんだ。

などと考えている間に目の前に大きめのスープ皿がドンッと置かれた。

皿の中にはブラウン色のスープ。そのスープには様々な具材が浮かんでいる。かなり具沢山だ。

「ラガーだよ」

「ありがとうございます」

ラガーが届いたのでスープを一口、飲んでみる。

「旨《うま》い」

出汁《だし》がしっかり利いているし、塩味もしっかりしている。昨日の店とはやっぱり違う。

スプーンで中の具を持ち上げて確認してみると、野菜から肉やらキノコやら判別出来ないモノまで色々とゴロゴロ入っていた。

「聞いた通りだ……」

ニックさんによると、この店の裏側には表通りに面した大きなレストランがあり、そこで出された食材の余り物なんかがこの店に流れてきて、それらを全《すべ》て鍋に入れて煮込《にこ》んだモノがここの料理だそうな。

そういう廃棄物処《はいきぶつ》――もとい、フードロスを生まない素晴らしいシステムのおかげでこの宿屋は低価格で運営出来ているのだ。

「最近、商人が――」

「――鉱石が少し――」

「いや、あれは――」

スープの具をほぐしてシオンに与《あた》えながら周囲の人々の会話に耳を傾ける。

こういう場所での誰かの世間話の中にも周辺情報を知るヒントがあったりするので面白い。

そうしてスープの中の謎の食材も美味しくいただき。その後で井戸から水を汲み上げ部屋に持ち帰り、ホーリーディメンション内に設置した皿に注いで、井戸水、魔法の水、聖水の三種類の水が入った皿の中にオランの種を入れた。

これがどういった結果になるのか、暫く様子を見ていこう。

◆　◆　◆

翌日、起きると同時に顔に冷たさを感じた。

「うわ……」

部屋の中が冷え込んでいる。この世界に来てから一番の寒さだ。

自分の定位置かのように僕の腋《わき》に挟《はさ》まって寝ているシオンを抱きかかえながら起き上がり、布団代わりにしていた毛皮のマントを羽織る。

「よし」

部屋を出て階段を下り、宿屋の扉を開けて外に出ると、外はひらひらと花びらのような雪が舞い落ちていた。

「降ってたのか」

そりゃ寒いわけだ。

地面にはまだ降り積もってないけど、道の端の方には小さな雪の塊《かたまり》が見える。

この感じだと夜から降り続けていたのかもしれない。

「う～ん」

「キュ？」

「いや、今の内に町の外を探索《たんさく》した方がいいかと思ってさ」

初冬でこの降り方だと真冬になると深く降り積もるだろう。今の内に周辺の地形なんかを把握しておいた方がいいかもしれない。

雪が積もった後だと全てが覆《おお》い隠《かく》されて分からなくなってしまう。

それにライトアローの実験もしたいから町の外には行きたい。

「決まりだ」

それから冒険者ギルドに行き、周辺地域についての情報収集をしようとするが、流石に朝のラッシュ時だけあって暇《ひま》そうな冒険者が見付けられない。

ので、酒場のマスターから周辺地域の情報を仕入れていく。

「この辺りは廃坑《はいこう》が多いんだ。そこら中にある」

「へー、なるほど」

「廃坑にモンスターが棲《す》み着いて巣にしちまうことがあるから定期的に巡回《じゅんかい》依頼があるが……。それはギルドが信用してる冒険者にしか回ってこない依頼だな」

聞いた話を紙にしっかりメモしていく。

「町の西側には今でも掘《ほ》り続けてる鉱山の入り口があるが、そっち側に行っても旨みは少ないぞ」

「どうしてです？」

「あっちは人通りが多いからモンスターが出てもすぐに狩《か》られちまうし、そもそも国軍が管理してるからな。モンスターなんざ掃討《そうとう》されちまってるからまず出ねぇよ」

「なるほど。そうですよね」

という感じに薄《うす》い葡萄酒《ぶどうしゅ》一杯で粘《ねば》って色々と聞き出した。

冒険者ギルドを出て町の外に向かいながら情報を整理していく。

この町の周辺にはいくつも鉱山があり、廃坑になっている場所も多くある。現在稼働《かどう》中なのは西側にある鉱山。西側の山脈は険しく、普通に登るのは困難。町の周辺だけでなく、山に近い場所は岩場が多い岩石地帯で植物はあまり生えない――

「あぁ、そうか」

植物があまり生えないとなると薬草系もほとんど採れないはず。つまりポーション類も他の町より作れてない可能性が高い気がする。ということは――

「回復魔法の依存度が他より高い？」

その可能性は高い気がするぞ。

ポーションの価格も想像以上に他の町より高いかもしれないな。

そう考えると、ここの冒険者ギルドが回復魔法使いを重要視するのは当然な気もする。ポーションという代替《だいたい》手段が難しい以上、回復魔法使いの有無《うむ》で色々と変わってくるだろうし。

あれこれ考えながら町を出て、スラムを横目に南側に向かって歩く。

右手側には南北に続く大きな山脈。左手側には荒《あ》れ地。山岳《さんがく》地帯の殺風景な景色に大小様々な岩が転がっている。

冒険者らしき姿もちらほら目にするし、冒険者なのか分からないボロボロの服を着た人も見える。彼らはなにをしているのだろうか。

南側の門から続く道に沿って暫く歩いていると岩陰《いわかげ》に小さな反応を見付けた。

「ホーンラビットかな?」

ミスリル合金カジェルを握《にぎ》り直し、慎重《しんちょう》に歩を進める。

高さが二メートルはある大岩を外から回り込むように近づくと——

「ギュ!」

灰色の小さな塊が勢いよく飛び出し脛《すね》を目掛《めが》けて体当たりしてきたので、ミスリル合金カジェルでゴルフのスイングのように払うと、バチッという音と共に灰色の塊が大岩にぶつかり、動かなくなった。

「これは、低ランク冒険者ならちょっと厄介なんだろうね……」

岩陰から足元への突進攻撃。僕はマギロケーションで位置が分かるけど、普通の冒険者なら気付かないかもしれない。それで致命傷《ちめいしょう》にはならなくても低ランク冒険者だと脚の大きな血管が傷付けられれば大ダメージになってしまうこともあるだろう。

「そりゃあヒーラーが必要になることもあるか」

ぶっ潰《つぶ》れて絶命したホーンラビットの角を叩き折って袋に入れ。本体を解体していく。が、慣れてないのであまり上手くいかない。

「最近はあんまりモンスターを解体するようなこともなかったもんね……」

エレムのダンジョンではモンスターが消滅したから解体はなかったし、アルッポのダンジョンはアンデッドだらけで解体するモノがほぼなかった。これは完全に経験不足だ。

「丁度良い機会だし、ここのホーンラビットで練習するか」

その内もっとランクの高いモンスターを相手にすることもあるだろうし、そうなった時に解体が下手で素材が台無しになってしまい、モンスターを狩った意味がありませんでした、なんてことになったら嫌だしね。

そうこう考えながらホーンラビットを魔石とズタズタな肉とボロ雑巾《ぞうきん》みたいな毛皮に解体し、袋に入れた。

……まぁ、冬の間ホーンラビットを解体し続けたら少しは上手くなってるだろうさ。

全体に浄化《じょうか》をかけ、立ち上がる。

マギロケーションで周囲を確認するが生物の反応はない。

「ついでに、ここでライトアローの試し撃《う》ちもしておくか」

ホーンラビットを潰した大岩に右手を向け、呪文《じゅもん》を詠唱《えいしょう》する。

「光よ、我《わ》が敵を穿《うが》て！《ライトアロー》」

右手から放たれた光の矢――というよりアイスピックのような尖《とが》った光が大岩に向かって飛んでいき、ぶつかった瞬間にボンッと弾け飛ぶ。

周囲にパラパラと砂煙《すなけむり》が舞った。

「……う～ん」

大岩に近づいて爆発《ばくはつ》した場所を観察すると、大岩の表面が少しえぐれてはいたけど、そこまで大きなダメージがあるようには見えない。

「光属性は攻撃力が一番ない属性……か」

そういう話が魔法の本には書いてあったけど、それを改めて実感する。

この魔法では『切り札』にはなりえない。単純に別種の遠距離《えんきょり》攻撃が一つ増えたという感じでしかない。

それから魔力を多く込めて発動したり、いくつか試行錯誤《さくご》してみたけど、やっぱりこう、しっくりこない。

「もっとこう……エターナルフォースブリザード！　はい、敵は死ぬ！　ぐらいの強力な切り札が欲しいんだけどなぁ」

「キュ……」

いつの間にかフードから顔を出していたシオンの呆れたような声を気にせず、考え込む。

現状、僕が属性魔法で高威力を目指すのは困難な気がする。これだと神聖魔法のホーリーレイの方が圧倒《あっとう》的に威力は高いし。高威力アップはもっと別の方向から考えるべきか……。

それから周囲の地形を確認したり、遭遇《そうぐう》したホーンラビットを倒したりした後、夕方になる前に町に戻った。

◆　◆　◆

「あっ、ルークさん、丁度良いところに。これからお時間、大丈夫ですか？」

「えっ？　あぁ……はい、大丈夫ですよ」

討伐報告をしようと冒険者ギルドに行くと、すぐに見知った顔から声をかけられた。

彼女は僕が最初にこの冒険者ギルドに来た時に受付をしたサラさんだ。

「実は若い冒険者が怪我をしたのですが、教会で治すお金もないようで……」

「あぁ……なるほど」

「それで、報酬《ほうしゅう》なのですが、銀貨五枚ならなんとか出せるらしいのですが、どうでしょうか？　冒険者ギルドは手数料などは取りませんので。とりあえず診《み》るだけでもお願い出来ませんか？」

「……分かりました」

銀貨五枚という数字が安いのか高いのか分からないけど、話の流れ的にはかなり安いのだろう。

さて、どんなモノか……。

サラさんに連れられてギルドの二階の一室に移動すると、脚に包帯を巻いた男性――というより男の子が床に横たわっていて、その周囲に同年代の男女三人が彼を覗《のぞ》き込むように座っていた。

「ルークさん、彼です」

サラさんの言葉に全員の視線がこちらに集まる。

その顔は幼くて、今の僕より年下に見えた。

「ヒーラー、なのか？」

「ジョン！　回復魔法使いが来てくれたよ！　もう大丈夫だよ！」

「どうか、よろしくお願いします！」

パーティメンバーの三人が叫ぶ。

「彼らはスラム出身のその日暮らしの冒険者です。命に別状はありませんが、脚を怪我した彼は暫く動けませんから、このままだと……」

「……このままだと？」

「暖かい時期ならともかく、今は彼ら三人では怪我をしたパーティメンバーの生活を支えきれないでしょう。つまり、その……」

「あっ……」

色々と察してしまった。

重い、重すぎるよ！　地球でも医療従事者の方々はこんな重いプレッシャーを背負っているのだろうか？

ここで僕が断ったりすると、想像したくもないけど彼らは色々と詰むのだろう。

色々と考えてしまうこと、考えたくないことが頭をよぎる。

「分かりました。治しましょう」

そう言って彼の前に膝《ひざ》を突き、魔法を発動させた。

「光よ、癒《い》やせ《ヒール》」

柔《やわ》らかい光が横たわっている冒険者を包む。

僕がしたのは、たったそれだけ。

包帯の下で見えないが、傷は完治しただろう。

「お？　おお！　痛みがなくなった！」

「やった！」

「良かったな！　良かった……」

涙《なみだ》を流して喜び合う彼らを見ていると、色々と考えてしまうモノがあった。

今の僕より若い子が、高々ヒール一発で治る傷で人生が終わってしまうのだ。そんな厳しさがこ

こにはある。

「ありがとうございます！　ありがとうございます！」

「助かったぜ！　ありがとな！」

「本当に、なんと言ったらいいのか……」

「良かった……」

彼らの感謝の言葉を聞き、改めて考える。

この世界は、怪我をしたり病気になったりした人が無償《むしょう》で治療を受けられる世界ではない。日本とは違うのだと。金がなければ普通に野垂れ死ぬ世界なのだと。

◆　◆　◆

それから数日間、町中の店と町周辺の地形を把握したり毛糸製のアンダーウェアを買ったりと、とにかく多忙《たぼう》な日々を過ごした。

冒険者ギルドからの回復依頼はまだない。定期的にギルドに顔を出すようにはしているけど、怪我人がいなければ仕事もないわけで、それは仕方がないというか、仕事がなければ怪我人が出ておらず平和だったということなので、それはそれで良いのだろうけど。

いつもの宿屋の部屋に戻り、外套を脱いでシオンをワシャワシャしながら下ろす。

「それは新たなる世界。開け次元の扉《ホーリーディメンション》」

宿の壁に生まれた光の扉の中に入り、お皿に入ったオランの種を確認。

「ん？」

魔法袋の中からマイフォークを取り出して皿の中の種をつついて傾けてみたりすると、一部の種から白い髭《ひげ》のようなモノが生えていた。

「おぉ！　これは根っこか？」

よく観察すると、聖水を入れていた皿の種には裂《さ》け目があり、緑色のモノが若干見えているモノもある。

「これ、芽だよね⁉」

「キュ」

シオンを抱き上げて一緒に観察していく。

これはもう、オランの種の発芽実験は成功と考えてもいいだろう。

井戸水、魔法の水、聖水の三種類の内、聖水に入れた種の生長が若干早い気もするけど、現時点では誤差レベルなので結論はまだ早いかもしれない。

しかし、これでホーリーディメンション内でも植物の栽培《さいばい》が可能っぽいことが分かった。

「よしっ！　実がなったらオラン食べ放題祭り開催《かいさい》だ！」

「キュ！」

と、ちょっと気が早い話題で盛り上がったところで、なにかが頭をよぎる。

「……ちょっと待てよ」

「キュ？」

不思議そうにこちらを見るシオンをモフモフしながら考える。

そもそもこのオランが正常に生長したとして、いつ収穫《しゅうかく》出来るようになるんだ？

春なのか、夏なのか、来年なのか？　いつになったら食べられるように……いや、あれっ？

「桃栗《ももくり》三年柿《かき》八年……っていうことわざ、あったよな？」

確か物事を成すには時間がかかる的な意味の言葉だったようなうろ覚えな記憶《きおく》があるけど、これってそういう比喩《ひゆ》的表現なのか、それとも実際に桃栗は三年で柿は八年もかかるのか、どっちだ？

それにオレンジは何年なんだ？　間を取って五年くらい？　いや、そもそもオランはオランであってオレンジではないよね？　似ているけどさ。

グルグルと頭の中で様々な情報と考察が駆《か》け巡る。

「これ、オランも年単位でかかるのだとしたら、本当に気の長い実験になるぞ……」

「キュ……」

ホーリーディメンション内の床にごろんと寝転《ねころ》び、シオンを胸の上に置く。

捕《と》らぬ狸《たぬき》の皮算用……という言葉が頭に浮かぶ。ちょっと変に期待してしまった後だけに、それが萎《しぼ》んで変なテンションになってきた。

「とりあえず様子見かな……」

実際、どうなるか分からないしね。

もう少し観察して、時間がかかりそうなら色々と考えよう。

◆　◆　◆

翌日、朝から冒険者ギルドに行き、掲示板で依頼を確認する。

基本的に食料調達というか、モンスターの肉の調達依頼が多い。地域柄、そうなっちゃうんだろう。

色々と見ていく中で珍しい依頼を見付けた。

「木材調達、か」

とにかく木を持ってこい……ってな依頼。見る限り木材の調達手段なんかは書かれていないため、恐らく自力で木が生えているところまで行き、自分で木を伐《き》り倒してここまで運んでくる必要があるのだろう。しかも依頼料も書かれていない。かなりワイルドでアバウトな依頼だけど、周辺に木が生えていないこの町ならではの依頼なんだろうね。

通常、町の周辺の木は町の木こりっぽい職業の人が管理してるっぽいけど、この町にはないみたいだから冒険者にそういう仕事が回ってくるのかもしれない。

次の依頼書を見ていく。

「鉱山労働、ね……」

もう一つの『この町ならではの依頼』だ。

こちらも書かれているマトモな情報は集合場所だけ。依頼料のところは『労働次第《しだい》』としか書かれておらず、明確な情報は他にない。紙からですらブラック企業臭《しゅう》がプンプンしている。ダメな感じしかしない。

でも、少し鉱山の中には興味があるし、一度ぐらいは経験してみるのも悪くはないかもしれない。と、考えていると、横から声をかけられた。

「兄貴も鉱山労働やるんすか？」

「ん？」

振り向くと僕より少し小さい青年――というより、少年がいた。

確か彼は――

「ジョン、だっけ？」

「うっす！　覚えててくれたんすね！　兄貴！」

彼は数日前にギルドからの依頼で怪我を治した少年。見る限り怪我は完治しているようだ。

それより、どうして僕が『兄貴』と呼ばれているのか意味不明すぎるけど、とりあえずそこは横に置いといて……。

「『も』ってことは、ジョンは鉱山労働やるの？　凄くヤバそうな感じだけど」

「ヤバいっすよ！　大変っすよ！　朝から夕方までずっと親方の指示通りツルハシで穴掘《あなほ》りっすよ！」

「おぉ……。でもやるんだ？」

「うっす！　俺、気付いたんすよ。兄貴に脚を治してもらった時、俺達にはまだホーンラビットは早かったんだって。ホーンラビットにやられるなら他のモンスターに出会ってたら生きて帰れなかったって」

「まぁ、そうだよね……」

ホーンラビットはEランクでそんなに強いモンスターではないけど、駆け出し冒険者にとっては弱いモンスターではないはず。僕だって最初に初心者ダンジョンでFランクのゴブリンと戦った時は大変だったし、その後にEランクのフォレストウルフと戦った時も簡単ではなかった。僕には回復魔法があったから仮に多少怪我をしていても大丈夫だったはずだけど、彼らは大きな怪我をしてしまうと詰んでしまう可能性があるのだし、もっと大変なはずだ。

「だから暫くは鉱山労働で下積みするって決めたっす！　やっぱりこの町の冒険者は鉱山労働っすよ！」

「えっ？　そういうモノなの？」

「そうっすよ！　この町の冒険者は皆、鉱山で鍛《きた》えてムキムキになるんすよ！」

そう言われて周囲を見渡すと、確かにこの町の冒険者は他の町より筋骨隆々ムキムキが多い気がする。

でも、確かにツルハシを振り下ろす動作は剣《けん》を振り下ろす動作に通ずるモノがあるかもしれない。……ないかもしれない。

まぁとにかく、それがこの町の伝統なのかも。

「それにですね！　伝説の聖女様もここの鉱山労働でムキムキになったたんすよ！」

「いやいやいやいや……誰から聞いたんだよ、それ」

「ほらっ！　あそこで酒飲んでるブルデン爺《じい》さんから」

ジョンが指差す方を見ると、酒場で朝っぱらから酒をかっくらっている爺さんが見えた。

どうやら既にいい感じに飲んでいるようだ。

「う～い、もう一杯くれ～」

「おい爺さん、朝からペース速すぎだぞ」

酒場のマスターがたしなめつつも酒を用意している。

「……いや、朝からあんなに出来上がってる爺さんなんてろくなもんじゃないよね？

「いやぁ、前にこの話を聞き出すために酒を二杯も奢《おご》らされたっすよ」

「それ、絶対に騙《だま》されてるぞ」

おいおい、そんな酔《よ》っ払《ぱら》いの与太《よた》話を信じてお金出してたらすぐに一文無しになるぞ。

「あっ！　兄貴すみません！　外に仲間を待たせてるんすよ。今日はこの辺で失礼します！」

「あぁ、うん」

「また怪我したらよろしくっす！」

「いや、怪我しないように気を付けて」

走り去るジョンを見送りながら思う。

「あの子、本当に大丈夫か？」

ジョンと別れた後、受付に向かう。

「おはようございます。今日は回復依頼、ありますか？」

「いつもありがとうございます。現時点では入っておりませんね」

「分かりました」

今日も怪我人はいなかったらしい。それはそれで結構なことなのだけど、仕事がないのは問題でもある。

一瞬、色々と考えを巡らせ、確認しておきたいことを思い出す。

「ああそうだ。強化スクロールは売ってますか？」

「はい。金貨一〇枚でお売りしておりますよ」

その言葉に少し安心する。

確か他の町でも金貨一〇枚だったはず。これはここでも価格が同じなんだ。全てが高い町だと思っていたから少し意外かも。

ギルドで売られているようなアイテムは価格変動が少ないのか、ここのギルドが良心的なのか、それは分からないけどありがたい。

受付嬢に礼を言ってカウンターから離れ、酒場の方に向かうと数日ぶりにニックさんを見付けた。

彼は酒場のカウンターで朝から葡萄酒をチビチビと舐めていた。

「おはようございます。今日は朝から……ですか？」

ニックさんの手元のカップを見ながらそう聞くと、彼は「冬にあくせく働く冒険者なんざ三流だぜ」と言って葡萄酒を呷《あお》った。

どう考えても酒飲みの言い訳っぽい話をしているニックさんの隣に座り、酒場のマスターに二番搾《しぼ》りの薄い葡萄酒を注文する。

「もしくは超一流、だな」

「超一流ならあくせく働くんですか？」

「そりゃあ超一流は替《か》えがきかないからな。休みたくとも仕事の方から勝手にやってくる」

それは確かにそうかもしれない。その人にしか出来ないスキルがあるのなら、その人に頼むしかないのだから。

「じゃあ普通の冒険者はどうなんです？」

「普通――というか一人前の冒険者なら秋の間に蓄《たくわ》えられるだけ蓄えて、冬の間に仕事がなくても困らないようにする。それだけだ」

「そういうものですか」

秋の間にどれだけ蓄えられるか、ね。なんだかアリとキリギリスの話を思い出してしまった。来年からは僕ももう少し色々と蓄えておけるようにしないとね。

「だが一流の冒険者はそれだけじゃないぞ。次の春のことを考えて色々と動くんだ」

「動く、ですか？」

「技《わざ》を磨《みが》いたり、政財界とのコネを作ったり……。この町じゃ王立学院の臨時教師になる冒険者もいるぜ」

「教師……」

以前、冒険者ギルドで見た婚約破棄セットの子らが確か学院の生徒だったはず。彼らの教師になる、か……。僕にはイメージ出来ない、というか年齢《ねんれい》的にもまずお声はかからないだろう。

「まぁ、一流になりたきゃ冬場にもやれることはあるって話だ」

「なるほど……」

そう言いつつニックさんを見る。

三流冒険者と超一流冒険者は冬でも忙《いそが》しく、一流冒険者は色々とやっている。そして一人前の普通の冒険者は冬でも普通にやっている。となると、朝から酒場で飲んでいるニックさんは二りゅ――

「おい、ちょっと失礼なこと考えてないか？」

「い、いやいやいや！　そんなことないですよ！　あっ！　そろそろ行かないと！」

ニックさんに別れを告げて冒険者ギルドから出る。

危ない危ない……。さて、今日はどうしようか、と。

外に出てもいいし、町中を探索してもいいけど……。

「あっ！　教会を探してみるか」

確か装備の強化を教会で行う人が多い、という話を聞いたはず。

「なんだっけな……」

魔法袋からメモの束を取り出してペラペラめくって確認していく。

「えっと『神に祝福されれば武具強化は成功する』といい、実際に武具強化を成功させまくった男がいた、か」

記憶を辿《たど》って例の話を思い出していく。

その男がそんな話をしたおかげで多くの人々が祝福を求めて教会に集まったが——色々とあって祝福を断られるようになり、それでも少しでも成功率を上げるために武具強化は教会の敷地《しきち》でチャレンジするようになったと。

「……僕も強化するなら教会でやるべきなんだろうか？」

強化に失敗して武器を失い、ターンアンデッドをくらったスケルトンみたいに教会の片隅《かたすみ》で魂《たましい》が抜けてしまった冒険者を思い出す。

「あの姿を晒《さら》すのはどうなのかと思うけど……」

って、最初から失敗する前提の話になってるな……。

「まぁ、とりあえず探してみるか。すみません――」

近くの商店の女性に話しかけて教会の場所を聞き、大通りを暫く進んだ先でも聞き、町を西の方角へ進んでいくと、それはあった。

石の壁に囲まれた大きな敷地。大きな金属製の格子戸《こうしど》から見える建物は壮大《そうだい》で、今までに見たどの教会より大きく見えた。

「ここが教会?」

これまで見たどの教会とも雰囲気が違う。

他の教会では敷地内にお祈《いの》りをしに来たのであろう一般人が多数いたし、昇天している冒険者もいた。けど、ここの教会には教会関係者っぽい人しか見えないし、格子戸は閉《と》ざされている。敷地内の庭はキレイに整えられていて、まるで貴族の屋敷《やしき》みたいだ。

これは完全に一般人お断りの雰囲気が出ている。

「ここで強化をするのは無理っぽいな……」

ここに入れないとなると、一般人はどこでお祈りしているのだろうか? というか、ここは本当に教会なのだろうか?

色々と疑問に感じながら町を探索し、その日は宿に戻った。

◆　◆　◆

「あぁ、それは大教会だな」

宿に戻り、宿の店主――ブライドンさんに教会のことを聞くと、そんな言葉が返ってきた。

「大教会？」

「あぁ、大きいからそう呼んでる」

「そのまんまじゃないですか」

「うるせぇよ、他に呼びようがないんだから仕方がないだろうが」

そう言いながらブライドンさんは僕の前にごった煮《に》スープの皿を置いた。

それを目の前に引き寄せ、味見してみる。

うん、相変わらず謎の食材がゴロゴロ入ってるけど旨い。

「もしかしてですけど、大教会があるなら小教会もあるんですか」

「はっはっはっ、もう一つ小さな教会もあるが、そんなそのまんまな名前なわけねぇだろ。ステラ教会だ」

「……そうっすか」

なんだか悔《くや》しい……。大きな教会は大教会のくせに……。

ごった煮の中から肉を取り出し、少しほぐしてからシオンに与える。

「そっちはスラムに近い壁際《かべぎわ》にあんだよな」

「そうなんですか？」

「細い路地の奥にあるからよ、地元の人間しか知らないだろうぜ」

しかし、どうして教会が二つもあるのだろうか？　いや、もしかすると他の町にも複数の教会はあったけど僕が知らなかっただけなのかもしれないが。

「で、教会にどんな用事があるってんだ？　単純に信心深いだけか？」

「いや、ちょっと武具の強化をしたいなと思って」

「おいおい、お前もあの伝説を信じてるってぇのか？」

「別に信じてるって感じではないですけど、念のためというか……」

ブライドンさんはカップを布で拭《ふ》きながらこちらを見る。

「俺は信じてねぇけどな。あんなのどこでどうやろうが変わりやしねぇって。俺も若い頃は何度も強化に挑戦《ちょうせん》したが、教会でやっても失敗しまくったしな」

「なるほど」

うん、まぁそうだろうとは思っているけど。でも、こういうのってイメージに引っ張られるからちゃんとデータ取って確認しないと実際のところは分からなかったりするんだけどね。

「まぁ、冒険者には験担《げんかつ》ぎが必要な時もあるからよ、それも仕方がねぇが。……お前はもうちょっと鍛えた方がいいな」

「？　ええ、まぁこれからも鍛錬《たんれん》は続けるつもりですけど」

これまでの話と体を鍛えることにどんな繋がりがあるんだ？

なんだか少し会話がズレているような気がしつつも、食事を終えて部屋に戻った。

◆　◆　◆

閑話《かんわ》　ブライドンは皿を磨く

「武具強化か」

宿屋の店主ブライドンは布で皿をキュキュっと磨きながら呟いた。

彼はさっきまでカウンターで食事をしていた少年を思い出す。

まだ冒険者になり立てのように見える少年が武具強化をしようとする。マトモな大人なら忠告の一つもしてやるべきかもしれないが——

「ニックが紹介してきたヤツだしな」

ニック・バット。目立つタイプではないが実力があって人を見る目もある。ヤツが認めて紹介してきた人間なら問題ない。

それにあの少年の動き。それなりに武器を振るったことがある者の動きだ。見た目以上に場数を踏んできているのだろう。あれはただの少年だと考えてはならない気がする。

「まぁ、余計なお世話か」

わざわざ自分が忠告するようなことでもない。

そう、ブライドンは結論付けた。

冒険者に余計な詮索《せんさく》は本来御法度《ごはっと》なのだ。しかし冒険者の先輩《せんぱい》としてアドバイスを送るのも年長者の務め。言うべき時は言う必要がある。しかし——と考えたところで顔を上げて息を吐く。

「俺も歳《とし》をとったな」

若い頃は考えもしなかったが、歳を重ねるとつい説教臭《くさ》く考えてしまうのだ。それも、若い頃に自分が煙《けむ》たがっていた飲んだくれ冒険者のように、若い者に一言かけたくなってくる。

ブライドンは皿をカウンターに置き、樽《たる》からカップにラガーを注ぎ入れ、それを飲み干した。

「ップハーッ！　それにしても武器強化、か……」

気持ちを切り替えるように頭の中を別の話に切り替える。

若い頃はブライドンも体を鍛え、何度も何度も武具強化に挑戦した。

何度も成功した経験はあるが、同じように何度も失敗した経験もあり、当然ながらその度《たび》に武器を燃やして消滅させた。今でも思い出すだけで頭の奥から苦い痛みが戻ってくる。

しかし冒険者をやっていて一定以上の強さを手にした者は、いつかは武具強化に辿り着いてしまうのだ。

それは自身の成長の壁なのか、能力の限界なのか……『武具強化に手を出さなければ次のステージには進めない』と感じてしまう瞬間がどこかで来る。来てしまう。そうなると後は進むか、それとも冒険者としての栄光の未来を諦めてそこで満足するか、どちらかしかない。

だから多くの冒険者が武具強化に手を出して、散っていった。

それを虚《むな》しくバカバカしいことのようにも思ったが、歳を重ねた今から考えれば、それこそが冒険者というモノなのだとブライドンは思う。

「しかし、あんなヒョロっとした体であの伝説を気にするなんてな」

そう言ってブライドンはククッと笑う。

「確か『鍛え抜かれし己《おのれ》を示し神に奉納《ほうのう》すれば強化は成功するだろう』だったか」

ブライドンは「俺のこの鍛え抜かれた鋼《はがね》の肉体をもってしても成功しなかったんだから無理に決まってるのによ」と、呟くように続け、また皿を磨き始めた。

食堂にまたキュキュッという音が響《ひび》いた。

第三章

マッスルパラダイス

CHAPTER 3

「フンッ！　フフンッ！」

「ハッ！　ヘアッ！」

「……」

　教会の話を聞いた翌日、どんな場所か確認《かくにん》するため、ステラ教会にやってきた。

　教会の敷地《しきち》は大教会と比べられるような大きさではないけど普通《ふつう》の宿屋よりは大きい。が、建物は木製だが壁板《かべいた》なんかは乾燥《かんそう》してボロボロになっており、老朽化《ろうきゅうか》が進んでいることが見て取れた。

「フォォ！　アイィィ！」

「ホアアアア！　ホイポイッ！」

「……」

　やはり教会の位置が町の外周沿いでスラムに近いこともあり、お金がないのだろうか？　それにしたって大教会の方はあんなに立派なのに、こっちのステラ教会がこの状態で放置されているのは意味不明ではある。

「ホッ！　ハッ！　武具強化！　いけっ！」

「いくぞぉぉぉ！　筋肉！　武具強化！」

「……」

いや……もう見えないフリは止《や》めよう……。

何故《なぜ》かは分からないけど、この教会では筋骨隆々《きんこつりゅうりゅう》な半裸《はんら》の男達《たち》が変なポーズをキメてから武具強化をしているのだ。

まったく意味が分からないよ！

「あぁぁぁぁぁ！　俺《おれ》のミスリルソードがぁぁぁぁ！」

「おい！　止めろ！　燃えるな！　ああああああああ……」

「……」

そして失敗。

上半身裸《はだか》のムッキムキな男達がボディビルダーのようなムキムキポーズをキメながら泣き崩《くず》れている。

どうやら高価な武具を燃やしてしまったらしい。

「う～ん……」

思わず声が漏《も》れる。

他の地域の教会でも武具強化にチャレンジする男達と、そして失敗して昇天《しょうてん》しかける男達は沢山《たくさん》見てきたけど、ここの教会はちょっと状況《じょうきょう》が違《ちが》う。気合いの入り方が違うというか……なんだか全体的にムキムキマッチョな武具強化なのだ。

それについて色々と話を聞いてみたい気もするけど、それが許されるような雰囲気《ふんいき》でもないので彼《かれ》らの横を通り過ぎて教会の方に向かった。

「すみません」

ギシギシと軋《きし》む扉《とびら》を開けて教会に入る。

中はキレイに整えられてはいるものの、長椅子《いす》や柱に年季を感じるし、ガラス窓もないので全体的に薄暗《うすぐら》い。

「教会内での武具強化はお断りしておりますよ」

教会の奥《おく》にある祭壇《さいだん》らしき場所にいた初老の男性がそう言った。

「あぁ、いえ。お祈《いの》りをさせていただければと思いまして」

「そうでしたか。お若いのに素晴《すば》らしいことです——こちらへ」

彼はそう言ってテスレイティア像の前に僕《ぼく》を導いた。

そこに進み片膝《かたひざ》を突《つ》き、両手を合わせる。

光の神である最高神テスレイティア。四属性の神々。そしてここに加えてもよいのか分からない名もなき闇《やみ》属性っぽい神。更《さら》に例の転生時に出会った謎《なぞ》の神。それらの神々を想《おも》いながら祈りを捧《ささ》げる。

「フンッ！　アチョォ！」

「ハイィ！　ホイッ！」

「……」

教会の壁がボロくて隙間《すきま》が多いせいか、外から男共の猛々《たけだけ》しい声が響《ひび》いてくる。

厳《おごそ》かな雰囲気が一瞬《いっしゅん》でマッスルパラダイスに変わっていく。

「……ダメだ、集中出来ない」

「そうでしょうな」

僕の隣《となり》まで歩いてきた司祭様がそう言った。

「どうしてこのようなことになってしまったのでしょうな……。全《すべ》てはあの伝説が始まりなのでしょうが、それにしても……」

「伝説？　って、あの『祝福を受ければ強化に成功する』的なヤツですよね？」

「？　いえ、確か『鍛《きた》え抜《ぬ》かれた体を神に示せば強化は成功する』とか、そういう感じの噂《うわさ》らしいですよ」

「えっ？」

ちょっと待てよ。なんだか前に聞いた話と少し違うぞ。

確か、教会で祝福を受けた男が武具強化に成功しまくってたから真似《まね》する人が増えたけど、上手《うま》くいかなくて教会が恨《うら》みを買ってしまって事件に発展したから祝福を与《あた》えなくなった。みたいな話だったはずだけど……。

もしかすると、伝説が伝わる過程で尾《お》ひれが付いて別のモノに変質してしまったのだろうか？　その場合、どちらが元でどちらが変質したモノなのかが重要になるけど、そうなると両方が尾ひれが付いた話で真実は別にある可能性も否定出来なくなる。

それに両方共に正解である可能性も捨てきれない。武具強化を成功させる方法が複数ある可能性もあるからだ。

……まぁ、はっきり言ってしまうと両方共にただの与太話《よた》でしかない可能性もかなり高いと思うのだけどね。

「そのような噂を信じ教会であのような姿を晒《さら》すなど、実に嘆《なげ》かわしい……」

「そうですよね」

僕も自分の家の前で毎日毎日マッスルお兄さんがフンッフンッ！　やり続けたら流石《さすが》に気が滅入《めい》ると思うし、それは嘆かわしいよね。

それから司祭様と少し話をして、教会を出た。

「さて……」

せっかく教会に来たのだし、ついでに記念すべき初武具強化をやってみよう！

「となると、なにを強化するべきか、だけど……」

今回の強化はお試《ため》しだ。とりあえず武具強化がどういうモノなのかを確かめるためのモノ。だから失敗しても問題のないアイテムで試したい。しかしゴブリンのナイフみたいな、仮に消滅《しょうめつ》してもどうでもいい二束三文のアイテムを強化するのもちょっともったいない。金貨一〇枚もするアイテムをそんなモノに使いたくはない。

となると多少でも使う可能性があるアイテムで試したいのだけど……。

「使う可能性があって、消えても最悪どうにかなるアイテム……となると最初に持ってた杖《つえ》とか、闇水晶《すいしょう》のナイフ、ミスリル合金カジェルも……まぁギリなんとかなりそうかな？」

そう考え、手に持っていたミスリル合金カジェルを眺《なが》める。

そして腰《こし》の魔法袋《まほうぶくろ》から強化スクロールを取り出した。

「……」

強化スクロールをミスリル合金カジェルに巻き付け、地面に置く。

あとは強化スクロールを触《さわ》りながら『強化』と言えば強化スクロールが発動するはず。

そうすれば武器が強化されるか――もしくは消滅するか……。

成功すれば強化されてハッピー。……でも万が一、失敗してしまうと消えてしまう。

消えてしまう。消えて、しまう。消滅してしまう……。消滅してしまうと、また新しい武器を買わないといけないし、メイン武器がなくなるから暫《しばら》く大変になる。

二つに一つ。……いや、そんな単純なフィフティーフィフティーなモノじゃない。成功率によってはもっと楽観視してもいいかもしれないし、悲観的なモノかもしれないし――

「あぁぁ……ダメだ。ミスリル合金カジェルではチャレンジ出来ない」

失敗した場合のことを考えるとちょっと決断出来なかった。

強化スクロールを回収し、教会の陰《かげ》でこっそりと魔法袋の中から木の杖を取り出していく。

こっちなら最悪、消滅しても問題ないし気分的にも大丈夫《だいじょうぶ》そうだ。

「よしっ！　やるか！」

強化スクロールを巻き付けて発動――の前に……。

「まぁ……とりあえずやっとくか」

いや、ここでは全員がやってるらしいしさ。神頼《かみだの》み程度かもしれないけど、やるだけならタダだし。

周囲を見回し、変に注目が集まっていないことを確認し、安心してササッと「フンッ！　フフンッ！」とボディビルポーズを見様見真似でやっておく。

うん……。別に見られてるわけじゃないけど、やっぱりちょっと恥《は》ずかしい……。

「今度こそいくぞ！　強化！」

そして強化スクロールを発動。

するとスクロールがホロホロ解けて光の粒子《りゅうし》となり、杖を包み込《こ》んだ。

そしてすぐに光が収まって、それまでとまったく変わった様子のない杖が現れた。

「成功……した？」

恐《おそ》る恐る杖を触ってみて、持ち上げてペタペタ触って確認していく。

「強化前と違いは……ない？」

ない？　そんなことあるのか？　なにかが変わってないとおかしいというか、リスクリターンが合ってないというか、フンッフンッやり損というか……。

う〜ん、そもそもだけど、強化をしたことで具体的にどういった要素が強化されるのか、どういったことが起こるのか、完全には把握《はあく》しきれてないんだよね。

「これは、ちゃんと調査していかないと見えてこないか」

◆　◆　◆

「で、武具強化とは、なんなのですか？」

「なんだ？　藪《やぶ》から棒に……武具強化は武具強化だっつーの」

夜に宿の食堂にいたブライドンさんに気になることをぶつけてみた。

「いや、そうではなく、具体的に武具強化をしたら武具がどうなるのか知りたくて」

「どう……って、そりゃ強化されんだよ、強化」

う～ん……ちょっと上手く伝わらない。

もう一度、考えを整理して最初から説明していこう。

「実は杖を一回、強化してみたのですが、なにが変わったのか分からなくて……」

「強化したのは一回だけか？」

「そうです」

「なら変わらなくてもおかしくないぞ。武具強化は一回や二回じゃ大した変化がないことも多いからよ」

一回や二回では変わらない？　武具強化って何度も重ねがけ必須《ひっす》なシステムなのか？

「何度も武具強化したら違いが出てくるってことですか？」

「あぁ、一回でも強化はされてるのかもしれねぇが、常人に見分けがつくような差じゃねぇよ。三回……五回と重ねていけば誰《だれ》でも分かるぐらい元の武具とは違ってくる。それに――」

「それに？」

「もっと何度も強化を重ねていくと、変わるんだ。それこそ別物にな」

「別物？　とは？」

「そのままだ。別の物に変わっちまう。そうなると元の武具とは比べ物にならねぇ威力《いりょく》だからよ……。あれを経験しちまうと、もう武具強化を止められなくなっちまうんだよな……」

ブライドンさんは食器をキュキュっと磨《みが》きながら遠い目をする。

なにそれ怖《こわ》い。

……これ、なんだかギャンブルみたいになってないか？

「それは、見た目が変わったりするんですか？　それとも性能が一気に上がるとか？」

「どっちもあるぜ。見た目からして、こう……なんて言うんだ？　グワーっとしたモノになることもあるしよ、切れ味だけ一気に上がったこともあったな」

なにそれ怖い。

グワーってなんだ……恐竜《きょうりゅう》かな？

「それって、具体的にどれぐらいの回数でそうなるんです？」

「分かるわけねぇ。それが分かったら苦労しねぇよ」

「いやそうですけど、目安というか『大体はこれぐらい』みたいなモノってあるんじゃないですか？」

「一回でそうなることもあれば、七回八回と重ねてもダメな時はダメだ。そもそも自分の武器がどれだけ強化されてるかなんざ正確には分からねぇだろ」

「自分が強化した回数が強化数じゃないんですか？」

「前の持ち主が強化したかもしれねぇだろ？　良い武具ほど人の手を渡《わた》ってくるんだからよ」

「あぁ……」

武器の見た目が強化数によって変化しない以上、その武器が過去にどれだけ強化されてきたのか正確に把握することは不可能、と。

ゲームとかならアイテムの正確な情報が表示されたりするから分かりやすいけど、そんなモノがない以上、正確なデータを取ることが難しいってことか……。

「ただ、俺の経験上、良い武具は成功しやすい……とは思ってるぜ。確証なんてねぇけどな」

「なるほど」

う～ん……。こういうのって正確なデータはなくても大体の傾向《けいこう》みたいなモノが長い年月の中で見えてきて伝わっていくモノだと思うのだけど、それがあんまりないってことはランダム要素が強かったり不確定要素が多かったりするのだろうか。

……いや、一つだけしっかり伝わっているモノがあったな。

例のアレ……教会でフンッフンッすることだけがしっかり伝わっているのが謎すぎるが……。とにかく、まだまだ情報収集は必要そうだ。

◆　◆　◆

翌日。カタカタと鳴る木窓の音で目が覚める。

ベッドから立ち上がり木窓を開けると冷たい風が雪と共に流れ込んできた。

「本格的に降ってきたか」

隣の建物の屋根が薄《うっす》らと白くなっている。

今日はちょっと寒くなりそうだ。

「シオン、行こうか」

「キュ」

宿から出ると地面にも雪が薄く積もっていた。

それをキュッキュッと踏《ふ》みしめながら冒険者《ぼうけんしゃ》ギルドへ向かう。

雪が降っても毎日出勤。これ、真冬になったらもっと大変になるよね？　そうなったら仕事なんてせずに宿屋に引きこもってようかな。

とか考えている間に冒険者ギルドに着く。

いつものように掲示板《けいじばん》を軽く確認し、受付に向かう。

「あっ、ルークさん」

「おはようございます。回復依頼《いらい》はありますか？」

「今日もありませんね。でも、別の指名依頼が入ってますよ」

「指名依頼ですか？」

「はい。廃坑《はいこう》の調査依頼がギルドから出ております」

「廃坑の調査依頼……」

調査？　調査ってなにをすればいいんだ？　そもそも、どうしてそんな依頼がギルドから僕に来るんだろう。

「指定された廃坑に向かい、中に異常がないか調査してください。もしモンスターを確認した場合、討伐《とうばつ》していただければ追加で報酬《ほうしゅう》が出ますので」

「……中にモンスターがいたかどうか、どうやって証明するんです？」

「討伐証明部位は持ち帰っていただきますが、基本的にはルークさんの自己申告で大丈夫ですよ」

「それって嘘《うそ》の申告が可能なんじゃないですか?」

「そうですね。なのでこれは一定以上、信頼《しんらい》出来ると認められた冒険者にしか依頼されません」

信頼出来る冒険者? 僕がそうなのか?

いや、信頼されるのは嬉《うれ》しいのだけど、まだこの町に来てから日が浅い僕がそこまで信頼された理由が分からない。

と考えていると、それを察したのか受付嬢《じょう》が言葉を続けた。

「疑問に思われているようですね。私も全てを把握しているわけではないのですが、ルークさんが回復依頼を問題なく達成していることを上は高く評価しているようです。それに私達ギルド職員との接し方を見ても人となりは問題ないと感じますし」

「って人となりも評価基準に入ってるんですか?」

「勿論《もちろん》です。高ランクになれば身分の高い方々とも接する機会が増えますから、直《じか》に接している我々が受ける印象も重要なんですよ」

なるほど……。いや、確かにそう言われてみたら当然というか。冒険者ギルドって言うなれば派《は》遣《けん》業みたいな側面もあるし、心証のよろしくない人間に重要な仕事を回すわけにはいかないか。

そう考えると冒険者というのも完全に実力で判断される自由な仕事というわけではないのかもね。上に行くと、それなりにそれなりのモノも求められていくのだろう。

なんかちょっとサラリーマンっぽさが出てきたな……。

「それと、今回の依頼に関しましては、いつもこの依頼を受けていただいている冒険者の方がたまたま別の依頼で不在でして。それならランクアップをご希望のルークさんに任せてみて様子を見よう、という上の判断があったとかなかったとか……」

と、受付嬢さんが少し小声で続けた。

「なるほど……」

となると、この依頼はあまり断るべきではない感じなんだろうね。

実質的に僕のランクアップ評価にも関《かか》わってくる部分があるのだろう。

「分かりました。やります」

「ありがとうございます」

それから細かい情報などを確認し、ギルドを出た。

そして町を出て西側に向かい、パラパラと降ってくる雪の中を歩いていく。

「えーっと……向かうのは四号坑道《こうどう》ね」

ギルドの受付で借りた地図を確認する。

地図によると比較的《ひかくてき》町から近い場所にある廃坑で、中もそんなに深くなく、内部の地図まで用意されている。至れり尽《つ》くせりの仕事だ。

今回の報酬は金貨二枚。高いのか安いのか微妙《びみょう》なラインの気もするけど、単純に確認だけする仕事なら十分高い気もするし、アルッポのダンジョンなんかでCランク冒険者が受け取る報酬とかと比較すると安い気もする。でも、ダンジョンでの報酬と比べるのは間違っている気もする。

色々と考えながら歩いていると、すぐに目的の四号坑道に到着《とうちゃく》した。

少し地面から盛り上がった小さな丘《おか》に穴があいていて、その入り口には木製の扉のようなモノの残骸《ざんがい》があるが、既《すで》に朽《く》ちていて意味をなしていない。

「さて……」

マギロケーションを意識しながら廃坑の中に足を踏み入れる。

この依頼の主な目的は、実質的には内部になにか危険なモノが棲《す》み着いていないかの確認らしい。

モンスターなんかが棲み着いて繁殖《はんしょく》する場合もあるし、冬になると夏場では洞窟《どうくつ》に棲み着かないようなモンスターでも寒さから逃《のが》れるために洞窟に避難《ひなん》してくる場合があるとかなんとか。

じゃあそもそも、モンスターなんて入れないように入り口の扉をちゃんと修復しておけばいいじゃん！　とは思ったけど、モンスターによっては扉ぐらい簡単に破壊《はかい》してしまうこともあるらしく、あんまり費用対効果的によろしくないらしい。

じゃあもうそんな廃坑なんて埋《う》めちゃえばいいじゃん！　とも思ったけど、そうもいかない事情もあるらしく——

「おっ」

廃坑の奥から声が聞こえてきて、マギロケーションでも人の形を確認した。

慎重《しんちょう》に、しかし足音は消さずに近づいていく。

「ん？」

「あっ！　誰かと思ったら兄貴じゃないっすか！」

その声を聞いて内心ホッと安堵《あんど》する。

そこにいたのはジョンとパーティメンバーの三人だった。

「ここにいるってことは、兄貴もクラクラ茸《だけ》っすか？　これ、中々イケますよね！」

「それはない」

「美味《おい》しくないよ！」

「好んで食べてるのはアンタぐらいだから！」

ジョンの言葉に残りの三人が即《そく》反論する。

「そうか？　食べるとちょっとクラクラするけど、それも慣れるとヤミツキに――」

「いや、それ毒キノコだよね？」

思わずツッコミを入れてしまう。

そうなのだ。ここいらの廃坑にはキノコが生えていて、それがスラムの住人らの貴重な食料源になっているらしい。なので廃坑を封鎖《ふうさ》することは不可能、というのが廃坑を埋めたりしない一番の要因なのだとか。

ただ、このクラクラ茸は味も悪く、命に関わるようなモノではないにしろ毒がある。なのでスラムの住人でも積極的には食べないらしく――しかしそれが逆に最後のライフラインという位置付けにこのクラクラ茸を持っていったらしく、余計に廃坑の封鎖が難しくなった、という経緯《けいい》があるらしい。

「クラクラ茸が目的じゃないってことは廃坑の調査依頼っすか？」

「まぁ、そうだね」

「兄貴、流石っすね！　その歳《とし》で調査依頼を受けられるなんて、ギルドからの信頼が厚い！」

ワイワイ騒《さわ》いでいる四人を見ながら考える。

まだ初冬のこの時期に彼らがクラクラ茸を採りに来ている理由。それを考えていくとあまり良い状況が思い浮《う》かばなかった。

「ところで、鉱山労働の仕事はどうしたの？　今はまだやってる時間だよね？」

鉱山労働の仕事があるなら最低限、食えてるはずだ。こんなところに来る必要はない。

「それが、今日は掘《ほ》らないって、追い返されたんすよね。それで困っちゃって……」

「こんなこと、初めてだよな？」

「うん」

「どうなってんだろね？」

四人の話を総合すると、いつものように鉱山に行ったら全ての作業員が門前払《もんぜんばら》いを食《く》らったらしい。

「それって、もっと昔にもそんなことはなかったってこと？」

「近所のおっちゃんも、こんな晴れてる日に掘らないのは初めてだ、って」

「そうなんだ……」

なんだかよく分からないけど、彼らの状況は良くないように感じる。

以前、ジョンの怪我《けが》を治した時に彼らの置かれている状況を受付嬢から少し聞いた。

それを合わせて考えると、今の彼らの置かれている状況はもっと悪くなっているのだろう。

知ってしまった以上、彼らとこのまま別れて知らぬ存ぜぬで過ごすのはなんとなく目覚めが悪くて、彼らに「この後、時間ある？」と聞いていた。

「時間ですか？　仕事がなくなったんで、いくらでもありますよ！　なぁ？」

「うん！」

ならば行こうか――ということで皆《みな》を連れて町に戻《もど》り、冒険者ギルドで報告をしたりした後で飯屋に入ってラガーの入ったカップを天高く掲《かか》げていた。

「乾杯《かんぱい》！」

「乾杯！」

「ゴチになりますっ！」

なんだかんだありつつ仕事を終えて町に戻り、四人に夕食を奢《おご》ることになった。

というか、毒キノコを夕食にしようとしている彼らを放ってはおけなかっただけなのだけど。

「まぁ、今日は遠慮《えんりょ》せずに食べていいからさ」

「助かりますっ！」

「テーブルの上にこんなに料理が載《の》ってるの、初めてかも……」

「うまうま……」

彼ら――ソルマールの風というパーティで、ジョンとサム、それに女性二人のノエとブーセの四人なのだが、彼らがおすすめしてきた店はスラムに近い場所にあり、いかにも下町の店というか……悪く言えばボロい店だった。

出てきた食事は内容的にも質より量という感じで、まぁ色々とお察しなモノではあったけど、彼らはそれを美味しそうに頬張《ほおば》っている。

僕的にはこの山盛りの茹《ゆ》でたポタトと具のないスープでは満足出来ないのだけど、しかし彼らを連れて普通の店に行ったらどれだけかかるか分からないし、仕方がないと諦《あきら》めておく。

「クラクラ茸を食べなくていいだけで幸せ……」

「アレ、食べると凄《すご》く嫌《いや》な気分になるんだよね」

「そうそう。なんだか悪い方に悪い方に考えるようになっちまうんだよな……」

「そうか？　俺はまったくそんなことないぜ！」

なにそれ、怖い。

なにか精神に影響《えいきょう》を与えるような毒でも入ってるのだろうか？

「あんたはクラクラ茸を食べ慣れすぎてんのよ！」

「慣れるまで食べるもんじゃないよ、アレは……」

食べ続けると毒の耐性《たいせい》が出来たりするの？

なんとなくクラクラ茸に興味が湧《わ》いてきて色々と聞いてみる。

「クラクラ茸ってさ、どうやって食べるもんなの？」

「生でもイケるっすよ！」

「それはない」

「生だとキツすぎて無理だから」

「普通は焼いて食べるんです。焼くと副作用が少なくなってまだ食べやすいので」

熱を入れると分解される系の毒ってことか。

「男は黙《だま》って生で齧《かじ》って強くなるって、聖女様もそうしてたってブルデン爺《じい》さんが言ってたんだぜ！」

「あんた！　またあの爺さんに酒奢ったの!?」

「お前！　また騙《だま》されたのか！」

なんていう話をしながら食べたり飲んだりした後、彼らは帰っていった。

クラクラ茸を残して……。

ジョンから献上品的《けんじょうひん》な感じで渡され、断りきれなくて受け取ってしまったけど、ぶっちゃけどう処理したらいいのか分からない。

まぁ、本当に食べる物がなくなった時の非常食にでもするか……。

それはそうとして、なんとなく彼らと何度も関わっているし、関わってしまったから放ってはおけなくなってきている。

……どうやら彼らはステラ教会の孤児院《こじいん》に間借りしているらしいので、お祈りついでにたまには様子を見にいってみるのもいいかもしれない。

◆　◆　◆

それからまた幾日《いくにち》か過ぎた。

毎日のように冒険者ギルドに顔を出し、回復依頼がある時は料金の大小に関係なく受け、廃坑の調査依頼も入ればキッチリこなす。あとは町中を探索《たんさく》しつつ本屋を探したり、武具の店を見たり、冒険者に話しかけて情報収集も頑張《がんば》っている。

そしてたまに教会に顔を出して祈り、ついでにジョンらの様子を確認したり。

「どうぞ、ホンラビです」

「いつもすみませんな。ありがたく頂戴《ちょうだい》いたします」

町の外に出てホーンラビットなんかが狩《か》れた時は売ったりせず、こうして孤児院に寄付することにしている。

ジョンの様子を確認した時、教会に隣接《りんせつ》している孤児院も見てしまい……見て見ぬふりが出来なくなってしまったからだ。

「やった！　今夜はホンラビだ！」

「いぇぇぇい！」

「おっしゃー！　楽しみっす！」

子供達に交じってジョンらも大喜びしているけど……まぁそれはよしとしておこう。

「白湯《さゆ》ですが、どうぞ」

「ありがとうございます」

席につき、司祭様が入れてくれた白湯に口をつける。

冷えた体が少しずつ温まってきて、ホッと息を吐《は》いた。

今までどの町でも水を飲む習慣はなかった気がするけど、この町では井戸水《いどみず》や湧き水を飲んだりするらしい。

やっぱり山に近いだけあって水がキレイなんだろうか。

「最近、どうですか？」

という感じの捻《ひね》りのない言葉から世間話を始める。

「ほっほ……テスレイティア様のおかげで変わりなく過ごせておりますよ」

テーブルを挟《はさ》んで向かい側に座《すわ》る司祭様はそう言って白湯をズズッとすすった。

隣の部屋からは小さな子供が遊んでいる声が聞こえ、台所の方からはダンダンダンッとホーンラビットをぶつ切りにしていく音が聞こえる。

どうやらスープでも作っているらしい。

こうやって司祭様と世間話をするのは何度目だろうか。司祭様の人柄《ひとがら》なのか、こうしていると凄く落ち着くような気がして、ついつい長居して世間話をしてしまうのだ。

「ただ、最近は鉱山が休業する日がありましてな。それが気がかりではありますが……」

「話は聞いてます」

「この町は鉱山の町。多くの住人が鉱山に関連する職に就《つ》いております。そこが止まるとなると……。悪いことにならなければよいのですが」

「鉱山が停止する理由って、なんでしょうか？」

「さて……。このように町の端《はし》に追いやられた老いぼれには、そんな情報は回ってきませんでな。……大教会の方では把握しておるかもしれませんが」

そう言って司祭様は遠くを見た。

「大教会……」

「あちらは国の上層部とも関わりが深いのですよ」

「あの……そもそも大教会とこのステラ教会ってどんな違いがあるんですか？」

聞いていいのか悪いのか分からなくて今まで遠慮してたけど、名前が出てきたので思い切って聞いてみた。

「違いなどありませんよ。本来はね」

「本来は？」

「我らは同じくテスレイティア様を信じ祈りを捧げる者。かつては私もあの教会におりました。しかし彼らは国からの支援《しえん》という名目で——いや、よしましょう。今更《いまさら》言っても仕方のないことですね」

なんとなく、それ以上は突っ込んだ話が出来ないような雰囲気になり、司祭様に礼を言い教会を後にした。

「う～ん……。まぁ、なんだろうな。この町にも色々とあるんだろうね」

「キュ？」

「大人の事情ってモノがあるってことさ」

これだけ大きな町だし、簡単には語れない様々な事情があるんだろう。

僕なんかが口を出してどうこうなる話でもないし、難しいよね。

なんて考えながら冒険者ギルドを目指す。

今日の仕事、廃坑の調査依頼の完了《かんりよう》報告をする必要がある。

冒険者ギルドの中に入ると、夕方だからか人が多く混雑していて、冒険者ギルドと教会に行く順番を間違えたかと少し後悔《こうかい》しながら受付の列に並び、ようやく自分の番になって完了報告をする。

「六号坑道、異常なしでした」

「あっ、ルークさん、調度良いタイミングです。実は至急、大事なお話があるのですが、これからお時間、大丈夫ですか？　大丈夫ですよね？　ね？」

「えっ？　まぁ別に時間は大丈夫ではありますけど……」

「ありがとうございます！　それではこちらにお願いします」

「え？　分かりました」

受付嬢が別の女性に窓口業務を頼《たの》み、僕をカウンターの中に案内した。

えっ？　こっちのスタッフエリア？　ちょっと緊張《きんちょう》するんだけど……。

そして部屋の奥にある扉の前に連れてこられた。

「こちらです」

受付嬢はその扉をコンコンとノックする。

「入れ」

「失礼します」

受付嬢が入室するのに続いて僕も部屋に入る。

そこは執務室《しつむしつ》のようになっていて、大きな執務机とソファーセットが置いてあり。執務机には髭《ひげ》面《づら》で大柄な男が、ソファーセットには少女が二人座っていた。

「ルークさんをお連れしました」

「そうか。ご苦労だった」

受付嬢は執務机の男とそれだけ会話すると僕を残してさっさと部屋から出ていってしまう。

そしてバタンと扉が閉められた。

いや、ちょっと、なにか説明をですね……。

「悪いな、来てもらって。とりあえずそこに座ってくれ」

「えっ？　はい……」

執務机の男に言われるがままにソファーに座る。

向かい側には二人の少女が座っていて、目が合ったので軽く会釈《えしゃく》をすると少女らも返してきた。

しかしこの二人はどこかで――

「俺はこのソルマールの冒険者ギルドのギルドマスターをしているフービオだ」

ギルドマスター……まぁギルドの奥にある部屋だし、立派な机だし、受付嬢の態度もアレだし、そうなんだろうと思ったけど。

フービオと名乗った男――ギルドマスターは執務机のイスから立ち上がり、一人がけのソファーに座り、言葉を続ける。

「今回、呼んだのは他でもない。実はお前に特別な依頼をしたいと思ってな」

「特別な依頼……」

「依頼主《ぬし》は――まぁ俺でいいか。依頼内容はこのエレナに回復魔法を教えることだ」

エレナ？　確かどこかで……。

記憶《きおく》の中を探《さぐ》っていく。

確か……えっと……あそこでもないし……。

と、考えていき、目の前の少女を見て思いつく。

「あっ！　例の婚約破棄《こんやくはき》欲張りセッ――ゲフンゲフン……」

エレナが小さく息を呑《の》み、隣に座っている少女の腕《うで》をギュッと握《にぎ》った。

ヤバい！　失言だったか……。

「……お前もアレを見てたのか。……まぁそれなら話が早いか」

ギルドマスターは両肘《りょうひじ》を膝に突き腕を組み、話を続ける。

「このエレナには魔法の才能がある。光属性も持っている。だが回復魔法が上手く使えない。それもあって婚約破棄なんて――いや、それは大した問題じゃないが。とにかくエレナが自信を持てるようなんとか回復魔法だけでも使えるようにしてやりたい。出来るか？」

エレナはソファーで下を向いて小さくなってしまっている。

「いや、出来るかと聞かれても、僕もどうやって回復魔法を使えているのかよく分からないですし……」

ぶっちゃけこの世界の魔法の理論とか体系とかもよく分かっていないし、僕が魔法を使えているのもあの例の白い場所で魔法を選択《せんたく》したからで、それがどう影響してるのかとか、どうすれば魔法が上手くなるのかもイマイチ理解出来ていない。

人に教えるとか、そんなことが出来る気があまりしない。

「そもそもですけど、どうして僕なんです？　他にも回復魔法使いはいますよね？　ギルドマスターならもっと高ランクの回復魔法使いとの伝手《つて》ぐらいあるのでは？　それに回復魔法なら教会が専門ですし」

少し気になっていることを聞いてみた。

「勿論、伝手はある。だが回復魔法を使ってもらうぐらいなら可能でも教師となると話は別だ。教師だと拘束《こうそく》時間も長くなるから簡単じゃない。それに俺が親友から預かってる娘《むすめ》を任せるんだ、ちゃんとした人間でないと安心出来ない。それと教会に関しては……色々と難しい問題がある」

「……評価していただけるのは嬉しいのですが、僕はまだこの町に来たばかりですよ？」

まだこの町に来て日が浅い僕がここまで信用された理由が見えてこない。

「回復依頼などの仕事を完璧《かんぺき》にこなしていると報告を受けている。それに受付からの評判も良い。彼女《かのじょ》らはただ受付業務をこなしているだけじゃない。日々のやり取りの中から冒険者一人一人の性格や人となりを観察して評価することも仕事の内だからな」

「なるほど……」

「それに、その若さでBランクを狙《ねら》おうとする回復魔法使いだからな。日々の鍛錬《たんれん》の方も違うんだろ？　その一端《いったん》だけでもこの子に教えてやってくれたらいい。それでこの子が成長出来れば儲《もう》けもの。出来なくても……別に文句なんて言ったりしないから安心しろ」

「いや、別にそんな特別なことはしてないですけど……」

なんか、変に過大評価されてない？

いや、でも確かに今の僕の歳でBランクの選考に入るレベルとなると普通に優秀《ゆうしゅう》な冒険者という扱《あつか》いになるのだろうか？　……客観的に考えてみると、なるような気がしてきたぞ。

「それにだ。報酬の方もちゃんと考えてある。成功すれば推薦状《すいせんじょう》を貰《もら》えるよう取り計らうからな」

「推薦状とは？」

「Bランクに上がるためのだ。ないんだろ？」

「ないですけど……。ってどこから推薦状を貰えるんです？」

「それは――」

ギルドマスターの目が一瞬、エレナの方を向いた。

「それなりに偉《えら》い人からだ」

「そうですか」

それで大体どこからの推薦状なのか推測は出来た。

そしてエレナの身分的なところも大体の想像が出来てきた。というか、あんな大々的に破棄される婚約がある時点でそこそこの身分があるとは思ってたけども。

「ちなみに、推薦状があるのとないのとで、どんな違いがあるんです？」

「そりゃあ信用度がまったく違うからな。Bランクになるまでの時間も格段に短縮されるだろうぜ」

「なるほど」

それは魅力《みりょく》的ではあるけど、そもそも僕に誰かを教えるとか出来るのだろうか？

「で、やってくれるよな？」

「それは――」

◆　◆　◆

「よろしく、お願いします……」

エレナの小さな声を聞き、僕も「よろしく」と返した。

今はギルドの裏手にある訓練場に僕とエレナとマリーサというもう一人の少女の三人で移動してきている。

結局、依頼は受けることにした。断りにくかったのもあるけど、一番はメリットも大きかったからだ。

エレナを観察する。

彼女は今の僕より年下であろう見た目で、小柄で、学校の制服らしきローブを着ている。

僕の視線を感じたのか、彼女は少し居心地《いごこち》の悪そうな雰囲気を纏《まと》いながら隣に立つマリーサのローブの端をギュッと握った。

マリーサは僕と同じぐらいの身長で、歳も同じぐらいに見える。服はエレナと同じだけど腰から剣《けん》を下げていて、なんとなくエレナの騎士《きし》っぽい感じだ。

「それで、僕は君をどう呼べば――」

エレナの隣の女性、マリーサの目が怖いので訂正《ていせい》する。

「――もとい、お呼びすればいいですか？」

「……普通に『エレナ』とお呼びください」

「ではエレナ――」

またマリーサの目がキツくなる。

ちょっと怖いよ！

「――さんについて、少し聞いてもいいかな？」

「勿論です、先生」

先生、と呼ばれて少し気恥《きは》ずかしさを感じつつエレナに色々と聞いていった。

「まず、エレナさんは魔法が使えるんだよね？」

「はい」

「どの魔法を覚えてるのか、聞いてもいい？」

「光源とライトボール……それにヒールです」

「……ちょっと待って、ヒールは使えるの？」

あれ？　確か依頼内容は『回復魔法が使えないから使えるようにしてくれ』とかそんな話じゃなかったっけ？

「覚えてます、けど、上手く使えなくて……」

「少し見せてもらってもいい？」

「はい。光よ、癒《い》やせ《ヒール》」

エレナの手の中に弱々しい小さな光が生まれ、一瞬で消えていった。

「やっぱり……ダメです」

「エレナ、大丈夫、大丈夫」

目に涙《なみだ》を浮かべたエレナをマリーサが励《はげ》ましている。

回復魔法を覚えているけど上手く使えない……そんなことがあるのか……。

いや、オリハルコンの指輪を使って魔法を覚えた時は僕も似たようなことになったけど、それとはまた少し違う気もする。

「じゃあ、他の魔法も使ってもらえます？」

「はい。光よ、我《わ》が道を照らせ《光源》」

エレナの手の中に光の玉が出現する。

これは僕が使う魔法と大して変わらない。

「光よ、我が敵を撃《う》て！《ライトボール》」

次にエレナが発動したライトボールも、僕のと同じように発動し訓練場の端にある石壁に直撃《ちょくげき》。

周囲の雪を舞《ま》い上げた。

「それも普通に使えるんだ」

「はい」

「ヒールだけが使えない……」

「はい……」

エレナの声が小さくなった。

腕を組み顎《あご》に手を当て考える。

回復魔法だけが使えない。他の魔法は普通に発動する。つまり、同じ光属性でも魔法によって違いがある？

う～ん……。

「そもそもの話だけど、回復魔法が使えないと、その……問題ってあるのかな？　学校で必要になる……とか？　自信をつける、ってことなら別に他のことでも――」

「なにを言っている？」

マリーサが一歩こちらに進み出て口を開いた。

「光属性が攻撃《こうげき》に適さないのは光属性持ちの貴方《あなた》なら知っているはずだ」

「それは知ってるけど……」

「ならば貴重な光属性持ちが回復魔法に特化するよう期待されることも知っているだろう」

「えっ……」

つまり、光属性持ちは回復魔法が使えないと評価されないとか？

いや、今までそれなりに冒険者をやってきたけど、そこまであからさまな雰囲気はなかったはず。

ということは、それは学校の中だけの話か、この国独特の考え方なのか、もしかすると貴族とか身分の高い人らの中だけの傾向なのか……。

とりあえず、エレナには回復魔法がどうしても必要らしいということは間違いないらしい。

これはちょっと想像以上に責任重大かもしれないぞ。失敗は出来ないな……。

◆　◆　◆

「ふ〜」

宿屋の部屋に戻ってベッドに突っ伏《ぷ》した。

この町に来た頃《ころ》は冬の間ずっとこの町で過ごしてたら暇《ひま》になるんじゃないかと少し心配していたけど、なんだかんだで色々とやることが出来て凄く忙《いそが》しくなってしまった。

「これはこれで幸せなこと……なのかなぁ？」

「キュ？」

不思議そうな顔をしているシオンをワシャワシャとする。

まぁ、暇な人生よりはマシだよね。

「しかし、回復魔法か」

まさか人に回復魔法を教えることになるなんて……。

それは考えてなかった。

いきなり教えろって言われてもね……。

「あっ！　そういえば、専門家がいるじゃない！　やっぱり餅《もち》は餅屋、だよね」

ということで翌日。

早速《さっそく》、朝からステラ教会へ司祭様に話を聞きに行った。

「おはようございます」

「おはようございます。今日は朝からお祈りですかかな？」

「それもあるのですが、司祭様にお聞きしたいことがありまして。実は僕も光属性持ちなんですが、回復魔法の修行《しゅぎょう》をどうすればいいのかなと、少し迷っていまして……。出来れば教会ではどんな練習をしているのかとか、可能なら教えていただければと」

「ふむ」

とりあえずエレナのことは話さないでおいた。

「そうですな。まず心から神に祈りを捧げることです」

「はい」

それは、まぁそういう話は出てくるだろうと想像はしていた。

「心を乱さず、ただ無心で祈るのです。雑念……外部の雑音に心を乱されてはなりませんぞ」

教会の外から「フンッ！　フンッ！」と冒険者の荒《あら》い息遣《いきづか》いが聞こえてくる。

朝からご苦労なことだ。

「……コレですか」

「……まぁそうです。コレにも心を乱されてはなりません。心を鍛え、祈りを捧げるのです。さすればテスレイティア様は必ずお応《こた》えくださります」

「心を鍛える……」

「祈りが届けば、おのずと回復魔法も強くなっていくのです」

教会で祈った後、司祭様にお礼を言い、教会を後にする。

「祈り、か」

腕を組み、考える。

まぁ、この世界だけでなく宗教ってそういう感じなのは多いよね。祈りには邪念《じやねん》というか煩悩《ぼんのう》を捨て去ることが大切で、それには強い心が必要、的な話。それは精神論的な話になってくる。

でも、この世界だと魔法が存在していたり、超常現象《ちようじようげんしよう》的な存在やアイテムがあったり、神がもっと密接に関わってきたりしてるっぽい。そうなってくると精神的で抽象《ちゆうしよう》的な物事というより、もっと物理的で具体的な技術とか経験の話を含《ふく》んでいるような気もする。

神に祈りを捧げることそのものが重要なのか。それとも心を鍛えることが重要なのか……。

「心……いや、待てよ」

魔法袋の中からメモの束を引っ張り出してきて、この世界に来た初期に書いたメモを探す。

「あった！　えっと、ＭＮＤは『精神に関する適性。魔力、精神力、魔法防御《ぼうぎよ》、回復魔法などに影響』と……」

この世界に来る前、例の白い場所で見た能力値の説明。その『ＭＮＤ』の箇所《かしよ》に書かれていた言葉。それを覚えている内に書き写したこのメモには確かに『回復魔法などに影響』と書かれてある。

「もしかして、ＭＮＤが低いから回復魔法が上手く使えない、とか？」

あるんじゃないか？　これ。

ＭＮＤはつまり『精神』であるはず。精神が弱いから回復魔法の威力が上がらない。

エレナのことを思い浮かべてみる。

まだ彼女と出会って間もないけど、いつもオドオドしているし、隣のマリーサの腕や袖口《そでぐち》をいつも握りしめているような印象があるし、どう見ても精神が強いようには思えない。

次にＰＩＥの項目《こうもく》を確かめてみる。

「ＰＩＥは『信心に関する適性。各種耐性、魔法成功率、補助魔法などに影響』ね」

こちらには回復魔法についての言及《げんきゅう》はない。勿論、最後に『など』という言葉があるから書かれている内容以外にも影響を与えているモノはあるのだろうけど。

つまりＰＩＥ――信仰心《しんこうしん》は回復魔法にほぼ影響を与えない。そう考えることが出来るはず。

となると、回復魔法に重要なのはＭＮＤであって、祈りを捧げること自体はあまり関係がない。

「だとすると、精神を鍛えれば回復魔法が上手くなる？」

そんな単純な話なんだろうか？

いや、仮にそうだったとして、どうやって彼女の精神を鍛えればいいのだろうか。

色々と考えながら冒険者ギルドに行き、回復依頼がないか確認した後、宿屋に戻る。

「今日はえらく早いじゃねぇか」

「ちょっと部屋で考え事でもしようかと思いましてね」

「おぉ、いっちょまえに学者のようなことを言うじゃねぇか」

「……学者より大変かもしれないことを考えるんですよ」

「お、おう」

受付のブライドンさんに軽く挨拶《あいさつ》して部屋に入る。

荷物やシオンをベッドの上に置き、ベッドの上であぐらをかいた。

現状、他に方法も思いつかないし、この仮説を元に少し考えてみよう。

「とりあえず、精神統一からかな？」

うちの道場含め大体の武術の道場では精神統一の時間がある。

それで精神を整えてから稽古《けいこ》に入り、稽古終わりにも精神統一で心を落ち着ける。それが一つの決まりのようになっていてルーティン化していたので、僕は今でも体を動かす時はなんとなく精神統一するようになっている。

精神統一で心が鍛えられるのかは分からないけど、心の安定を得るための一つの方法であることは間違いないはずだ。

「とりあえず、僕が知ってる方法を色々と試していって、良さそうなのを彼女にもやってもらうか」

まずは精神統一からちょっと自分で試してみよう。

目を閉じ、手をお腹《なか》の前で軽く組む。

大きく息を吸い込み、吐き出すと同時に頭の中の雑念も吐き出していく。

また大きく息を吸い込み、吐き出す。もう一度、大きく息を吸い込み、吐き出す。

深呼吸を続けながらリラックスしていく。そして周囲の雑音が薄れてきて精神が研ぎ澄《す》まされてきた頃、丹田《たんでん》にある魔力を大きく強く感じるようになってきた。

地球では感じたことのないこの感覚にはまだ慣れない。慣れないからか、意識がそちらに引っ張られていく。

なんとなく、丹田の中で魔力をゆっくりと回転させようとしてみる。すると魔力が不規則に不安定にゆっくりと回転を始めた。それに圧力を加え、自分の思うように回転させてみようと試みる。すると、油まみれの手でボールを掴《つか》んだ時のようにヌルッと力が弾《はじ》かれ、また不規則な動きになってしまう。

それを修正するようにまた圧力を加えてみる。失敗。もう一度。失敗――

「キュ」

「ん？」

いつの間にかシオンが膝の上にいて、前脚《まえあし》で僕の胸をテシテシ叩《たた》いていた。

「ん～？　あっ！　もうお昼の時間？」

「キュ」

集中している間にそこそこ長い時間が経《た》っていたようだ。

……って、なんだか体内魔力と戯《たわむ》れることに集中してしまって本来の精神統一とは方向性が違ってしまった気もするけど……まぁいいか。それでも心を落ち着かせて集中することは出来たしね。

◆　◆　◆

昼食後、今日は時間もあることだしリゼを呼んで遊ぶことにした。

たまには息抜きの日があってもいいしね。

「わが呼び声に応え、道を示せ《サモンフェアリー》」

いつものように光の立体魔法陣《じん》の中からリゼが現れた。

「こんにちは！」

「やあ！」

「キュ！」

「シオーン！」

来て早々、リゼとシオンが部屋の中で追いかけっこしている。

暫くそれを微笑《ほほえ》ましく見ていたけど、少し思い出したことがあったので魔法を発動させた。

「それは新たなる世界。開け次元の扉《ホーリーディメンション》」

ホーリーディメンションを部屋の壁に向けて発動させ、光の扉を出現させる。

「リゼ、ちょっとこれを見てほしいんだけど」

「なに？」

ホーリーディメンション内にリゼを呼び、床《ゆか》に置かれた皿の中にあるモノを指差した。

それはオランの種から出た芽。実験は順調に続いていて、井戸水、魔法の水、聖水の三つの水で育てているオランは順調に育っていて、どれも指の先ぐらいの大きさまで育ってきている。

若干《じゃっかん》、聖水で育てている皿の生長が良い気もするけど、現時点ではまだ誤差の範囲《はんい》だろう。

「ほら、ここまで大きくなったよ」

「くさ？」

「オランの芽だね」

「ん～。どうしてこんなに小さいの？」

リゼは少し不思議そうに首を傾《かし》げている。

どうしてか？　と聞かれて一瞬、答えに困る。

「……う～ん、まだ種を蒔《ま》いたばかりだからかな」

「そうなんだ？」

リゼはまだ不思議そうに腕を組んで首を傾げている。

なんだ？　今のこの状況になにかおかしな部分でもあるのか？　と、考えてみるけど皆目《かいもく》見当がつかない。

するとリゼがおかしなことを言い始める。

「あっ！　お薬、使った？」

「えっ？　薬？」

薬？　なんだそれ？　いや、待てよ……農業で薬……。そうか！　農薬だな！　果物は虫でダメになることが多いと聞くし、やっぱり農薬で虫対策しなきゃマズいよね！

……いやいやいや、果物に農薬の使用をオススメする妖精《ようせい》とかイヤすぎるよ！　ファンタジーの世界ぶっ壊《こわ》れすぎる！

……なにか他に薬ってあったっけ？　なにか……薬……。

「あっ！」

思い付き、魔法袋の中をガサゴソと漁《あさ》ってそれを引き抜き、天に掲げる。

「前にリゼに貰った薬！　確かにあった！」

そう。以前、シオンを助けた時にリゼからお礼として貰ったアイテム『謎のお薬』だ。

充実《じゅうじつ》した回復魔法もあって特に薬なんかに頼《たよ》ることもなかったから、貰ってそのまますっかり忘れてた！

「それ！」

「キュ！」

リゼがビシッと指差し、よく理解出来てないはずのシオンも前脚でビシッと差した。

どちらも凄く得意げな顔だ。

「……で、これがなんなの？」

「それを、ここに使うんだよ！」

リゼが皿を指差しながら言う。

「この皿の中に入れたらいいの？　それで、入れたらどうなるの？」

「ぶわっ！　となるんだよ！」

リゼは空中で背伸《せの》びするような仕草をしながら「ぶわっ！　ぶわっ！」と言っている。ついでにシオンも似たようなポーズでアピールしている。

「……つまり、これを入れた水で育てると、もっと大きくなるってこと？」

「そう！」

「キュ！」

そんなこと、あるのか？　そんなの完全に物理法則を無視して――いや、そもそも魔法がある世界だしな……考えるだけ無駄《むだ》か。

「どれぐらい入れたらいいのかな？」

「ちょっとだけね。たーっくさん使ったら大変だよ！」

「キュ」

シオンがうんうん頷《うなず》いているけど、本当に理解してるのだろうか？

まぁとにかく、瓶《びん》の蓋《ふた》をキュポンと引き抜き、慎重に皿の中の方に傾《かたむ》けた。

瓶の中から少し粘度《ねんど》のある液体がトロッと出てきて皿の中にピチョンと落ちる。

とりあえず一滴《てき》だけにして様子を見よう。

残りの皿にも同じようにお薬をたらし、少し待ってみる。

「……変わらないね」

「そんなすぐには変わらないよ！」

「キュ！」

いや、シオンは本当に理解してるの……。まぁともかく、そんなに即効性《そっこうせい》のあるお薬でもないようなので、とりあえず今日はここまで、ってところで時間がきてリゼが元の世界に戻っていき、僕らはホーリーディメンションから出てゆっくり過ごしたり、夕食を食べたりしてまったり過ごした。

そして翌日。朝起きて、なんとなく気になってホーリーディメンションを使う。

「それは新たなる世界。開け次元の扉《ホーリーディメンション》」

光の扉の扉が現れ、中からいつものホーリーディメンションの部屋が――現れなかった。

「なんだこりゃ！」

思わず叫《さけ》んでしまう。

隣の部屋から「朝からうるせぇぞ！」と怒鳴《どな》り声が飛んでくる。

「すみません！」

と謝《あやま》りつつも、心と目線は完全にホーリーディメンションの中。

そこにあるのは、緑。

三つのお皿を置いていた場所を中心に緑の葉っぱがワサワサと床を覆《おお》っていた。

恐る恐るその中の一つの葉っぱをつまみ上げてみる。

葉には細い茎《くき》がついていて、その先には直径が五ミリぐらいの太めの茎があり、根もついている。

葉先から根まで全長は三〇センチぐらい。そんなモノが部屋の床に無数に転がっていた。

「そうか……」

状況から考えて、リゼが言ったように昨日入れた薬のおかげでオランの芽が急生長した。でも皿の中に入れただけで土なんてないから自重を支える根を張れず、倒《たお》れて床に転がったと。

「まさかこんなに急生長するとは思ってなかったし、どうしよう……。まったく考えてなかったな……」

リゼの謎の薬で大きく育ったのはいいとして、これからどうすればいいのか考えていく。

確か発芽ぐらいまでは種の中の栄養素だけでも育つから水耕栽培《さいばい》でもいけるけど、大きくなってきたらちゃんと栄養素を取り込ませないと上手く育たないはず。つまり肥料的なモノがないなら土が必要。

となると鉢植《はちう》えにしなきゃいけないよね。

「よしっ！　植木鉢と、土を探しに行こう！」

「キュ！」

そうして町に繰《く》り出し、陶器《とうき》を売っている店で植木鉢になりそうな器《うつわ》を三つ買い、大きめのスコップも買った。

あまりこういったモノは家を持たないことが多い普通の冒険者は買わないことが多いので今まで出来るだけ買わないようにはしていたけど、今はそうも言ってられない。早く植え替《か》えないとオランが枯《か》れてしまう。

そうしてスコップを肩《かた》に担《かつ》ぎ、植木鉢を腋《わき》に抱《かか》えながら門を抜け、町の外に出た。

「さて、どっちに向かおうか」

この周辺は岩が剥《む》き出しで土がほぼない。傾斜《けいしゃ》もあったりして雨なんかで土が流されやすいのも一因なのだろうか。

そして今の季節は雪がそこらに小さく山になっていて、まとまった土を探すのが余計に難しそうだ。

とりあえず町の東側に適当に歩きながら土を探し、出てきたホーンラビットをスコップで殴《なぐ》り倒し進む。

そうして暫く歩いてようやく見付けた土溜《だ》まりの中にスコップを差し込んだ。

「う～ん、ちょっとぬかるんでるな」

今は雪が降っては昼間の太陽で解け、それが夜に凍《こお》り、また朝に解けるというサイクルを繰り返すような時期で、土がドロドロな場所と凍ってる場所とシャーベットのようになっている場所があり、植木に使うには状態が良いとはいえない感じだ。

「土を焼くか」

焼けば水分を飛ばせるし、土中の病原菌《びょうげんきん》や虫も殺せるはず。

昔、母が部屋の中で観葉植物を育てようとして適当に裏の林から採取してきた土を使ったおかげで大変なことになったことがあった。暖かくなってくると土中から謎の虫が孵化《ふか》して出てきて部屋中に飛び立ったのだ。

あの時は観葉植物を育ててるのか害虫を育ててるのか分からなくなったよね……。

「思い出したくない嫌な記憶を思い出しちゃったよ……」

頭を軽く振《ふ》って記憶を吹《ふ》き飛ばし、背負《せお》い袋の中から鍋《なべ》を取り出して中に土を入れる。

こういう使い方をしたくないけど、他に方法がないので仕方がない。

そうして周囲から適当な大きさの石を拾い集めてきて竈《かまど》を作り、火種の魔法で鍋の底から熱を加えていく。

これも周辺に燃やせるような木がないから仕方がない。

そんなこんなで苦労しながらも土を手に入れ、三つの植木鉢に土を盛った。

後はオランの苗木《なえぎ》を植え替えるだけだけど……。

「ここなら、誰かに見られることもないか。それは新たなる世界。開け次元の扉《ホーリーディメンション》」

目の前の空間に光の扉が現れた。

ホーリーディメンションの中に入り、三つの皿それぞれから一番生育が良さそうな苗木を一つ選び、それを植木鉢に植え、残りの苗木を土溜まりの方に捨てる。ここまで大きくなってしまうとこれ以上ホーリーディメンション内で全ての苗木を育てきることは不可能だろうしさ。

無理にこの本数をホーリーディメンション内で育てたらジャングルになっちゃうからね。

◆　◆　◆

翌日、ホーリーディメンション内の三本の苗木にそれぞれお薬入りの三種類の水をやってから宿を出た。

昨日は朝に一気に生長してたのでビックリしたけど、今日はそこまで大きな生長はなかった。生長が鈍化《どんか》したのか、それともそういう仕様なのかは不明だけど、暫くは様子を見ていきたいと思う。

「おっと」

靴《くつ》裏がギュッと軽く滑《すべ》り、転びそうになる。

雪が解けたり凍ったりを繰り返したのか、地面が半端《はんぱ》に凍って滑りやすい。これは気を付けて歩かないとね。

大通りを歩きながら通り沿いの店を確認していく。

ここ数日で生鮮《せいせん》食品系の店がいくつか閉店した。やっぱりそういう店は冬ごもりに入って商売をやらなくなるのだろうか。日本でも暖かい時期だけ農業をして冬は内職で着物や傘《かさ》を作って春先に売りに行っていたという話を聞いた気がするし、そういう感じなんだろう。

冒険者ギルドの扉を開けて中に入る。

いつものように受付で回復依頼を確認し、それから酒場の方に向かう。

と、カウンター席で飲んでいるニックさんを見付けた。

「おはようございます」

「よう。元気にやってるか」

「ええ、変わりないですよ」

なんていう言葉をかわしながら僕もカウンター席に座る。

「最近、ギルドマスターに可愛《かわい》がられてるらしいじゃないか」

「まぁ……そうなるんですかね？」

良い仕事を振ってもらってはいるから、そういう認識になるのだろうか？　まぁ、儲からない仕事もやってるから個人的には微妙な気分だけど。

「冬は稼《かせ》ぎの良い仕事が減るからな。高ランク冒険者は早い内に貴族の子弟《してい》の指南役になるか自己鍛錬に明け暮れたりで冬場はギルドに顔を出さなくなっちまう。ギルドマスターも動かせる駒《こま》を確保しておきたいのだろうさ」

「自己鍛錬って、どんなことをするんです？」

「剣の素振《すぶ》りに肉体作り……。この町じゃ冬は外での鍛錬が難しいからな」

確かに雪で地面が滑りやすくて走り込みなんて出来ないだろうし、そもそも寒いと外に出て訓練とかする気にはならないか。

「だから一流冒険者の中には冬場は完全に休みにして春からの準備に充《あ》てるヤツもいる。新しい武具を作ったり情報を集めたりな。暖かい時期には出来ないことも冬ならいくらでも時間が作れる」

「武具を作るって、どこで作ってもらえるんです？」

「なんだ、紹介《しょうかい》してほしいのか？」

「お願いします！」

そんな感じでニックさんから色々と話を聞き、他の冒険者からも情報収集したりして軽く昼飯をつまみ、昼過ぎに冒険者ギルドの受付に向かう。

今日はエレナとの二回目の授業だ。

「すみません、例の依頼の件で」

「あぁ、はい。どうぞ」

「今日は上の会議室を使いたいんですけど、大丈夫ですか？」

「問題ないですよ」

「では、そちらで待っていますので」

「分かりました。先方がお着き次第《しだい》、そちらにお通しします」

それだけ簡単に用件を伝えると階段を上って二階の会議室に入る。

イスに座り、シオンをフードから出して膝の上に置く。

「……エレナさんが来るまで、まだまだ時間かかるかもな」

シオンを撫《な》でながら、暇なので精神統一をしていく。

目を閉じ、大きく深呼吸し、呼吸をゆっくりとしたペースに変えていき、頭を無にする。

階下の冒険者の騒ぎ声。酒場から漏れた酒の匂《にお》い。膝上のシオンの温かさ。それらが薄くなってくると体内の魔力を強く感じるようになってきた。

その魔力の大本である丹田の魔力の玉に刺激《しげき》を与え、回転させてみようとする。

丹田の魔力がゆっくりと不規則に回転していくが、自分の思うように回転させようとするとヌルッと弾かれてしまう。

色々と試行錯誤《さくご》しながら何度も何度もチャレンジしていく。

これになんの意味があるのか分からないし、それ以前に有益なのか無害なのか有害なのかすら分からないけど、暇な時に目の前にボールがあったら拾って触ってしまうように、ただ手慰《てなぐさ》み的にやってしまっている。

これは冬場の暇な時期にしかやらなかったことかもね。

この世界に来てからは毎日のように冒険者活動でなにかをしてたし、常にやることがあったから暇潰《ひまつぶ》しをしようとは思わなかった。地球にいた頃は武術の練習やダンベルなんかでトレーニングをしていたけど、こちらに来てからは日常生活自体が実戦とトレーニングみたいなモノで、それもあまりしなくなっていた。

冬の間は暇な時間も多いし体作りや武術の再確認など色々としてみてもいいかもしれないな。

そんなことを考えていると、扉がコンコンとノックされエレナとマリーサが入ってきた。

「先生、今日もよろしくお願いします」

「はい、よろしくお願いします」

「キュ」

「あら……その子は？」

フードの中から出てきて挨拶したシオンが気になったのか、エレナが反応する。

「この子はシオン。僕の――まぁ相棒みたいなものです。抱《だ》いてみますか？」

「いいのですか？」

「この子が嫌がらなければ」

シオンを抱き上げてエレナに渡してみる。

シオンは大人しく抱かれ、エレナの腕の中で丸くなった。

エレナは暫くシオンを優《やさ》しく撫で、時に小さく笑顔《えがお》を見せたりして癒やされているようだった。

僕もそれを見て少し癒やされたのだけど、タイミングを見て今日の授業内容について声をかける。

「今日は精神統一をしてみようと思います」

「精神統一……ですか？」

「そうです。まず目を閉じて――」

一通り精神統一のやり方を説明し、エレナに実際にやってもらう。

「目を閉じて。大きく息を吸って、吐いて。息を吸って、吐いて。頭の中から雑念を追い出して、気持ちを落ち着けて」

「はい」

エレナは目を閉じ、素直《すなお》に僕の指示に従った。

正直なところ、彼女はビックリするぐらい本当に素直な人だと思う。

長い金色の髪《かみ》を纏うように垂らし、目を閉じて前を向く彼女は婚約破棄をされてしまうような酷《ひど》い人間には僕には見えなかった。

一分、二分と時間が流れるが、彼女は微動だにせず、精神統一を続ける。

と、痺《しび》れを切らしたのかマリーサが口を開いた。

「ルーク殿《どの》、これにはどんな意味が――」

その言葉を「静かに」と言いながら手で制す。

エレナがピクリと反応し、手を動かそうとした。

「エレナさんは続けて。周囲の雑音に耳を傾けないように」

今度は目でマリーサを制し、シオンを撫でた。

エレナは元の姿勢に戻り、また精神統一を続ける。

それから静寂《せいじゃく》が一分、二分、三分と続き、どれだけの時間が流れたか分からなくなった頃、寝《ね》ていたシオンがクシュンとくしゃみをした。

「あっ……」

その音でエレナが目を開けてしまう。

そろそろ良い時間だろうか？

「精神統一はこれで終わりにしましょうか。次は訓練場でやるので移動しましょう」

そう言いながら立ち上がり扉に向かう。

と、マリーサがまた同じ質問をしてきた。

「それでルーク殿、この精神統一とやらにはどんな意味があるのです？」

……まぁ、そういう質問をされる気がしたけど、ぶっちゃけそれを聞かれると本当に困る。

僕が持ってる様々な情報から考えて、ＭＮＤが回復魔法に大きな影響を与えているのは間違いないけど、ＭＮＤは精神のことっぽいから精神を鍛えれば回復魔法が使えるようになるんじゃないかというのは推測だし、精神統一をすれば精神が鍛えられるだろうというのも推測だ。つまり推測に推測を重ねた状態。

まず、そもそものＭＮＤの存在についてから説明出来ない時点でマトモな説明なんて出来ないんだけどね……。

なので説明するとなると少々曖昧《あいまい》な話になってしまう。

「これは僕がやっている修練方法です。続ければ効果はあると思いますよ」

「……そうですか」

完全には納得《なっとく》出来ないけど回復魔法なんて門外漢だから納得するしかない、という感じだろうか。

まぁこちらとしても、やれることをやれるようにするしかないわけで色々と仕方がないんですよね。

二人を連れて訓練場に行き、エレナに練習用の木剣《ぼっけん》を「はい」と渡した。

「あの……これで、どうすればいいのでしょうか？」

「あの人形を思いっきり叩いてみてください」

訓練場の端にある標的のカカシを指差しながら言った。

次のメニューは武術の修行だ。健全なる精神は健全なる身体《からだ》に宿る、とも言うし、心を鍛えるにはまず身体からと考え、とりあえず剣でも振らせてみようと思ったのだ。

「わかりまし――」

「ちょっと待ってくれ。ルーク殿、これにはどんな意味があるのです？」

すぐに動こうとするエレナを止め、マリーサがそう聞いてきた。

「これは僕がやっている修練方法です。続ければ効果はあると――」

「いや、ちょっと待て。精神統一とやらはともかく、剣を振ることと回復魔法にどんな関係があるのだ？」

マリーサの腰を見ると使い込まれたショートソードがあった。

あっ、うん……こっちに関しては専門家なんだよね。そりゃごもっともな疑問か……。でも、納得してもらうしかないんだよなぁ。

「……ギルドマスターが言っていたように僕の修練方法の一端をエレナさんに体験してもらうしかないんです。これで納得出来ないなら残念ですけど、この依頼はなかったことにしてもらうしかないですね」

「……」

少しの沈黙《ちんもく》が訪《おとず》れる。

なにかを考えているような顔のマリーサ。

その沈黙を破ったのはエレナだった。

「……マリーサ、私、なんでもやってみたい」

エレナのその言葉にマリーサも「エレナがそう言うなら……」と引き下がった。

……マリーサも悪い子ではないんだろうけど、過保護なところがあるのかもしれない。

まぁ、エレナを見てる感じ、過保護になってしまうのも分からないでもない。なんというか庇護《ひご》欲が湧いてくるような存在なのだ、エレナは。

「えぇぇ～い！」

トコトコと走っていったエレナがかわいらしい気合いと共に木剣を振り下ろし、カカシがポカッと軽い音をたてた。

そして振り向いたエレナが「やりました！」と叫んだ。

「かわいいな……」

「そうだろう、そうだろう」

マリーサがうんうんと頷いている。

どうしてお前がそんなに得意げなんだ？　というツッコミは入れないでおく。

まぁ、色々とありつつ、とりあえずはなんとかやっていけそうかな？

◆

◆

◆

翌日。朝から冒険者ギルドに顔を出す。

が、いつものように掲示板を確認しようとするも、掲示板の周辺にはいつも以上の人だかりが出来ていて近づけない。

近くにいた顔馴染《なじみ》の冒険者に話を聞いてみる。

「なにかあったんですか？」

「あぁ、どうやら鉱山の募集《ぼしゅう》人数が減らされたらしくてな。あぶれた奴《やつ》らがこちらに殺到したらしいぞ」

「募集人数の削減《さくげん》？　そんなこと、あるんですか？」

「さあな……。俺も聞いたことねぇよ」

なにかあったのだろうか？

受付に行き、回復依頼の確認ついでに聞いてみる。

「これ、どうなってるんです？」

「私共も完全には把握しておりません。ただ、鉱山労働者の募集が減っていることは間違いないようですね」

「そうですか……」

ギルド側も状況を把握してない？　いや、把握していても一人の冒険者にペラペラ話すことでもないのか。これがモンスターの情報とかなら話は別だろうけど。

逆に言うと、問題の原因は冒険者ギルドが詮索《せんさく》するような内容ではない――つまりモンスター絡《がら》みではないのかもしれないな。

恐らく冒険者ギルドは冒険者と依頼者の仲介役《ちゅうかいやく》でしかない。周辺モンスターの情報や周辺地域の情報など冒険者活動に有益そうな情報を冒険者に積極的に開示しても、町の政治や商業について関係しそうな内容を積極的に開示したりはしない印象がある。

それも地域によってまちまちだし、ギルドマスターによっても方針が違いそうだし、状況によっても変わるっぽいけどね。

まぁとにかく、これ以上ここではどうにも出来なそうだ。

「ルークさん。また廃坑の調査をお願いしたいのですが、大丈夫ですか？」

「あぁ、はい。行きます」

調査依頼を受けることにして、冒険者ギルドを出て町の壁を目指して歩く。

しかし調査依頼に行く前にニックさんに紹介してもらった鍛冶屋《かじや》を見ておきたい。

お手製の簡易地図を見ながら大通りから脇道《わきみち》に入り、暫く進んで道を曲がった先にその店はあった。店の中からトンテンカンとハンマーを振る音が漏れてきている。

「すみません」

扉を開けて中を見ると、正面にカウンターがあり、そこで若い男の店員がカウンターに肘《ひじ》をついてうつらうつらしていた。

どうやらこの店は鍛冶場と店が分離《ぶんり》されているようで、ハンマーの音は若い男の後ろにある扉の奥から聞こえているようだ。

周囲を見回してみると、一面の壁に様々な武器や防具が陳列《ちんれつ》されていた。

「すみません。ちょっといいですか？　お～い！」

「んん……あぁん？」

「店内の武具、見てもいいですか？」

「あ～……あぁ、好きにしてくれ」

店員に確認を取ってから店内の武具を見ていく。

剣に槍《やり》、メイス、鎧《よろい》、等々、様々な武具が置かれている。が、大体が鉄製か銅製でミスリルとか高そうなモノはないように見える。

その中の一本の槍を手に取り、軽く振ってみた。

「いいね」

手に馴染《なじ》むし重量バランスも悪くない。

そろそろメインで使える刃物《はもの》系武器が欲《ほ》しいんだよね。例の白い場所で見た僕の才能的には槍が一番合ってたし槍が良さそうだ。アルッポでは打撃武器が効果を発揮する環境《かんきょう》だったからこのミスリル合金カジェルを買ったけど、やっぱり打撃武器だけでは難しい場面も多いはず。前に戦ったロックトータスにしても、良い槍があれば引っ込んだ頭や手脚に強引《ごういん》に槍を突き入れられたかもしれないし、もしかすると槍であの甲羅《こうら》を一刀両断出来たかも！　……というのは難しいとしても、もう少しやれることは増えた気がする。

でも、鉄の槍だと刃こぼれや歪《ゆが》みが発生するから動物の骨とか硬《かた》いモノを避《さ》けて攻撃する必要があって難しいんだよね。ロックトータスの甲羅相手には絶対に使えない。

となると、もっと良い素材を使った武器がいいし、ホーリーディメンション内にはアルッポのダンジョンで倒したドラゴンゾンビの骨があるけど……。

「まだここでは怖いんだよね」

アルッポのダンジョンにドラゴンゾンビが出たことは恐らくすぐに知れ渡る。僕が回収した素材の残りは誰かが持ち帰っただろうし、それがどう使われたか売られたかは知らないけど彼ら以外のルートからドラゴンゾンビ素材が持ち込まれたら、そりゃ気付かれる可能性が高いはず。特にこんなアルッポとは人の行き来が多くて経済的にも繋《つな》がりが深そうな隣国《りんごく》では情報が伝わってしまう可能性が高い。もう少し遠くに行かないとドラゴンゾンビ素材は怖くて使えない。

「仕方がないか」

槍を元に戻し、別の槍を掴む。

並んでいる槍にもいくつかタイプがあって、短い物から長い物、穂先《ほさき》が真《ま》っ直《す》ぐなタイプから二《ふた》叉《また》や三叉になっている物とか、斧《おの》のようになっているハルバードタイプもある。

が、やっぱり僕は真っ直ぐなタイプが使いやすく感じる。家での修練で使ってた木の槍がストレートだったからかもしれない。

しかし、色々と展示品を見てきたけど、良い形はあるけど僕が求めているような良い素材製のモノがない。

店員に話しかける。

「ミスリル製とかの槍って置いてないんですか？」

「ミスリル製なんか作り置きはねぇぞ。高い武具は使用者に合わせて作らなきゃ無駄が多すぎるからな。注文するのか？」

「そう……ですね。お願いします」

「ちょっと待ってろ」

店員は後ろの扉を開け、そこから「親方！　注文です！」と叫んだ。

暫くすると奥から中年男性が現れる。

「注文だって？　なにを作るんだ？」

「槍が欲しいです」

「素材は？　どんな槍にするんだ？」

そう聞かれ、暫《しば》し悩《なや》んでから答える。

「ロックトータスを貫《つらぬ》ける槍を！」

「無茶を言うな！　そんなモン、オリハルコン製の槍でも貫けねぇだろ。それがしたいなら自《みずか》らの技量でなんとかしろ」

「えっ？　オリハルコン製でも無理なんですか？」

「いや、俺もオリハルコンなんざ触ったことはねぇけどよ。いくらオリハルコンつっても結局はただの金属だろ？　槍にすればそりゃ硬いだろうし斬《き》れ味は最高だろうが、それだけでロックトータスが貫けるわけじゃないだろ？」

う〜ん……。なんかこう、ファンタジー的な凄い素材で作った武器ならなんとなく岩でも鉄でも豆腐《とうふ》みたいにスパスパ斬れるようなイメージがあったけど違うのか？

「まぁ属性武器とか魔法武器、アーティファクトならロックトータスぐらい貫ける武器もあるだろうぜ。俺は専門外だけどな」

やっぱり最終的にはアーティファクトを探し求めるしかないのかな。

ん？　いや、待てよ。

「そういやさっき、自らの技量でなんとかしろって言ってましたけど、実際にロックトータスを貫けるような人っているんですか？」

「あぁ……いるんじゃねぇの。そんな話は聞くしな。すげぇ冒険者が大地を叩き割ったとか、どっかの国の騎士団長が鋼鉄の門をぶった斬ったとかよ。そういう奴らならロックトータスでも真っ二つなんだろうぜ」

「実際に見たことはないんですか？」

「おいおい、俺はここで鎚《つち》を振るうだけの鍛冶師だぞ。そりゃ俺だってそれなりに凄いヤツらに剣を打ってるが、そいつらが本気で剣を振るうところなんざ見るこたぁねぇよ」

まぁそうか。こんな店の中で武器を本気で振り回すなんてないか。

しかし、なんとなく分かってきたのは、この世界でも物理武器でロックトータスを貫いたり鋼鉄の門を斬り飛ばしたりするのは戦闘《せんとう》をしない一般人《いっぱんじん》からしたら異常だってこと。でも、一部の凄い人はそういったことが出来る能力を持っていると。それが単純にレベルを上げていってSTRを上げれば可能になるのか、アーティファクトのような特殊《とくしゅ》な武器があれば可能になるのか、それ以外になにかあるのか、それは分からないけど。

思えばAランク冒険者のゴルドさんの本気の戦いをチラッと見たけど鉄の鎧ぐらいは叩き斬っていたイメージだし、それぐらいの存在になると可能になるのだろうか。

「で、どうすんだ？」

「作ります！　丈夫で魔力の通りが良い槍を」

とりあえず今は槍が欲しい。斬れ味が良くて頑丈《がんじょう》な槍が。鉄の槍のようにちょっと骨に当たっただけで刃こぼれするようだと強いモンスターと戦った時に心もとないし、魔法武器やアーティファクトを入手する伝手もないし。

「長さはこれぐらいで、穂先はこんな感じ」

「なるほど、じゃあ石突《いしづき》は――」

自分の理想とする槍のイメージを親方に伝えていき、親方からもフィードバックを貰ってイメージを修正していった。

そして大体の形が決まった頃、親方が別の話をし始めた。

「ところでお前さんが持ってるその棒、ちょっと見せてくれねぇか？」

「これですか？」

手に持ってるミスリル合金カジェルを親方に渡すと、彼はそれをゆっくりと確かめていった。

「面白《おもしろ》いモノを作ってやがるな。鉄にミスリルと……他にも金属を混ぜて軽量化しつつ強度を高めたんだな。これはアルッポで作られたんだろ？」

「分かるんですか？」

「ミスリルはアンデッドに効果が高い。打撃武器もアンデッド向きだ。だがこの金属量を必要とする武器にミスリルを使おうとするとかなり高くなっちまう。普通はこんな武器は作らねぇよ。あるとしたらアンデッドダンジョンがあったアルッポしか考えられねぇな」

「なるほど」

やっぱり希少価値の高いミスリルを棒状にすると剣や槍なんかより多くの量を必要とするし、贅《ぜい》沢《たく》な使い方だよね。

「これ、いくらしたんだ？」

「確か……金貨一〇〇枚だったような」

「おいおい安すぎだろ……それじゃ赤字だぜ」

「あぁ、確か売れ残ってて、それで値引きしてくれたんじゃないですかね」

「よくやるな……」

親方からミスリル合金カジェルを返してもらう。

「それで、槍はいつ出来るんです？」

「そうだな……。ここ数日は仕事も入ってねぇから暇だしよ、柄《え》の発注先次第だが数日で出来るだろうな」

「じゃあ数日後に様子を見に来ますね。これは手付金の金貨三〇枚です。残りの七〇枚は完成後に」

「あぁ、良いモノ作ってやるよ」

「期待してます」

鍛冶屋を出て調査依頼に向かう。

来た道を戻り、門に向かい歩きながら周囲の店なんかを確認していく。

「開いてる店、減ってきたな」

大通りでも以前より看板が外されている店が目立つようになってきた。

最初この町に来た頃、大通りには人が溢《あふ》れ、全ての店が営業していて賑《にぎ》わっていた。しかし今は人通りがまばらだし、馬車も走ってないし、店は閉まっている。

空を見上げると雪がパラパラと舞い降りてきた。

寒くなってきたから閉店してるのだろうか。

「まぁ、冬はそんなもんか」

気持ちを切り替え門を出て廃坑を目指す。

今日は以前にも確認した四号坑道だ。確かクラクラ茸が生えている場所だったはず。

解けてみぞれになった雪をシャリシャリ踏み潰《つぶ》しながら進む。

そんな道を暫く歩いていると革靴《かわぐつ》の中に水が染み込んでくる。

「これは……早めに帰らないと危ないかも」

やっぱり防水性能は現代日本の靴より弱いし仕方がないけど、下手をすると凍傷《とうしょう》とかになるかもしれない。余裕《よゆう》のある冒険者が冬場に狩りをしない理由の一つはこれなのかも。

少し急ぎながら目当ての廃坑に入り、サクサクと中を確認していく。

廃坑調査は既に何度も経験しているし、この廃坑は前に調査した場所だから問題なく進んでいく——が、廃坑の奥、マギロケーションに反応を感じた。

「……人、か」

この洞窟はクラクラ茸が生えているため採取しに来る人がいる——というか前回はジョンのパーティに会ったし、今回も人と会っても別におかしくはないのだけど。

「一人だけってのが少し気になるんだよね」

比較的、町から近い場所だとはいえ外にある廃坑だし、ここのクラクラ茸を口にしなきゃ食っていけないようなレベル帯の人が一人で来るのは危険だ。普通はモンスターと遭遇《そうぐう》しても大丈夫なように複数人で採取に来るはず。つまり、この先にいるのは食いっぱぐれたスラムの人間ではない可能性がある。……まぁ、ただのボッチの可能性もあるけど。

「……どうするかな」

気配を消して近づくか、堂々と近づくか……。

こういった時は、こっそり近づくという行為《こうい》自体が敵対行動と思われる可能性があるため、堂々と近づく方がいい場合もある。でも、ヤバい相手ならこっそり近づいて様子を見た方がいいかもしれない。

「まぁ、今回は気配を消しながら近づいてみるか。これもあるし——闇よ」

光源を消して闇のローブの効果を発動した。

暗闇の中、身体が周囲の闇と同化していく感覚があり、気配も薄くなった気がする。

アルッポのダンジョンのボスだったリッチが装備していたこの闇のローブは高性能で、闇の中で効果を発動すると姿だけでなく音なんかもかなりカットしてくれる。その効果はリッチとの戦いの中で実感済みだ。

ただ、明るい場所では効果が薄れるようで、昼間だと効果があまりない。

マギロケーションを3Dレーダーのように使いながら慎重に人の気配の方に歩を進める。

完全に気配を消せるわけではないので音を出来るだけ出さないようにする。

暫く進むと曲がり角の奥からぼんやり光が見えてきた。

ミスリル合金カジェルを握り直し、ゆっくりと近づいて曲がり角から顔だけ出して覗《のぞ》いてみる。

「……」

そこにいたのは、人。黒いローブを纏い、地面に屈《かが》みながらなにか作業をしている人。

それを暫く観察。

その人物は地面に大量に生えているクラクラ茸を採取し、品質を確認しているのか角度を変えて眺めたりした後、袋《ふくろ》に入れていた。

クラクラ茸を採取しに来た人らしい。どうやらボッチ説が正解だったか——と安心しかけた時、その人物が顔をこちらに少し傾け、その顔に張り付いている白い仮面が見えた。

光に照らされた白い仮面が能面のように暗闇に浮かび上がる。

なんだ？　仮面？　どうしてそんなモノをする必要がある？

普通に考えると正体を隠《かく》したいから仮面をするはずだけど、そこまでしてクラクラ茸の採取を隠す理由も思いつかない。

もっとよくその人物を観察してみる。

よく見ると、その人物の着ている黒いローブは破れもなくキレイだし、黒い手袋なんかもしている。どうもスラムの住人には見えない。

「……」

さて、どうするか。

怪《あや》しいことこの上ないが、別にあの人物は悪いことをしているわけじゃない。クラクラ茸の採取は問題ないはず。食べると少々クラクラしちゃうクラクラ茸であってもこの世界では合法だ。危険薬物取締法《とりしまりほう》なんてないのだから。つまり、あの人が怪しい格好でアレなキノコを採取していても文句を言う理由なんてないのだ。

かと言ってあの人とここで接触《せっしょく》する気にもならない。

それはそれで良くない感じがするし……。

そうこう考えている内に仮面の男は別の場所に歩いていった。

◆　◆　◆

「すみません、依頼の報告なんですけど」

「調査依頼ですね。どうでしたか？」

「そのことで、ちょっといいですか？」

「……わかりました」

受付嬢は後ろにいた別の職員に受付を任せると、カウンターから出てきて二階の会議室に僕を案内した。

「なにか問題でも？」

「問題、というほどの話でもないのですが、廃坑内で怪しい人物を見まして……」

「怪しい人物、ですか？」

彼女に洞窟内で見たことを詳《くわ》しく説明していく。

勿論、闇のローブとかのことは伏《ふ》せてだ。

「確かに、それは少し怪しいですね……。で、その人物とは接触しましたか？」

「いえ、気付かれてないと思います」

「それでいいと思います。これは調査依頼ですからね」

元々の約束として、対処出来そうなモンスターなんかは排除《はいじょ》していいけど、無理そうな相手とはぶつからず情報を持ち帰ることを優先するように言われていた。なのでこれで正解だったらしい。

受付嬢は手元の紙に色々と書き込んだ後、イスから立ち上がる。

「分かりました。これは上に報告しておきます。状況によってはまたご連絡《れんらく》することになりますので、よろしくお願いしますね」

「分かりました」

冒険者ギルドを出て空を見上げた。

太陽はまだ高い位置にあり、日が沈《しず》むまで時間はありそうだ。

「そうだ、教会に行こう」

あの廃坑にあんな変な人がいるとなると、クラクラ茸を目当てにあそこに出入りするジョンや孤児院の子らが少し心配だ。念のために忠告だけはしておいた方がいいかも。

そう考え教会に向かった。

そして雪が降る中、当たり前のように半裸でフンッフンッ鼻息荒い連中を気にしないように通り抜け、教会に入って司祭様に声をかける。

「こんにちは」

「おぉ、今日もお祈りですかな?」

「はい」

いつものようにお祈りを済ませ、銀貨を数枚、寄付。

「いつもありがとうございます」

「ところで、クラクラ茸が採れる廃坑のことなんですが――」

と、廃坑で見た不審者《ふしんしゃ》の話をした。

「ふむ……不審者ですか」

司祭様は少し考え込むような素振《そぶ》りを見せた後、言葉を続けた。

「その不審者に、仮面とローブ以外に変わった部分はありましたか?」

「変わった部分ですか?」

「そうです。例えば装飾品《そうしょくひん》とか武器とかですね」

思い出してみるけど不審者は全身がローブで覆われていて他の持ち物は確認出来ていない。

「いえ、全てローブで隠れていたので見てません」

「それではランプはどうですか？　廃坑の中なら明かりが必要なはずですから、あったはずです。特徴《とくちょう》的な形だとか、紋章《もんしょう》が刻まれていたりしませんでしたかな？」

「明かり……」

そう言われてみればそうだ。もう一度よく思い出してみる。

確か不審者は地面に屈みながら作業をしていて、その手元を照らした明かりは――

「あぁ、確か天井《てんじょう》の方にあった――あれは光源の魔法だった気がします」

「光源の魔法ですか……。ランプではなかったのですね」

司祭様は少し考えた後「分かりました」と続けた。

少し気になったので聞いてみる。

「明かりがランプだと、なにかあるのですか？」

「ふむ、そうですな。例えば形や装飾などで持ち主の身分が大体推測出来ますし、モノによっては職人を特定することも可能でしょうな。紋章なんかが入っていれば、どこの家の人間かが分かるかもしれませんぞ」

なるほど……。

「凄い推理力ですね……」

「ほっほ……長く生きておれば色々とあるのですよ」

そう言って司祭様は軽く微笑んだのだった。

第四章　可能性の輝き

CHAPTER 4

それから暫《しばら》くの日々は何事もなく、いつもと同じように過ぎていった。

槍《やり》を受け取り、その槍を慣らし。教会に行って祈《いの》ったり孤児院《こじいん》で子供と遊んだり、リゼやシオンと遊んだり。たまの回復依頼《いらい》や調査依頼をこなしながら過ごす日々。

若干退屈《じやつかんたいくつ》なところはあるけど、こちらの世界に来てから一番のんびりとした時間を楽しんでいる。

そして、有り余る時間を使って精神統一も続けている。この精神統一の中、なんとなく手持ち無《ぶ》沙《さ》汰《た》というか暇《ひま》だったので自然とやり始めた丹田《たんでん》の魔力《まりよく》を動かす遊びも継続《けいぞく》中だ。最初はぎこちなかった魔力の回転も比較的《ひかくてき》スムーズに動かせるようになってきた。まぁ、それでなにが起こるって話ではないのだけど……。

精神統一にしろ魔力の回転にしろ、なんとなくＭＮＤが上がればいいなぁとか、なんとなく魔力の扱《あつか》いが上手《うま》くなればいいなぁ、と思ってはいるけど、実際に効果があるかは確かめようがない。もしかしたら一％とか二％とか上がってるかもしれないけど、分からないからね。自分の状態が分かるステータス画面のようなゲームチックなモノは存在しないのだから。

「ふぅ……」

大きく息を吐《は》き、ゆっくりと目を開ける。

精神統一状態からゆっくり覚醒《かくせい》していき、丹田の魔力に加えていた圧力も抜《ぬ》いていく。

「よし」

ベッドの上から立ち上がりストレッチをしながら身体《からだ》を確認《かくにん》。

「やっぱり、なんか調子が良い気がする」

気のせいかもしれないけど、最近は精神統一&魔力遊びの後は気分が良い。気分だけでなく身体も軽くなって変な充足感《じゆうそく》というか、身体をすぐに動かしたくなるような気分になる。正直、これがあるからこの精神統一を今まで続けられてるんだよね。

……まぁ、気のせいかもしれないけど。

「よ～し、ちょっと運動してみるか」

ベッドの横の壁《かべ》に立てかけていたミスリルの槍を手に取り、宿の廊下《ろうか》に出る。

「シオン、行くよ」

「キュ」

シオンと一緒《いっしょ》に宿の裏手にある庭に出る。

そして槍を握《にぎ》り直す。

特別に堅《かた》い木材で作ってもらった柄《え》はツルリとした感触《かんしょく》でよく手に馴染《なじ》んだ。

その槍の感触と身体に染《し》み付いた型を再確認するように、突《つ》いて、払《はら》って、斬《き》って、叩《たた》く動作を繰《く》り返していく。

ヒュッという風を切る音が響《ひび》き、落ちてきた雪がクルクルと舞《ま》う。

昔は相手の人を想像しながらやっていたこの動作も、今じゃ多種多様なモンスターを想像しながら行うモノに変わっていた。

襲《おそ》いかかってくるゴブリンの胸を一突き。突進《とっしん》してくるエルシープを避《よ》けつつ首を一薙《ひとな》ぎ。オークのパンチを石突《いしづき》で払い、そのまま回転しながら首を払う。

そしてグレートボア。

突進を避けつつ穂先《ほさき》を振《ふ》り回して前脚《まえあし》の付け根を斬る。しかし浅い。届かない。刃渡《はわた》り三〇センチ程度ではグレートボアの太い脚を切り落とすまでは届かない。

続けて連打を浴びせ、後ろ脚、首筋、前脚、腹と斬って突いてダメージを与《あた》えていく。しかし想像の中のグレートボアはまだ倒《たお》れない。ヤツは、強い。

もっと、もっと強い一撃《いちげき》が欲《ほ》しい。

身体が熱を帯び、感覚が研ぎ澄《す》まされ、槍を振るう指に力が入る。

周囲の雑音が消えていく。

斬って突いて避け、石突で殴《なぐ》る。突き、突き、突き、斬る。

スローになっていく世界の中、回転しながら斜《なな》め横に振り払った槍の穂先の先端《せんたん》が舞い落ちた一《いっ》片《ぺん》の雪をかすめた。

「！」

ゆっくりと流れる世界の中で、目の端《はし》に映る雪の欠片《かけら》が二つに割れていく。

それと同時に想像の中のグレートボアの首がズルリとズレて落ちていった。

「えっ!?」

少し驚《おどろ》いて声を上げてしまう。

と、同時に周囲の音が戻《もど》ってきて、自分の息遣《いきづか》いや厨房《ちゆうぼう》の音が耳に入るようになってくる。

「今のは？」

「キュ？」

手に握る槍を眺《なが》める。

別段、変わった部分はない。

さっきの感覚を確かめるようにまた槍を振ってみる。

突いて、斬って、叩いて。基本の型をなぞるように槍を動かしていく。

「なにか、掴《つか》めたような？　そうでもないような？」

悟《さと》りを開いた的ななにかがあったような気がするけど、そうでもない気もする。

その不思議な感覚をもう一度掴むために、予定を超《こ》えて夕食の時間まで黙々《もくもく》と槍を振り続けた。

◆　◆　◆

翌日。エレナとの魔法練習の場に向かう。そしていつものようにエレナに練習場で剣《けん》を振ってもらう。

所々、悪い部分なんかを指摘《してき》するけど彼女《かのじよ》には思う存分、思いっきり標的を攻撃《こうげき》させている。

「はっ！　えいっ！」

最初にやらせた時は本当にスライムにすら負けそうな感じだったけど、これまでの練習の成果か、今はなんとかゴブリン相手に熱い死闘《しとう》を演じることが出来そうなところまで成長した。最初を考えれば十分な成果だ。

「それじゃあ剣術はこれぐらいにしましょうか」

「はい！」

エレナが元気良く応《こた》えてこちらに戻ってくるとマリーサがハンカチでエレナの額に浮《う》かぶ汗《あせ》を拭《ぬぐ》ってあげた。

エレナと初めて会った頃《ころ》に見たオドオドした雰囲気《ふんいき》は薄《うす》れていて、少しずつだけど年頃の少女らしい無邪気《むじゃき》な笑顔《えがお》も見せるようになってきた。

健全な精神は健全な肉体に宿る、という言葉があるけど、その言葉通りの成果が出てきているのかもしれない。

「次は会議室に移動しましょう」

「分かりました！」

冒険者《ぼうけんしゃ》ギルドの建物に入り、二階に上がって会議室の中へ。

それぞれ適当にイスに座《すわ》って一息ついたところでドアがコンコンとノックされる。

「どうぞ」

「失礼します」

ギルドの受付嬢《じょう》が二人、車輪の付いたワゴンを押《お》して会議室の中に入ってきた。

そしてそのワゴンの中から黙々とティーセットを三人分用意し、もう一人の女性が各自の目の前に高そうなお茶菓子《ちゃがし》を置いていく。

カップの一つ、お茶菓子一つ見ても高そうでヤバい。

当たり前だが冒険者ギルドにはこんなお貴族様のようなサービスは存在していない。仮にAランク冒険者が来てもこんなサービスが受けられるかは怪《あや》しいところだ。というか、健全で模範《もはん》的な冒険者なら酒を要求しそうだから必要なさそうだけど。

初めて彼女らがなにも言わずにお茶を準備し始めた時は本当にビックリしたけど、もう何度も経験して慣れてしまった。慣れって凄《すご》い。というか、最初からこのサービスを当たり前のこととして受け入れていたエレナとマリーサが慣れすぎていて怖《こわ》い。やっぱり彼女らは良いところのお嬢様なんだろう。

……怖いから詳《くわ》しくは聞いてないけど。

受付嬢らが退室した後、エレナが口を開いた。

「先生、今日も楽しかったです！　剣をおもいっきり振るのって楽しいですね！」

膝《ひざ》に乗せたシオンを撫《な》でながら嬉《うれ》しそうに笑う彼女を見ると、この練習をやって良かったと思えてくる。仮に回復魔法が覚えられなくてもだ。

最初は口数も少なかった彼女がこうやって色々と話してくれるようになってきた。学校のこととか、家のこととか、全《すべ》てではないけど。おかげで彼女とは少し仲良くなれてきた気がする。

なんとなくだけど、ギルドマスターの本当の依頼内容は実際に回復魔法を使えるようにすることではなく、こちらが本質だったのではないか。そんな気がしてくる。

「じゃあ、精神統一をした後、また回復魔法にチャレンジしてみようか」

「……はい」

エレナが少し緊張《きんちょう》した顔になり、ゆっくりと目を閉じた。

一分か二分か、静かにそうした後、ゆっくりと目を開く。

「いきます。光よ、癒《い》やせ《ヒール》」

これまで何度も繰り返してきたであろう呪文《じゅもん》。そしてこの部屋でも何度も繰り返された光景。

何度も繰り返されたからか、マリーサは特にそれには目を向けず、エレナの隣《となり》で優雅《ゆうが》にお茶を飲んでいる。

が、そのマリーサが驚きのあまりお茶をこぼすような変化が次の瞬間《しゅんかん》、起こった。

「で、出来ました！　成功です！」

「おぉ！」

エレナの手と手の間に小さな輝《かがや》きが灯《とも》る。

それは紛《まぎ》れもなく回復の光。ヒールの輝きだった。

まだ小さいけど、確実に発動している。

「あちっ！　っおっめでとうございます！」

マリーサがこぼしたお茶を拭《ふ》きながら言った。

それに僕《ぼく》も「おめでとう！」と続いた。

「ありがとうございます！」

そう言ったエレナの目には光るモノがあり、僕もようやく実感が湧《わ》いてきて、ほっと胸を撫で下

ろした。

正直言ってこのやり方が正しいのかすら分からない中で続けていたことなので、ここで結果が出て本当に良かったと思う。もし、もう暫く続けても結果が出ない場合、マリーサからの視線に耐《た》えられなくなって最後の手段であるオリハルコンの指輪を出すしかなくなっていた。

アレを出したらエレナはもっと早く回復魔法を使えたかもしれないけど僕が余計な面倒《めんどう》に巻き込《こ》まれる可能性もあったはずで、それはそれでもっと大変な状態になっていたかもしれないのだ。

「これで、依頼は達成かな」

依頼は『回復魔法を使えるようにしろ』だったはずで、発動出来るようになった以上、最低限の条件はクリアしているはずだ。

しかし、これまで何度も会い続け、ようやく仲良くなってきたのにこれでバイバイというのも寂《さび》しい気がするね……。でも彼女らとは住む世界が違《ちが》いすぎる。本来ならこんな依頼でもなければ会って親しく話すこともなかったはずだ。

と思っているとエレナが最初に会った頃のように少しモジモジし始めた。

「あの……その……回復魔法は成功しましたけど、もう少しの間、指導してもらえますか？」

「えぇっと……それはいいけど――」

まさかそんなことを言われるとは思っておらず言葉に詰《つ》まりながらマリーサの方を見る。

マリーサは少し息を吐き、軽く笑いながら『しょうがない』という感じで頷《うなず》いた。

その態度に少し驚きつつ、僕も頷き返す。

マリーサとはあまり親しくなれた気がしなかったけど、なんだかんだありつつも認めてもらえたのかもしれないね。

「じゃあもう少し、練習しましょうか」

僕がそう言うと、エレナは笑顔を見せながら「よろしくお願いします！」と返し、シオンと抱《だ》き合ったのだった。

◆　◆　◆

「ん～……」

冒険者ギルドを出て伸《の》びをする。

重要な依頼に一段落ついたし、長時間イスに座っていたのもあり、少し体をほぐして解放感を楽しんだ。

「じゃあ帰ってご飯にしようか」

「キュ！」

と歩き始めたところで大通りを馬車の一団が通り抜けていった。

人を乗せる馬車ではなく荷物を載《の》せるような荷馬車。

あれだけ大規模な馬車の一団を見たのは雪が降るようになってから初めてだ。

「どうしたんだ？」

「キュ？」

方向からして町の外から来た馬車。

うーん、冬は馬車の通行が不可能になるから乗合馬車が休止したんじゃなかった？

「まぁ、考えても分からないか」

と、不思議に思ったことを宿に戻って夕食を食べながらブライドンさんに聞いてみたら一発で答えが返ってきた。

「あぁ、それは隣のコット村と交易してきた馬車だろうな」

「えっ？　冬は馬車が通行出来ないのでは？」

「今みたいに寒くなって地面が凍《こお》れば通れなくもない。雪が積もると大変だがな」

「大変なのに交易に出るんですか？」

そう聞くとブライドンさんは『おいおい』という顔をした。

「この町じゃほとんど食料が作れないんだぜ？　お前は食わずに生きていけるってのか？」

「あぁ、そういえばそうでしたね」

「丁度、冬の時期に保存食が完成するからな。それを買ってこれなきゃこの町は大変なことになる。特に今年はアルッポのダンジョンが消滅《しょうめつ》したから、な！」

そう言ってブライドンさんは包丁をドンッ！　と振り下ろした。

アルッポのダンジョンの消滅、という言葉に一瞬ビクッとなる。

シオンも一瞬食べるのを止め、ブライドンさんの方を見た。

「ダンジョンの消滅……」

「あぁ、アレのおかげで食えなくなった冒険者が流れ込んでる。だから今年は例年以上に食料が厳しいはずだ」

「そうですか……」

「本当ならダンジョンの消滅は喜ばなきゃいけねぇ話なんだがよ。近くのダンジョンの消滅でここまで影響《えいきよう》があるとはな。経験してみなきゃ分からねぇもんだ、ぜ！」

ブライドンさんはまた包丁を振り下ろした。

その音にまたちょっとビクッとする。

「いや～、アルッポのダンジョンを消滅させたゴラントンの剣というカナディーラ共和国のグレスポ公爵《こうしやく》お抱《かか》えのクランの奴《やつ》らは本当に余計なことをしますよね！」

「お前……やけに詳しいじゃねぇか」

ブライドンさんがジトッとした目でこちらを見る。

「いや、たまたまですね、そういう話を聞いただけですよ！」

「……まぁ、いいんだがよ。だが、本当にダンジョンの消滅には皆《みんな》、喜んでるんだぜ。あれが良くないモノだってのは俺《おれ》にでも分かるからな。ただその影響の大きさに混乱しているだけだ」

そう言ったブライドンさんは遠くを見つめ、言葉を続けた。

「しかし、アレを作ったのが魔王だってんなら本当に嫌《いや》なことを考えやがるぜ。ダンジョンに依存させるだけさせて、ダンジョン消滅を躊躇《ちゆうちよ》するよう人間の中に火種をまいたんだからな。まさに魔王の狙《ねら》い通りってやつだ」

確かに、ダンジョンがただただ人類に不利益しか生まないモノなら全力で消滅させに行くだろう。でも、ダンジョンの中からは有用なモノが大量に出てくるから攻略が進まない側面もある。もし、教会が主張するようにダンジョンが人類を害するために作られたのならば、それは皮肉な話だよね。

◆　◆　◆

そして翌日。今日は朝から教会に向かう。

ついに、あの日が来たのだ。

教会に入ってまずお祈りをする。

自分なりに手を合わせ、いつもの謎《なぞ》の神と光の神にとりあえず祈っておく。

「今日は早いですな」

「はい。ちょっと先に来ておきたいと思いまして」

司祭様と軽い雑談をしながら少し寄付をした。

「いつもありがとうございます」

「いえ。……あぁ、そうだ。以前お話しした回復魔法の件。司祭様の助言のおかげで上手く練習出来ました、ありがとうございます」

『おぉ、そうですか。それは良かった。ステラ様もお喜びになるでしょうな』

ステラ様……。これまでなんとなく気になってはいたけど、聞かなかった話。このステラ教会のステラとはなんなのか。それがまた気になってきた。

「あの、ステラ様というのは、このステラ教会の名前の由縁《ゆえん》になった方でしょうか？」

「あぁ、ルークさんは他の町から来られたのでしたね。ステラ様はこの地で生まれた聖女様なのですよ。そしてこの場所で多くの人々をお救いになった。ステラ様は身分など関係なく多くの人々を救うことを望み、この場所で多くの治療師《ちりょうし》を育てられたのです。そんなステラ様なら、新たなる治療師の誕生をお喜びになるでしょうな」

「凄い方だったのですね」

「ええ、言い伝えによれば、戦いでは倒れた味方を回復魔法で癒やしながらユニコーンに跨《また》がり人々の先頭を駆《か》け、当時この地域に巣くっていたイエティの群れを全滅させたそうですぞ」

なにその脳筋バトルプリースト。ちょっと怖いんだが……と、思ったところで一つの疑問が思い浮かぶ。

そういえば大教会ってどうなんだ？　と。ステラ様を信仰《しんこう》してそうなこっちの教会とどんな違いがあるんだろうかと。

「……ちょっと気になってたんですけど。それではこの町の大教会、あれはなんなのですか？」

「大教会、ですか……」

司祭様は伏《ふ》し目がちに下を向いた。

ヤバい、やっぱり大教会の話題は禁句だったか……。

司祭様は光の神テスレイティアの像を見つめながら話を続けた。

「長い年月の間にステラ様の教えを忘れ、私利私欲に走った者達《たち》と言えばいいのか……。それはテスレイティア様の考えにも背《そむ》くはずであろうに……。いや、忘れてくだされ。年寄りの愚痴《ぐち》になってしまいましたな」

そう言った司祭様の横顔は寂しそうだった。

司祭様に礼を言い、教会を出る。

外は相変わらずのマッチョ&雪景色で、いつもと変わらない。

「なんか、色々とあるんだろうな……」

教会関係も一枚岩ではなく、色々としがらみとか派閥《はばつ》とか考え方の違いとかあるんだろうね。

地面の雪をザクザクと踏《ふ》み進みながら魔法袋《ぶくろ》から強化スクロールを出す。

「……こんなしんみりした気分でやるのもどうかと思うけど」

今日の目的は武器の強化。ぶっちゃけそのために朝から教会に来たのだ。

武具強化について冒険者らに色々と聞いてみたのだけど、情報はそんなになかった。ただ、作ったばかりの武器なら一回二回ぐらいは普通《ふつう》に成功する的な話は何度も聞いた。

「そう聞いてもやっぱり緊張するな……」

まぁ、今はミスリル合金カジェルに続いてミスリルの槍も手に入れたし、もうこの杖《つえ》の出番はなさそうだから燃えてなくなっても問題はないんだけどね。

とにかく今は武具の強化以上にデータを取るために試行回数を稼《かせ》ぎたい。何度かチャレンジして、ある程度の傾向《けいこう》を見ないと。

持っていた木の杖に強化スクロールを巻き付けていく。

そして念のために軽くムキムキポーズを一発二発かましておいて……。

「よしっ！　いくぞ！　武具強化！」

強化スクロールが光を帯び、燃えるように崩《くず》れていき、それが杖に吸収された。

「成功、だ」

前回、一度成功してるから、この杖は二回目の強化に成功したことになる。

杖を握り直し、軽く魔法を使ってみる。

「光よ、我《わ》が道を照らせ《光源》」

杖の先端に光が浮かぶ。

「う～ん……やっぱりあんまり変化が分からないな」

手で触《さわ》ったり振ったりした感覚も特に変化はない。

一回目の時と同様、そんなに大きな変化はしてない気がするね。

「よしっ！　もう一回、やってみよう！」

魔法袋から強化スクロールを取り出し、また強化。それから続けてもう一度、強化してみる。

これで合計四回目の強化になるが……。

「やっぱり変わらないな」

杖に変化があるようには見えない。魔法を使ってみても変化はない。

これはどうなってるのだろうか？

もしかして一回二回ではまったく変化はなくて、一〇回二〇回の単位でやんないと変化分からない感じなのか？

「だとしたら、コスパ的にどうなんだ？」

強化スクロール一〇枚で金貨一〇〇枚、二〇だと二〇〇枚だぞ。それならミスリルの槍がまた買えてしまう。

それだけやって微々《びび》たる変化で、しかも武具消滅の可能性もあるって、それってやる価値あるのか？

「う〜ん……。分からないけど、もう一度やってみるか」

今回はデータを取るのが目的。少しでも変化が見える段階まではチャレンジしてみたい。

「武具強化！」

強化スクロールが光を帯び、燃えるように崩れながら杖の中に吸収——されようとした瞬間、杖の方も光の中でボロボロと崩れていく。

「あ……」

あっという間に全てが消え失《う》せ、地面には雪しか残っていない。

失敗……。失敗した……。

地面には杖も強化スクロールも残っていない。全てのモノが無に消えていった。

失敗することは想定していたものの、なんとも言えない虚無《きょむ》感に襲われる。

「強化スクロールだけでも五枚……。金貨五〇枚分か……」

それが一瞬で消滅した。全て無駄《むだ》になったのだ。いや、データは取れたから無駄ではない。……けど、無駄になった。

「はぁ……」

虚無感に包まれながら地面を眺めていると、いつの間にか上半身裸《はだか》のマッチョが隣に立っていた。

「少年よ」

「……」

「失敗は誰《だれ》にでもあるものだ。冒険者はそれを乗り越《こ》え明日へ進む」

マッチョは僕の肩《かた》にポンッと手を置く。

「悲しむことはない。筋肉は誰も裏切らないのだから。たとえ親兄弟に裏切られようとも、筋肉は我々の生涯《しょうがい》の友だ」

「……」

「少年も訓練を続け、このような鋼《はがね》の肉体を手に入れることが出来たら、いつか成功の喜びを知る時が来るだろう」

マッチョは胸をピクピクさせながら続ける。

「恐《おそ》れることはない。少年はまだこの世界のドアを開いたばかりなのだから」

「……」

「ようこそ。筋肉に彩《いろど》られた武具強化の世界へ」

マッチョは白い歯を見せ良い笑顔でそう言った後、どこかへ消えていった。

太陽の光はさんさんと降り注ぎ、地面の雪がそれを照り返す。冷たい風が頬《ほお》を撫で、孤児院の子供達の声と武具強化の筋肉の声を運んでくる。

今日もこの世界は美しい。

まぁ……なんだ。

武具強化に失敗して杖を失ったし色々と考えたり思うこともあるけどだ。

いや、それ以前にだけどさ……。

「……誰？」

僕のその問いかけに答える者はどこにもいなかった。

◆　◆　◆

そんなこんながありつつ武具強化を終え、冒険者ギルドに向かった。

扉《とびら》を開けて中に入り、いつものように依頼の確認をしようとしたが――建物内に冒険者がおらず、閑散《かんさん》としていた。

しかしギルドの職員はカウンターの中で慌《あわ》ただしく動き回っている。

「すみません。なにかあったんですか？」

カウンターで受付嬢に聞いてみる。

「あぁ、ルークさん。実は今朝、ホーンラビットなどの肉の買取価格が引き上げられまして、皆さん急いで狩《か》りに出かけられたようです」

「そうなんですか？」

受付嬢にお礼を言い、依頼が貼《は》ってある掲示板《けいじばん》の方に向かう。

「ホーンラビットの肉は……銀貨二枚、銀貨四枚、銀貨五枚、銀貨三枚……金貨一枚？」

いくつかの店から出された複数の依頼書を見る感じ、なんだか急に価格が上がって安定していない感じ。

他にもロックトータスの肉など、とにかく肉の価格が全体的に上がっている傾向にある。

「どうなってるんだ？」

この報酬《ほうしゅう》なら僕でも今すぐ狩りに行きたくなる額だ。しかも金貨一枚の依頼には『数量制限なし』という条件もついている。これが本当だとすると狩ってきたけど買い取ってもらえなかった的な話はないはず。狩れば狩るほど金になる美味《おい》しい仕事だろう。でも……。

「……美味しすぎるんだよなぁ」

なにか裏でもないと、そんな美味しい条件はありえない。

掲示板の中からホーンラビットの毛皮の依頼を探す。

「ホーンラビットの毛皮……銀貨一枚、銀貨二枚、銀貨一枚銅貨三枚、か」

肉の買取価格は上がっているのに毛皮の価格はそのまま。

「う〜ん……」

カウンターに戻り、また受付嬢に聞いてみる。

「肉の買取価格が上がってる理由に心当たりはありませんか？」

「何分、今朝になって突然でしたので、ギルドの方でも現在調査中でして、まだ確実なことはなにも……」

ギルドですら把握《はあく》していない理由でいきなり肉の価格が上がった？　そんなことあるのか？

でも、商人が報酬を上げてでも大量に肉を手に入れたいと思っているなら、それでも需要《じゅよう》があって儲《もう》かると思っているからだ。彼《かれ》らは損になるような取引はしないだろう。つまり、高く買った商品を高くどこかに売るアテがあるはず。

問題はその相手が誰で、どんな理由で高い値段でも買いたがるのかだ。

物資の買取価格が上がる。その状況《じょうきょう》に少し嫌な予感を覚えた。

思い出すのはアルッポ。あそこでも情勢が不安定になってポーションの買取価格が上がったはず。

もう一度、掲示板の紙を確認し、依頼主の欄《らん》を見る。

「ラディン商会、か」

受付嬢のラディン商会について尋《たず》ねてみる。

「このラディン商会ってどんな店なんですか？」

「ラディン商会ですか？　この町で様々な商品を取り扱ってる大きな商会ですよ。他の町にも支店を持ってますね」

受付嬢にラディン商会の場所を聞き、とりあえず様子を見るために向かってみることにする。

ホーンラビット狩りに参戦するか決めるのはそれからだ。

ラディン商会まで大通り沿いに進みながら道中にある店なんかを確認しつつ進む。

と、目の前の店からサンタクロースぐらい大きな布袋を担《かつ》いだ男が出てきて、すぐに走り去っていった。

「なんだ？」

男が出てきた店を見る。

ここは冒険者向けのアイテムを取り扱っている店で、ロープとかマントとか冒険者の仕事に必要な物は大体揃《そろ》っているし、冒険者ギルドからも近いので利用する冒険者も多かったはずだ。

「ふむ……」

なにか違和《いわ》感がある。

それがなにかは分からないけど、ちょっとした違和感だ。

男が出てきた店に入ってみる。

「いらっしゃい」

出迎《でむか》えた店主はいたって普通の中年男性で、前に来た時と変わらない。

カウンターの裏にある棚《たな》の商品を並べているだけで、変わった様子もない。

「すみません。さっき出ていった男ってなにをあんなに買っていったんですか？」

「おぉ、見てたのかい？　よく分からないけど干し肉をあるだけ売ってくれってね。在庫全部持っていっちまったよ。あんなに買ってなにすんだろうね。大人数でどこかに遠征《えんせい》でもすんのかね」

「干し肉？」

ちょっと待てよ。さっきの男は見た感じ冒険者ではなかった。服も普通の服だし武器も持ってない。勿論《もちろん》、貴族や騎士《きし》階級って感じでもない。どこにでもいるような普通の町の男性だった。それに今は冬だし遠征をするような時期でもない。

保存食をあんなに大量に買い込む必要があるとは思えない感じの人だ。

「すみません。干し肉って、まだ残ってますか？」

「もうないね。さっきの人が全部買っていっちまったよ」

「じゃあ、他の保存食はありますか？」

「今はないね。売れたのが全てさ」

店主に礼を言い店を出る。

「肉の買取価格が上がり、店から干し肉が消えた……」

これってひょっとすると……。

いや、現時点ではまだ結論は出せない。

急いで近くにある食料品店に向かい、中に入る。

しかし店の中は商品が少なく、あまり残ってはいなかった。

「すみません。残ってる食料ってこれだけですか？」

「あぁ、朝早くに大量の注文があって今はここにある物だけだな。夕方か明日の朝には仕入れられるはずだから、また来てくれや」

「仕入れの予定はあるんですね……」

「そりゃそうだろ。仕入れが出来なきゃ商売にならねぇよ」

仕入れの予定があるなら、なにも問題はないのか？

店を出てラディン商店へ向かうと、既《すで》に冒険者が列をなして納品待ちをしていた。

その冒険者の列を不思議そうに見つめる他の住民はいるものの、町はいたって平穏《へいおん》で、いつもと変わらない。

「僕が考えすぎてるだけなのか？」

いや、もう少し他の店も調べてみよう。現時点ではまだ判断材料が少なすぎる。

自作の地図を取り出して食料品を売っている他の店に向かう。

そうして大通り沿いの他の店をいくつか調べたけど、やっぱり全体的に食料品が品薄で、裏道にある小さな雑貨店でようやく干し肉を発見することが出来た。

「この干し肉、どれぐらい在庫ありますか？」

「うち特製ホーンラビット干し肉が気に入ったのかい？　全部自家製だからそんなに数を作ってなくてね。そうさねぇ……今あるのは一〇束ってところかね」

ここの雑貨店ではまだ残ってるのか。

「じゃあそれ全て買います」

「一束が銀貨三枚だから全部で金貨三枚だよ」

お金を払い、干し肉を背負袋《せおい》に入れていく。

「もっと数が必要なんだったら今から冒険者ギルドに依頼出して多めにホーンラビットの肉を仕入れるよ？」

「……いえ、とりあえずこれで足りてますので」

店を出て宿屋の方に向かいながら考える。

現時点で分かったのは、とにかく食料品が全体的に品薄ということだ。そして冒険者ギルドに出される肉の買取価格を大幅《おおはば》に上げてきている店がある。しかしそれ以外の価格にはあまり変化がない。

いくつか可能性は考えられるけど、確率が高そうなのは――

「突発的な食料不足、か」

理由は分からないけど、なんらかの原因でこの町の食料が足りなくなってきているのではないだろうか。

しかもその原因となる事象が昨日今日の短い時間に起こった。だからまだ多くの人々はその状況に気付けていない。

そして気付いている一部の人間が食料を買い占《し》めている可能性がある……。

普通、食料不足があるとすると、突発的な災害や戦争があっていきなり食料の生産地が破壊《はかい》されるようなケースを除けば基本的には事前にある程度の予測は出来ているはずで、それが早い段階で価格に反映されているはず。しかし今は大きな災害などは見えないのに突発的に食料不足が起きている……のかもしれない。

「昨日、多くの人が知らない内に『ナニカ』が起きた、ってことなんだろうね」

そろそろ冒険者ギルドや他の商人らもこの状況に気付いてきたはず。とすると、混乱が始まるとしたら——

「これから、ってことか」

宿に入りブライドンさんに声をかける。

「おう、どうした？」

「宿泊《しゅくはく》を長期間、前払いで延長したいのですが、いけますか？」

「かまわねぇが、今以上の割引はねぇし途中《とちゅう》で返金は出来ねぇぞ」

「大丈夫《だいじょうぶ》です」

「それで、どれぐらい延長するんだ？」

「そうですね……。三〇日分、お願いします」

金貨一五枚を払って自室に入る。

どれぐらいで春になるのかは分からないけど三〇日はいるはず。これから宿が値上げされる可能性は高そうだけど値下げされる可能性は少ないだろうし、損はしないはずだ。

とりあえず、これで当面の間の宿の心配はないだろう。

「はぁ……」

ベッドにシオンを置き、防寒具を脱《ぬ》ぐ。

色々と考えることが多くて少し疲《つか》れてしまった。

でも、今は考えることがある。

「まだ分からないけど、もし今の状況が食料不足なのだとしたら、自力で食料を入手出来た方がいいよね？」

状況によってはお金を払っても食料を確保出来なくなるかもしれない。

冒険者としてはモンスターを狩って肉を手に入れるのが一番簡単な入手方法だろうけど……。

「あれだけ報酬が上がってしまうと狩り場はキャパオーバーになってるはず」

ただでさえ冬場はモンスターの数が少なくなるのに、冒険者ギルドから冒険者が消えるぐらい人が集まったら後はお察しだ。

「そうなると、やっぱりホーリーディメンション内で作物を育てられた方がいいよね」

「キュ？」

「いや、本格的に色々と育ててみるべきかなって思ってさ」

そう言いながらホーリーディメンションを開く。

光の扉の中には部屋の半分を占拠《せんきょ》する三本のオランの木。

どの木も下の方の幹は五センチ程度にまで太くなり、高さは二メートル前後ある。そして枝葉もワサワサと大きく広がってきていて、ぶっちゃけちょっと邪魔だったりする。でも最近は生長が鈍《どん》化《か》したのか大きくならなくなってきたのでギリギリ耐えられてるけど、状況によっては枝の剪定《せんてい》もやらなきゃいけないかもしれない。

ホーリーディメンション内に買ってきた干し肉を出しながら考える。

「とりあえずこのオランから実が採れればいいんだけど……」

オランの木は冬とは思えないぐらい青々と茂《しげ》ってはいるけど、一向に実をつける気配がない。

「どうやったら実が出来るんだ？」

地球にある果樹と同じ性質ならまず花をつけて、それが実になるはず。でもまだ花が咲《さ》く感じすらない。

とりあえず、これは放置するしかないのだろうか？

後は、他の作物になるけど……。

「やっぱりポタトかな？」

形も味もジャガイモに似たこの植物がジャガイモと似た性質なら比較的簡単に生産出来るし、リゼから貰《もら》った薬を使えば大量生産も可能かもしれない。

「でもまぁ、大量生産しても、それをどうやって使うんだって話か……」

宿の部屋の中でもホーリーディメンション内でも火を使うのは難しい。それに雪が積もった冬の世界で焚火《たきび》をするのも大変だ。

じゃあ誰かに売ったりあげたりするのか？　というと、それも難しい。今のこの状況で一人の普通の冒険者が宿屋の部屋からポタトの入った袋を背負って出てきて売り捌《さば》いてたら怪しすぎるしさ……。そんなモノ、一体どこから出してきたんだって話に絶対なる。最低でも魔法袋の所持は確定してしまうだろう。

まぁ、ミスリルの槍を買った後はミスリル合金カジェルと武器を切り替《か》えることもあるから、注意して見られてたら既に気付かれてるだろうけど。

それはいいとして……。

「自分で食べるなら生でそのまま食べられるモノがいいのかな」

そうなると、現時点ではやっぱりオランが実ってくれるのが一番良い気がする。

「よしっ！　とりあえずリゼに相談してみよう！　わが呼び声に応え、道を示せ《サモンフェアリー》」

いつものように聖石を対価に立体魔法陣《じん》が現れ、それからリゼが召喚《しょうかん》された。

「こんにちは！」

「こんにちは」

「キュ！」

リゼはホーリーディメンション内をクルクル飛び回り、オランの木の前で止まる。

「良い感じ！」

「ん？」

「キュ？」

良い感じ、とは？

「ちゃんと大きくなれて、もう準備はいいよって！」

「えっと……このオランの木が？」

「うん！」

準備はいい、とはどういう意味だろうか？

なんだか頭の中が謎だらけの中、リゼは手を大きく広げて天にかざす。

「いくよ～！　それ～！」

その掛《か》け声と共にリゼの全身からキラキラ光るなにかが発せられ、三本のオランの木に降り注いだ。

「うわ……」

その幻想《げんそう》的な光景に見とれていると、風もないのにオランの木がザワザワし始め、一つの枝の先端がポンッと弾《はじ》ける。

「えっ？」

「いっけぇ！」

「キュ！」

次の瞬間、オランの木の枝の様々な部分から連鎖《れんさ》的にポンポンポンと弾けていって、それが木全体に広がっていった。

「どうなって……」

そう言いかけ、鼻腔《びこう》をくすぐる甘《あま》い香《かお》りに思わずむせそうになる。

目の前に広がるのは、白。白い花。

三本のオランの木が一斉《いっせい》に花開き、ホーリーディメンション内がまるで花壇《かだん》のようだ。

これは、神の奇跡《きせき》か？

そう思わざるを得ない光景がそこには広がっていた。

「ルーク。お水あげて～」

「ん？　水は今朝あげたばかりだけど？」

「頑張《がんば》って花を咲かせたから喉《のど》が渇《かわ》いたって！」

「なるほど」

まぁ、そういうこともあるか。

シオンに聖水を作ってもらい、それぞれの木にそれぞれの水をあげていく。

しかし、蕾《つぼみ》もなかったのに、いきなり花を咲かせられるのか……。流石《さすが》は妖精《ようせい》だね！

……って、そんな簡単に納得《なっとく》してしまってもいい現象だったか？　かなり凄いことが起こった気がするけど……。

「これですぐにオランが食べられるね！」

「キュ！」

花を咲かせた理由は食い意地か！

いや、まぁいいけどさ。僕も助かるし。

とりあえず、これで食料問題はなんとかなる、のか？

「まぁ、今はこの花を素直《すなお》に楽しみますかね」

そうして僕はその場に寝転《ねころ》がり、満開の花を見上げた。

◆　◆　◆

夕方になって夕食を食べに食堂に行くと、今日はいつもより客が多くてザワザワしていた。

食料不足の件が噂《うわさ》になってきているのかもしれない。

いつものカウンター席に座って注文しようとするとブライドンさんの方から話しかけてきた。

「お前、知ってたのか？」

「はい？」

「食料不足だよ。知ってたから今になって長期予約したんだろ？」

ブライドンさんはそう言いながら僕の目の前にごった煮《に》を置いた。

「あぁ……いや、知りませんでしたよ。可能性はあるとは思ってましたけど」

やっぱり食料不足になってたのか……。

「まったく、抜け目ねぇヤツだぜ。まぁうちは保存が利く食料は暖かい内にストックしてあるから当面は大丈夫なんだがよ。このままだったら先は分からねぇな」

「……食料不足になった原因って聞いてます？」

「あぁ……なんでもコット村との交渉《こうしょう》に失敗したんだとよ」

「交渉に失敗？　そんなこと、今までにもあったんですか？」

ブライドンは少し考える素振《そぶ》りを見せる。

「不作の年にはそんなこともあった気がするが……。だが今年は豊作ではなかったが例年並みだしよ、よく分からねぇな。……まぁ、その内また条件追加で交渉して買ってくるだろ」

ブライドンさんは「そうなったらどこかの誰かが三〇日分先払いした意味はなくなるな！」と続けた。

ごった煮を頬張《ほおば》りながら片手を振って適当にそれに応えておく。

意外と思ったより楽観的だ。事前に保存食をストックしてあるから大丈夫なんだろうか。食料不足にはなってるけど町の住人が危機感を持つレベルではない、という感じ。いや、そこそこ普通の暮らしが出来ている中流層はまだ余裕《よゆう》があっても、その日暮らしの低ランク冒険者なんかには大きな問題になっている可能性はありそうだ。その辺り、少し調べてみるか。

そう考えながら寝て翌日。朝から町を歩きながら情報収集していく。

「やっぱり食料品はほとんど売ってないな」

大通り沿いの店を見てみても食料品なんかはほとんど売っていない。置いていても先日より倍近くに値上がりしている。

やっぱり食料不足自体は酷《ひど》い。これがインフレってやつなのかな？

冒険者ギルドに入って中を確認するも、やっぱり人は少ない。

掲示板を見ると、昨日は通常価格で買い取っていた他の店も買取価格を上げたようで全体的に高くなっていた。

少し残っていた冒険者をつかまえて話を聞いても――

「肉が高く売れるからな。儲かりまくってるぜ――」

と言う冒険者もいれば。

「いつもの宿がいきなり今日から値上げとか言いやがってよ――」

と不満を漏《も》らす冒険者もいた。

現時点ではインフレの恩恵《おんけい》を享受《きようじゆ》している冒険者もいれば、それを悪い方に受けている冒険者もいて、半々という感じだろうか。印象としてはCランクとか比較的高めのランクの冒険者にはメリットが大きいが、低いランクの冒険者には厳しくなっている感じか。

冒険者ギルドを出て町の外に向かうため門の方へ歩いていると、それだけでもいつもとは違うことが見て取れた。まず門に近づくにつれ周囲の冒険者の数が激増していった。そして門の近くは人でごった返していて、冬とは思えない状況になっている。

外に出ようとする冒険者。その冒険者にいつもの数倍の値段で物資を売ろうとする露店《ろてん》。

冬になってからは見なくなっていた賑《にぎ》わいがそこにはあった。

「安いよ！　干し肉、一束で金貨二枚だ！」

「ホーンラビットの肉、金貨一枚で買い取りだよ！　狩ったらこっちに持ってきてくれ！」

辺りでそんな声が飛び交《か》っていて、ダンジョン前のような状態になっている。

人混《ひとご》みをかき分けて門の外に出ると、そこにも人だらけでいつもの数倍はいた。

「……これじゃ狩りなんて無理でしょ」

どこにこんな冒険者がいたんだ？　ってぐらい数がいて、四方八方に散らばっている。

いや、よく見ると、マトモな装備を持たない一般人《いっぱんじん》っぽい人も参戦しているし、スラムから参戦してるっぽい人もいる。もう完全にお祭り状態だ。

「おい！　お前ら、ついてくるんじゃねぇよ！」

「なに言ってやがる！　てめぇらこそ消えやがれ！」

人数が増えすぎると狩り場の争いも増えるようで、そこら中で言い争いが起きている。

「これは、ダメだな……」

狩りにならないし、いらぬ問題も起こりそうで怖い。

もう少し槍を実戦で慣らしていきたかったけど、今は無理そうだ。

——と思いつつ、マギロケーションでなんとか見付けたホーンラビットを一匹《ぴき》だけ狩り、町に戻る。

そして教会に向かい、孤児院の方に顔を出した。

「あぁ！　お兄ちゃん、久しぶり！」

「シオンだ！」

「遊ぼうよ！」

シオンを出して床《ゆか》に置くと子供達が群がってきて、シオンを触ったり抱き上げたりワチャワチャしている。

「ジョンはいる？」

「部屋にいるよ～」

小さな女の子にそう教えてもらい、彼らの部屋に入る。

「兄貴！」

「元気にやってる？」

部屋の中にはいつものメンバー、ジョン、サム、ノエ、ブーセの四人がいて、ベッドに腰掛《こしか》けたり寝転んだりしてダラダラやっていた。

「最近どう？」

「あまり良くないっすね。鉱山の仕事も減っちまって……。昨日は思いきってホーンラビット狩りに出たんすけど、人が多すぎて無理っす！」

「一匹も狩れなかったね……」

やっぱりランクの低い冒険者には難しい状況になっているようだ。

「鉱山の仕事ってまだ減ったままなの？」

「前より悪くなってるっすよ！」

「……理由は聞いた？」

「誰かが掘《ほ》っても売れないとか言ってたような……」


掘っても売れない、ね……。

金属の需要が減ったのか、それとも……。

っと、忘れるところだった。

「このホーンラビット、孤児院で食べて」

ホーンラビットをジョンに渡した。

「あざっす！　うちのチビらも喜ぶっすよ！」

部屋を出て、もみくちゃにされてるシオンを回収してから教会の方にも顔を出す。

そしていつものようにテスレイティア像の前で祈る。

膝を突き、手を合わせ、目を閉じて祈る。

しかしこの状況、本当に大丈夫なのだろうか？

様々な情報を総合して考えると、この町が良い方に向かっているとは思えない。

でも、それは僕がどうにかしなきゃいけないような問題でもないし、僕がどうにか出来る問題でもない。それでも、自分は関係ないからと座して待てばいい問題……とまで突き放して考えたくもない。

なんとも言えない、出来ない微妙《びみょう》な感じ。

目を開き、立ち上がる。

「なにかお悩《なや》みですかな？」

「悩み……」

司祭様の言葉に暫《しば》し考える。

これは悩み、なのだろうか？

答えに困り、逆に質問してしまう。

「司祭様は、この町の状況をどう見ていらっしゃるのですか？」

「そうですな。あまり良い状況ではないかもしれませぬな……」

そう言って司祭様はテスレイティア像を見上げる。

「しかしこの世の摂理《せつり》は振り子のようなモノ。一方に強く振れるからこそ逆側に振れる力も強くなる。悪い方に振れるからこそ次に良い方にも振れるのです。我々はその振れの中で各々《おのおの》が出来ることを精一杯《せいいっぱい》やるのみですな」

分かったような分からないような……。

「各々が出来ること……」

「教会では毎年、冬になると炊《た》き出しをしております。残念ながらそれだけでは多くの人々を救うことは出来ませぬが、それで救える人もいるのです。そういった小さな積み重ねで動くモノもある

「えぇ、有志から寄付を募《つの》って貧しい人々に炊き出しをするのです」

「炊き出し、ですか」

「のですぞ」

◆　◆　◆

それから数日後。今日も町はいつもと変わらないように見える。

少なくとも表面上は。

そして今日も今日とて冒険者ギルドの一室でエレナに回復魔法を教えていた。

――とはいっても僕がすることはあまりない。

「う～ん、こうかな～？」

色々と考えながら回復魔法を使っているエレナをたまに横目で確認しつつ、僕は僕でお茶を飲んだり本を読んだりしているだけだ。

今読んでいるのは冬場の暇潰《ひまつぶ》しに書店でたまたま見付けた植物の本で、このザンツ王国で植物について詳しかったらしい人物が書いた本の『写本』のようだ。

この本はザンツ王国内に生えている植物について色々と書かれていて参考にはなるけど、残念なことが一つある。それは植物の絵のクオリティがあまり良くないことだ。元の本を書いた人の絵のクオリティが微妙だったのか、はたまた写本を書いた人の絵の腕《うで》が微妙だったのかは分からないけど、これでは図鑑《ずかん》としてはあまり信用出来ないかもしれない。

まぁ、手書きからの写本というシステムで本を作ったり複製している以上、これは仕方がないのかもしれない。

「あっ！　いい感じかも」

部屋の端にある火鉢《ひばち》のような暖炉《だんろ》のようなモノの中で炭がパチッと弾けた。

顔を上げると窓の外ではパラパラと舞い落ちる雪。それを眺めながら温かいお茶をすする。

壁に吊《つ》るされたランプの炎《ほのお》が壁石をユラユラとオレンジに染める。

「……」

まったりしてるな……。

冒険に出るでもなく。ダンジョンに入るでもなく。修行《しゅぎょう》をするでもなく。ただゆったりとした時間を過ごしている。

膝の上で眠《ねむ》るシオンを撫でながら、ふと思う。

これでいいのか？

……いや、別に悪いことはないのだろうけどさ。

司祭様の言葉がチラリと頭をよぎる。

本をパタリと閉じてエレナを見た。

そういえば、エレナってそこそこ身分が高い家柄《いえがら》だよね？　詳しくは聞いちゃマズそうだから聞いてないけどさ。

「エレナさん、ちょっといい？」

「なんでしょう、先生」

「その……最近の食料不足について、なにか噂とか聞いてないかな？」

もしかするとエレナなら僕らより詳しい情報を知っているのではないかと思い聞いてみた。

が、その返答は予想とは違っていた。

「食料不足、ですか？　いえ、そんな話は聞いておりませんが……。今は食料不足なのでしょうか？」

「うん。店の食料価格は上がりっぱなしだしね。お店の価格とか、見てない？」

「……申し訳ありません。いつも馬車で送り迎えしてもらっていますので……」

「あぁ、そうか……。そうだよね」

エレナが知らないとなると、まだ上流階級には食料不足が伝わっていない？　それとも学生だから知らないだけなのだろうか。

「あの……食料不足なのだとしたら、皆様はどうされているのでしょうか？」

「あぁ、冒険者はそこそこ楽しくやってるみたいですよ。肉が高く売れるので。でも、そうやって稼げる人以外は大変かも……」

「そうなのですか……」

エレナが悲しそうに俯《うつむ》いた。

こういう話はするべきじゃなかったかも……。

「あぁ、でも！　ステラ教会の司祭様が貧しい人々のために炊き出しをするらしいし、大丈夫じゃないかな」

「……ステラ教会、ですか？」

「外壁《がいへき》の近くにある教会なんだけど、冬になると有志から寄付を募って炊き出しをするって」

「そんな場所があったのですね……」

そう言うとエレナは少し考え込むような顔をし、そして顔を上げた。

「先生！　私も炊き出しに参加したいです！」

「えっ……」

「先生も参加されるのですよね⁉」

「あ～……まぁ、そうかな」

特に炊き出しに参加するかどうとは考えてなかったので返答に困る。

チラリと窓際《まどぎわ》に立つマリーサを見る。

しかしマリーサはエレナを見ながらウンウンと頷いている。

あぁ、これは誰も止める人がいない感じ？

「それでは、ステラ教会の場所を教えてください！」

「お、おう……」

◆　◆　◆

そんなこんなで時は過ぎて数日後。炊き出し当日となった。

場所は外壁の外、門の近く。そこに石のブロックで簡易的な竈《かまど》が作られ、その上には大きな鉄鍋《てつなべ》。

周囲には天幕が張られ、キャンプ場のようになっている。

時間があれば僕も食材の調達を頑張ってみてもよかったんだけど、それを考えるには時間がなさすぎた。

オランの実もまだ出来てないし、他に育ててみようとした野菜も実験段階だ。流石に妖精の薬でも数日で作物を作ることは出来なかった。

なので金貨を数枚、事前に司祭様に渡しておいたのだけど――

「お待たせしました！」

エレナが馬車の中から出てきてそう叫《さけ》んだ。

その後ろを走ってきた荷馬車から男達が出てきて木箱を降ろしていく。

エレナは食料を調達するアテがあると言っていたけど、本当に凄い伝手《つて》があるらしい。

「エレナ様、ありがとうございます」

司祭様がそう言いながらエレナに深々と頭を下げた。そして僕の方にも頭を下げる。

エレナと司祭様を繋《つな》いだのが僕だからだろうか。

「頭をお上げください。私はやりたいことをやっただけですから！」

エレナは少し慌てたように言ってからマリーサと僕の方に来た。

「先生！　ついに始まりますね！」

「そうだね」

司祭様の指示で木箱の蓋《ふた》が開けられ、食材が天幕の方に運び込まれていく。

既に周辺にはスラムなどから人が集まってきていて、そちらも準備万端《ばんたん》という感じ。

「それでは、始めましょう」

司祭様の言葉で皆が動き出した。

主に作業を担当するのはステラ教会周辺にお住まいのお……お姉様方で、それに孤児院の中からは年長組が参加しているようだ。

ジョンらのパーティも居候《いそうろう》ということで動員されたようで、お姉様方の指示でテキパキ動いている。

「先生、私達も手伝いましょう！」

「そうだね……って、エレナさんは料理したことあるの？」

「……ないです」

これは料理させてはいけないパターン。

マリーサの方を見ると、こちらはなにも言わずに目を背けた。

やっぱりこれは料理させてはいけないパターン。

そもそも、身分が高いっぽい令嬢に冬の寒空の下で水仕事をさせるのはよろしくない気がするぞ。

「……じゃあ、エレナさんはシオンの面倒を見ていてください」

肩の上にいたシオンを抱き上げエレナに渡した。

「分かりました！　シオン、遊びましょう！」

「キュ！」

とりあえず、こっちはこれでヨシとして……。

天幕の方に向かい、中の様子を確認する。

中ではお姉様方がポタトの皮を剥《む》いたり切ったりしていた。

「水は必要ですか？」

「なんだい、汲《く》んできてくれるのかい？」

「いえ、出すことが出来るので、それで」

「あんた、水属性持ちかい⁉」

「いや……まぁ似たような感じです」

水属性持ちではないけど、説明が面倒なのでそう言っておく。

「でも、いいのかい？　魔法で作る水も売り物なんだろ？」

「今日は炊き出しのために来てるので、問題ないですよ」

なんでも魔法で作った水は薬やポーションなんかを作るのに使うと良いとされているらしく、水属性持ちは水滴《すいてき》の魔法で作った水を売ったりする場合もあると聞いた。けど、そんなにお金になる仕事でもないらしいし、僕にはあまり関係がない。

「どこに出したらいいですか？」

「じゃあ、そこの桶《おけ》に頼《たの》むよ」

「分かりました。水よ、この手の中へ《水滴》」

ちょっと魔力多めに入れて水の量を増やそう。

普通に流れていく魔力にプラスし、多く魔力を込めていく。

すると丹田にある魔力がスルスルと抜け出してスムーズに腕を通って手からスルリと出てきた。

「ちょっと、どこまで大きくするんだい！」

「えっ……」

気が付くと水滴の魔法の玉の大きさが野球のボールからバスケットボールを通り越し、桶の直径を超えるぐらいに成長していた。

慌てて魔力を止め桶の中に水を落とすと、桶からバシャリと漏れる。

桶の周りの雪が水を吸い込み溶《と》けていった。

「はぁ……あんた、凄腕の水魔法使いなんだね」

その言葉に曖昧《あいまい》に笑って応え、いくつかの桶や樽《たる》に水を満たしていった。

しかし、どうなっているのだろうか？　レベルが上がって魔法の威力《いりょく》も上がっていて、水滴の魔法で作れる水の量も増えてきていた。でも、前は魔力を多く入れてもここまでの大きさにはならなかったはず。

単純に魔法が上手くなっているだけとか、そういう話なんだろうか。

天幕から出て考える。

もしかして攻撃魔法の威力も以前より上げられるようになっている？

確かめたいけど、いくら外とはいえここで魔法をぶっ放すわけにはいかない。

検証はまた今度……と思っている内に料理が完成したようで、お姉様方が周囲の人々を一列に並ばせていった。

「さぁ並んだ並んだ！　炊き出しのスープだよ！」

並んでいる人々はそれぞれお椀《わん》を持参し、それにスープを入れてもらっている。

並んでいる人は様々で、ボロボロの服を着たスラムから来たっぽい人もいれば、冒険者っぽい格好をした若い人もいるし、町で暮らしてそうな人もいる。

「……」

そして、怪我《けが》をしている人が目立つ。

スラムから来た人も、そして冒険者も。

足を引きずっている人が特に目立った。

良くも悪くも食料が高騰《こうとう》して無茶をする人が増えたからだろう。

冒険者ギルドで肉の買取価格が上がって以降、回復依頼の数が増えたことからも、それは間違いない。

皆、無茶をしてでもモンスターを倒したいのだ。

「先生……。怪我をしている人が多いですね」

いつの間にか僕の横に立っていたエレナがシオンを抱きながらそう言った。

僕は「そうだね」とだけ返した。

「私は、私が助けられる人がいるなら助けたいです」

エレナはそう言って、足を引きずっている若い冒険者に駆け寄った。

「その足、治療します！」

「えっ……」

困惑《こんわく》している冒険者を置いてきぼりにしながらエレナは魔法を使う。

「光よ、癒やせ《ヒール》」

光が男の足に集まって吸収されていった。

「どうでしょう?」

「あ……痛みがマシになった……かも?」

男は少し驚いた顔で足を確かめている。

「……」

やっぱり、残念ながら彼女のヒールではあの傷は完全には治らないんだ。

まだエレナの回復魔法は完全ではないから。

「そう、ですか……」

エレナは俯き、小さく声を吐き出した。

はぁ……。こういうのって冒険者の仕事ではない、というかね……。ここで無料で治療しちゃったら回復依頼の仕事がなくなるっていうか……。まぁ、でも、生徒があぁやって頑張ってるんだし、やるっきゃないでしょ。今の僕は先生なんだからね。

冒険者に近づき魔法を発動する。

「強き光よ、癒やせ《ラージヒール》」

光が男の足に集まっていき、ゆっくりと吸収されていく。

「どうです？」

「えっ……。動きます！」

男は足を確認して驚きの声を上げた。

「あの怪我が治ったのか？」

「スゲーな、足が動かなくなってたのに」

同時に周囲からも驚きの声が上がる。

「次は冒険者ギルドで回復依頼、出してくださいよ」

「……はい。ありがとうございました！」

スープの器《うつわ》を持って去っていく男を見送るとエレナがこちらを見ていた。

「やっぱり先生は凄いですね……。私も、もっと上手くなりたいです！」

「出来るさ。もっともっと練習していけば」

「はい！　じゃあ、他の怪我してる人も治療します！」

「えっ？　まだやるの？」

「はい！」

エレナはあっという間に次の怪我人を見付け、ヒールを使っている。

どうやら思う存分、実戦経験を積む気らしい。

「このままだと怪我人がいなくなるな……」

まぁ、それもエレナの経験になって良いか。

それに、僕が多少儲からなくなっても怪我人が減ることは良いことだしね。

◆　◆　◆

そうして暫くの時が経《た》ち、今日もいつものように冒険者ギルドで治療依頼をこなしていた。

肉の価格が高騰した後、冒険者が無理をしてでも狩りをするようになったおかげで冒険者の怪我が増え、僕の仕事も順調に増えていた。まぁ、それが良いこととは言えないのだけど。

「光よ、癒やせ《ヒール》」

冒険者の太股《ふともも》を斬り裂《さ》いていた怪我が治っていく。

「おぉ！　やっぱスゲェな、回復魔法ってのは！」

「治るからって無茶しないでくださいよ。当たりどころが悪かったら死ぬし、死んだら治せないんですよ」

「分かってるって」

若い男はそう言いつつ銀貨を五枚置いていった。

「お疲れ様です。今日の依頼人はこれで全てです」

「分かりました」

冒険者ギルドを出て宿に向かう。

相変わらず町の景気は良くないらしく、閉店したのか冬だから閉めてるのか知らないが、入り口に木材が打ち付けられ誰も入れないようにしてある店もちらほら見える。

そんな寂しい町を雪をギュギュと踏みしめながら進むと、町の広場に人だかりが出来ていた。

特に用事がなければ誰も出歩かない冬場に珍《めずら》しいな。

近くにいたおばさんに話しかける。

「どうしたんです？」

「どうしたもないよ！　増税だってさ！」

「増税？」

人混みをかき分けて前に出ると、広場にあった掲示板に一枚の紙が貼り付けられていた。

それに近づいて紙に書かれた文言を読んでみる。

「えっと……税収の低下により国家運営が困難になったため、土地使用税を一律増額することを決定した。個別具体的な税率については商業ギルドに通達してあるので各々確認されたし。か……」

僕が知る限り、この世界の多くの国では土地を持っていると毎年税金を徴収《ちょうしゅう》されるのが一般的らしいけど、それが上がるのか？

「どうすんだよ……。そんな金ねーぞ！」

「ウチだって最近は売上が下がってきてるのに……」

「こんな急に言われても困るわ……」

全方位から不満が聞こえてくる。

僕は土地を持ってないから払う必要はないけど、土地にかかる税金である以上、その土地で商売をやっている人は商品に価格転嫁《てんか》するしかなくなるはず。つまり最終的には僕にもどこかで影響してくる――いや、この町に住む全ての人に影響してくるはずだ。

「このタイミングで増税？」

タイミングが悪すぎないか？

これからどうなってしまうのだろうか。

嫌な空気になりつつある広場を後にして宿に向かい、いつものように精神統一をしながら魔力を動かしたり、シオンと遊んだりして過ごし、夕食になる。

「おい、知ってるか？」

ブライドンさんが僕の前にごった煮を出しながらそう言った。

「なんです、いきなり」

「最近、聖女様が現れたんだってよ」

「聖女……様？」

「あぁ、ステラ教会の炊き出しに現れて無料で多くの人々を救ったらしいぞ」

ステラ教会……。炊き出し……。それってもしかしなくてもアレだろ、アレ！

「いやぁ、スゲェもんだぜ。なんでも酷い状態の足を治したり、切れた腕をくっつけたり、死んだブルデン爺《じい》さんを墓場から蘇《よみがえ》らせたりしたらしいぜ！」

「いや、それだと聖女じゃなくてネクロマンサーだから！　というか、ブルデン爺さんは冒険者ギルドの酒場で毎日元気に飲んでますから死んでませんって」

ツッコミどころが多すぎるぞ……。まず酷い状態の足を治したのは恐らく僕だし、切れた腕をくっつける魔法なんて使えないしさ。なんだか元の話に尾《お》ヒレに背ビレに胸ビレがついて更《さら》に手足まで生えて完全に別の謎生命体にまで進化しちゃってるんだが、大丈夫なのか、この噂……。

「そう言われたらそうか。どうやら誰かが話を盛ったんだな」

「それちゃんと訂正《ていせい》しといてくださいよ」

「あぁん？　お前に関係あんのか？」

「まぁ、炊き出しにはちょっとね」

ごった煮の中から肉を取り出し、シオンに与える。

「それより聞きましたか？　増税の話」

「あぁ、今の状態で増税されちゃ、流石にウチも値上げしなきゃならねぇかもな」

「……マジですか」

「最近は色々と変なことが多すぎるぜ。いつからこの国はこんなおかしなことになっちまったんだろうな……」

ブライドンさんのその呟《つぶや》きに、僕は答えることが出来なかった。

◆　◆　◆

それからまた時が経ち。炊き出しも何度か行われ、僕は基本的にいつもと変わらない生活を送っていた。

良くも悪くも変わらない生活。

炊き出しが行われる度《たび》にエレナが人々を治し、彼女が治せないような大きな怪我は僕が治していった。そうして『聖女』の噂は大きくなり、炊き出しに協力してくれる人も増えた。

「若干、釈然《しゃくぜん》としないところはあるんだよなぁ」

エレナが治せないような怪我は僕が治してるし、僕もそれなりに活躍《かつやく》しているのに『聖女』の名前だけが独り歩きして……歩くどころか飛んでいく。いや、別にそこまで目立ちたいわけじゃないからまったく問題ないんだけど、なんだか不条理さを感じてしまう今日このごろ……。

そんなことを考えながら冒険者ギルドへ出勤していると――

「道を開けろ！」

後ろからそんな声が聞こえて振り向くと、遠くに同じ格好をした一団が見えた。

道の端に避け、それを見送る。

「国軍だ」

「どこに行くんだろうな？」

「いつもの冬季演習だろ」

周囲の人々の噂で彼らがこの国の軍隊であることを知る。

数は三〇〇とか四〇〇ぐらいだろうか。馬に乗った騎士や荷馬車に乗った兵士が見える。

国軍の一団は僕の目の前を通り過ぎていき、そのまま外壁の門の方へ向かっていった。

「寒いのに大変だ」

こんな雪の中で野外演習なんて考えただけで震《ふる》えてくる。

が、雪国だとそういった訓練も必須《ひっす》なんだろうなと思う。他国から攻《せ》められたけど雪だから防衛出来ませんでした！　じゃあ流石に笑えないしね。

そんなことを考えながら冒険者ギルドに向かい、今日も回復依頼をこなしていく。

いつもと変わらない日々。

それが変わったのは翌々日《よくよくじつ》のことだった。

第五章

悲しい葡萄酒

CHAPTER 5

ドンッと勢いよくドアを開け放ち、男が冒険者《ぼうけんしゃ》ギルドの中に飛び込《こ》んできた。

集まる冒険者らの目。

冒険者の治療《ちりょう》をしていた僕《ぼく》もそちらにチラッと顔を向けるが手は止められない。

男は受付嬢《じょう》にコソコソ話すとカウンターの中に入っていった。

「なんだぁ？」

「さぁ……」

治療をしている冒険者と顔を見合わせ首を傾《かし》げる。

酒場にいた数人の冒険者らがそれを見て小声で話し始めた。

それから暫《しばら》く数人の治療をして、全《すべ》ての冒険者を「お大事に」と見送ってカウンターで終了《しゅうりょう》報告をしようとすると――

「ルークさん、お時間少し大丈夫《だいじょうぶ》ですか？」

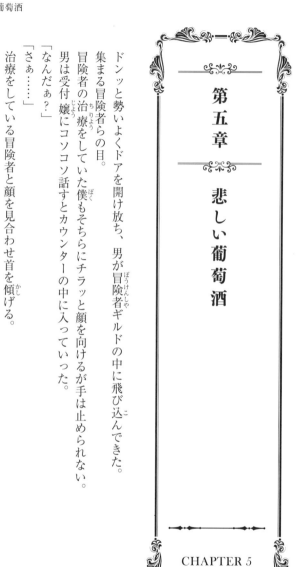

と受付嬢に呼び止められ、流れるようにギルドマスターの部屋のソファーに座《すわ》っていた。

そしてギルドマスターの第一声がこれ。

「急だが今から依頼《いらい》を受けてもらいたい」

その声は硬《かた》く、いつもの少しふざけたような軽い声ではない。

「今からって、もう夕方になりますよ？」

「あぁ、分かってる。それでも今すぐ行ってもらいたい。場所は――」

それから冒険者ギルドは慌《あわ》ただしく動いた。

すぐに複数の馬車が用意され、他の冒険者も集められ、物資なんかも荷馬車に積み込まれ、それに冒険者ギルドの職員も馬車に乗り込んで万全《ばんぜん》の態勢が整ったところで出発。

馬車の中は重苦しい雰囲気《ふんいき》に包まれていた。

向かいに座るのは冒険者ギルドの職員である女性。その横には慌てて冒険者ギルドに来たニックさん。その他には顔見知りだが名前までは知らない冒険者らがいる。

その中の一人の女性冒険者が口を開く。

「それで、どういう状況《じょうきょう》なんだい？　わたしゃまだ詳《くわ》しい話は聞いてないよ」

それに対してギルドの職員の女性が淡々《たんたん》と返していった。

「我々も現時点では詳細《しょうさい》な状況は掴《つか》めておりません。ただ確かなのは『遠征《えんせい》に出ていた国軍が大量の食料を持ち帰った』ということだけです」

「……国軍が、か？」

「はい」

「……一体どこから食料を持って帰ってきたって言うんだい？」

「それを調査し、場合によっては対処するのが今回の依頼です。ですが恐《おそ》らくは……」

女性職員は口ごもる。

彼女《かのじょ》に代わるようにニックさんが口を開いた。

「状況から考えて国軍……いや、ソルマズ王家が狙《ねら》うとしたら……考えたくはないが大体の想像はつく」

「……」

「最悪の状況でないことを祈《いの》りましょう」

「もしもの場合は、ルーク、頼《たの》むぞ」

「……分かりました」

それからも馬車は順調に進んでいった。

町から出て、山道を下り、雪が積もった道を進んでいく。

冒険者ギルド秘蔵のバトルホースはやっぱり強いのか、雪道などものともせずにグイグイ馬車を引っ張っていった。

そうして日が落ちてもランタンの光を頼《たよ》りに馬車は夜道を進み続け、オクタイ子爵《ししゃく》領の村に到着《とうちゃく》。

閉《と》ざされた門を先頭の馬車に乗った男が「開門！」と叫《さけ》んで無理に開けさせ中に入り、馬車から降りたギルド職員が冒険者ギルドの中に駆《か》け込んでいった。

そしてすぐに馬車に戻《もど》ってきて首を横に振《ふ》る。

「確定だな」

「残念なことに」

それだけ話すとギルド職員は元の席に座り、また馬車は動き出した。

彼女は苦虫を噛《か》み潰《つぶ》したような顔を一瞬《いっしゅん》だけ見せる。

「あの……確定、とは？」

僕がそう聞くとニックさんが答えてくれた。

「国軍はこの村から食料を徴収《ちょうしゅう》していない。この王家直轄《ちょっかつ》のオクタイ子爵領から食料を調達してないのなら、次の村だ」

「次の村、となると……」

「……この先にあるのはコット村しかない」

コット村？　コット村って、王都に行く時に一泊《ぱく》した村か？　確か祭りをやっていた記憶《きおく》がある。

「チッ……コット村かよ……」

冒険者の一人がそう呟《つぶや》く。

その表情は馬車の天井《てんじょう》から吊《つ》るされている一つのランタンだけでは窺《うかが》い知ることは出来なかった。

馬車は村を出て雪道をコット村の方に向かって進んでいく。

「まだ時間がかかる。寝《ね》られるなら寝ておけ」

ニックさんがそう言いながら毛皮のマントに包《くる》まり、座ったまま目を閉じた。

冒険者はどこでもどんな体勢でも寝られるスキルが必須《ひっす》のようだ。

ニックさんを見習い、僕もシオンを抱《だ》きしめながら毛皮のマントの前を閉じ、目を閉じた。

それから何時間経《た》っただろうか。揺《ゆ》れる馬車の中、安定しない座席の上で睡眠《すいみん》と覚醒《かくせい》を不規則に繰《く》り返しながら揺られ、腰《こし》が痛くなってきた頃《ころ》、御者《ぎょしゃ》の叫びが響《ひび》いた。

「コット村だ！」

その声に目が覚める。

同時にニックさんが飛び起き、馬車の扉《とびら》を開けて前方を見た。

「派手にやってやがる！」

ニックさんの声に続き、扉から顔を出していた他の冒険者の「チッ！」という舌打ちが聞こえてくる。

そうして暫くして馬車が止まり、馬車から降りると目に飛び込んできたのは壊《こわ》れた村の門だった。

「これは……」

どう見ても強い力で打ち破られていて、もう他者の侵入《しんにゅう》を防げるようには見えない。

「やはり穏便《おんびん》な食料調達じゃなかったか！」

「皆《みな》さん！　とにかく住民の救助を！」

「おう！」

他の冒険者らが村の中に走っていく。

それを見つめ、僕も壊れた門をくぐる。

頭が追いつかない。国軍は食料のために自国の村を襲《おそ》ったのか？　そんなこと、あるのか？　あってていいのか？

村の中は焼け焦《こ》げた家があったり壊れた家があったり、とにかく前に来た時とは別の村になってしまっていた。

「おい！　村人は教会にいるぞ！　ルーク！　こっちだ！」

「はい！」

ニックさんが呼ぶ方に走り教会の中に入ると、そこは怪我人《けがにん》で溢《あふ》れていた。

「冒険者ギルドの依頼で来た！　回復魔法《まほう》使いも連れて来た！　ルーク！　治療してやれ！」

「分かりました！」

とにかく近場にいた人から治療していく。

今は色々と考えている状況じゃない。

「光よ、癒《い》やせ《ヒール》」

腕《うで》に包帯を巻いている人にヒールを使う。

「もう治ったはずです」

「すまない。あっちに重傷者がいるんだ！」

「分かりました」

教会の奥《おく》に寝かされている男の方に行き傷口を見る。

男は腹をやられたようで、腹に血の滲《にじ》んだ包帯が巻かれている。その傷口に向かって魔法を使う。

「強き光よ、癒やせ《ラージヒール》」

淡《あわ》い光が降り注ぎ、苦悶《くもん》に歪《ゆが》んでいた怪我人の顔が穏《おだ》やかに変わっていった。

「ニックさん！　治ってると思いますけど、包帯取って確認《かくにん》してください！　治ってないなら別の魔法でなんとかしますから！」

「おうよ！　任せとけ！」

ラージヒールで無理なら神聖魔法でもなんでも使うしかない！

それからどれぐらいの時間が経《た》ったのか。

とにかくヒールとラージヒールを使いまくって全員を治療し終わり、治せているかの最終チェックや物資の配給なんかを終えた頃には外が明るくなってきていた。

「終わった、のか？」

昇《のぼ》りかけの太陽を眺《なが》めながらそう呟く。

疲《つか》れた身体《からだ》を引きずるように教会の外に出て、同じように引きずり出してきたイスに腰掛《こしか》け、背もたれに体重を預けた。

「はぁ……」

そもそも意味が分からない。

どうして国軍が自国の村を襲っているのか。どうしてそれを冒険者ギルドが助けに行っているのか。どうして僕らが国のやらかしたことの後始末をしているのか。まったく分からなくなってきた。

「なんなんだよ、これは……」

頭を抱《かか》えていると、ニックさんが別の家から葡萄酒《ぶどうしゅ》のガラス瓶《びん》を持って出てきた。

「よう！　お疲れさん。お前も飲めよ」

ニックさんはグイッとラッパ飲みした瓶をこちらに差し出した。

そこに貼《は》られたラベルを見て思い出す。

「うわ、これ、サリオール家のお墨付《すみつ》き印じゃないですか。どうしたんです？　高いやつでしょ？」

確か同じ瓶入り葡萄酒をルバンニの町で買ったけど、高かった記憶がある。

「あぁ、そこの壊れた宿屋にあったぜ。こんな日は飲まなきゃやってらんねぇからな」

「いや、駄目《だめ》でしょ……。バレたら宿屋の親父《おやじ》に怒《おこ》られますって……」

ニックさんは僕が受け取らないのを見ると、また葡萄酒の瓶に口をつけ、昇りかけのオレンジ色の太陽を見た。

「死んだよ」

「えっ？」

「やられちまったんだってよ。誰《だれ》にどうやられたかは知らんが、気が付いたら外に転がってたんだとよ」

「……」

ニックさんはまた一口、葡萄酒を口にする。

「だからこれは弔《とむら》い酒ってヤツだ。それなら許してくれるだろ？」

「……」

僕はなにも言えず、空を見上げた。

その空はまだ暗く、薄《うす》い朝焼けの色で、どうしてか悲しい色に見えた。

ニックさんはまた瓶を僕に差し出す。

今度はそれを受け取り、一気に呷《あお》る。

こんな時でも葡萄酒は、やっぱり変わらず旨《うま》かった。

◆　◆　◆

それから仮眠《かみん》を取った後で門の修理を手伝ったり村の復興を手伝ったりし、ルバンニの町から来た救援隊《きゆうえんたい》にバトンタッチして王都に戻ることにした。

正直、このまま王都には戻らずルバンニの町側に向かうという選択肢《せんたくし》が頭をよぎるが、冒険者ランクのこととかあるし、長くいたおかげで人との繋《つな》がりも出来たわけで、いきなり消えるということは出来ず、とりあえず保留とした。

そうして王都に戻った翌日、冒険者ギルドで報酬《ほうしゆう》を受け取る。

「それでは金貨三〇枚になります」

「……多くないですか？　確か金貨一〇枚という約束だったはずですが」

「問題が起こらなければその金額だったのですが、皆様には諸問題を解決していただきましたので、この金額になったようです」

「そうですか」

お金を受け取ってカウンターを後にする。

この金額が高いのか、安いのか……。普通《ふつう》のCランク冒険者の報酬としては高い気もするけど、数日間拘束《こうそく》されたこととかを考えると割に合ってない気もするけど、どうなのだろうか。

ギルドを出ようと歩き始めたところで酒場で飲んでるニックさんの姿を見付けた。

「今日も飲んでるんですか？」

「おぉ、ルークか。お前も付き合えよ」

「……いいですけど」

マスターにラガーを注文し、出てきたカップをニックさんの方に向けて持ち上げる。

するとニックさんは暫く考えた後、僕のカップに自分のカップをぶつけた。

「コット村に」

「……コット村に」

グイッと呷り、コンッとカウンターに置く。

ニックさんもカップを置き、少し下を向く。

暫く静かな時間が過ぎた。

それに耐《た》えられなくなり、僕の方から問いを投げかけた。

「結局、コット村はどうして襲われたんですか？」

「……さあな。お偉《えら》いさんの考えることは分からん。ただ、この国じゃ内部に対立がまだ残ってる、ということなのかもな」

「対立ですか……」

「この国は地域ごとに独自の色がある。ザンツ王国の国民というより、その地域の民《たみ》という意識が強いんだ。俺《おれ》も冒険者になって外に出て初めて気付いたんだがな」

そう言ってニックさんはラガーを呷る。

「それを助長しているのが今の王家なんだろう。むしろ対立を煽《あお》ってそれを国民の統制に利用している気さえするな」

「なるほど……」

あえて敵を作ることで仲間の結束を固めるというのは、まぁありがちな手法だよね。

「どうしてこんな国になっちまったんだろうな……。俺やギルマスも、そんな状態を変えたいと思っちゃいるが、中々どうして難しいもんだぜ」

「……」

ギルマスもそういう問題意識を持っているからコット村に救援隊を送ったのだろうか。

まぁでも、国民性とか地域性とかは長年積み重なって出来たモノだし、そうそう一朝一夕《いっちょういっせき》で変わるもんじゃないよね。原因はどうあれ、それが当たり前だと多くの国民が思ってしまっているのだから。

それでも、最近ちょっと思い出した言葉が頭に浮《う》かび、それが口から漏《も》れて出てしまう。

「桃栗《ももくり》三年柿《かき》八年」

「ん？　なんだ？　モモク……？」

「あぁ、いや……。オランとかアッポルとか、種を植えて木になっても何年間かは実がならなくて待たなきゃいけない期間がある、っていう話を思い出してですね」

って、言っちゃったけど、本当にこっちの世界の果物も同じなんだろうか？

……まぁいいや。もう言っちゃった後だし。

「そう……なのか？　俺は農業には詳しくないからよ」

「つまり、果物を収穫《しゅうかく》するまでにはそれ相応の時間が必要なんです。それと同じように、どんな物事を成すにしてもそれ相応の時間がかかるんじゃないか、という感じの古いことわざが故郷にあるんです」

「……」

「だから今は駄目でも、種を蒔《ま》き水をやり続けていけば、いつか変わる日が来るんじゃないかなって」

地域間の対立があっても、交流を続けていけばいつかは変わる日が来る……かもしれない。

でもまず動かなければ変わることはない。

結果が出なくても継続《けいぞく》していくことで花開くこともあるはずだ。

「そうか……。そうなのかもな」

そう言って黙《だま》ってしまったニックさんを残して席を立つ。

彼《かれ》には少し整理する時間が必要なのかもしれない。

冒険者ギルドを出ようと歩いていると、ギルド職員が掲示板《けいじばん》に新しく紙を貼っていった。

「……正体不明のモンスターの目撃《もくげき》情報アリ、ね」

内容は謎《なぞ》のモンスターに関するもので、しかしその詳細は調査中ということらしく、ほとんど情報は書かれておらず、注意を促《うなが》すよう書かれているだけだった。

「ここまで情報がないと、どうすればいいのか分からないな」

暫く町の外では気を付けようか。

色々と考えながら宿に戻る。

そして、心を落ち着かせるように精神統一した。

「よしっ！」

「キュ？」

「ちょっと槍《やり》でも振ってくるよ」

魔法袋《ぶくろ》からミスリルの槍を出し、一階にある裏庭で槍を振る。

一心不乱に槍を振る。

突《つ》いて払《はら》って叩《たた》いて斬《き》る。

さっきニックさんに言ったように、結果が出るまでには時間がかかるのだ。種を蒔いたら後は結果が出るまでじっくり育てる。この槍術《そうじゅつ》だってじっくり育てていくしかないんだ。

一振り一振りに想《おも》いを乗せていく。

だんだん精神が研ぎ澄《す》まされてきて、動きのキレが増していく。

空気を斬り裂《さ》く穂先《ほさき》が唸《うな》りをあげる。

なにか、掴めそうな気がする。けど、まだまだ遠い気もする。

そして一心不乱に練習し続けたが、まだ大きなモノは掴めなかった。

「……今日はこれぐらいにするか」

それから夕食を食べ、部屋に戻って荷物の整理をするため、ホーリーディメンションを開く。

「それは新たなる世界。開け次元の扉《ホーリーディメンション》」

ホーリーディメンション内に入って中に置いてあった干し肉を少し魔法袋内に移し、読み終わった本なんかもホーリーディメンション内に積んでおく。

「そろそろ本棚《ほんだな》も欲《ほ》しいな」

いや、それ以前に机とかイスも欲しいんだけどさ。

現時点のホーリーディメンション内は三本のオランの木がスペースの大部分を占《し》めていて、その反対側にドラゴンゾンビの骨が置いてあり、部屋の奥に時止めの箱とかその他の荷物が積み上がっている状態。

就寝《しゅうしん》スペースぐらいは確保出来るものの、そろそろ整理はしたいところだ。

日課の水やりをした後、一段落ついてリゼを呼ぶことにした。

なんとなく、相談したい気分だったのだ。

「わが呼び声に応《こた》え、道を示せ《サモンフェアリー》」

いつもの立体魔法陣《じん》からリゼが飛び出してくる。

「こんにちは！」

「キュ！」

「やあ！」

リゼとシオンのいつものじゃれ合いを眺め、それが一段落ついたところで僕が今考えている漠然《ばくぜん》とした質問をリゼにしてみた。

「実はこれからどうしようか考えてるんだけど、リゼはどう思う？」

「ルークはどうしたいの？」

「僕？　僕は……」

思わぬ言葉に少し考えてみる。

この世界に来た当初はとりあえず真っ当に生きていけるように頑張《がんば》ってたし、最近は様々な場所に行ってこの世界を見て回りたいと思っていて、それが出来るだけの最低限の力が欲しいと思っていた。様々な問題が起こっても、それを乗り越《こ》えられなくても、解決出来なくても、最低限は生き残れるだけの力だ。

そしてこの町のこと。

最近はきな臭《くさ》い話になってきて、本当にこの町にいてもいいのか不安になってきている。でも、この町で仲良くなった人達《たち》もいるわけで、無理に予定を切り上げて別の町に行くのも違《ちが》う気がする。

「お花さん、枯《か》れてきちゃったね……」

「うん？　あぁ、そうだね……」

少し前まで甘《あま》い匂《にお》いを放っていた三本のオランの木の花は、萎《しお》れて枯れかけで最近は落ちた花びらを掃除《そうじ》するのが大変だったりする。

「でも、枯れないとオランが食べられないんだよね？」

「そうだね……」

「キュ……」

終わりがあるから始まりがある。

花が枯れるから美味《おい》しいオランが食べられる。

「シオン！　楽しみにしておこうね！」

「キュ！」

やれやれ、現金なもんだ。

悲しい顔をされるより、笑ってもらった方がいいけどね。

まぁとにかく、リゼがなにも言わないなら、この先そんなに大きな問題はないのだろうさ。

後は自分で考えて動くのみだ。

◆　◆　◆

それから数日後。今日も朝から鍛錬《たんれん》を行い、それから冒険者ギルドで回復依頼を受けて怪我をした冒険者を回復させたり馴染《なじ》みの冒険者と情報交換《こうかん》したりして、夕方頃に教会にお祈りに行くことにした。

物価が高くなってからは回復依頼があったら必ず成功報酬の一部を教会――というか孤児院《こじいん》に寄付するようにしているのだ。

教会に入り、司祭様に寄付を渡《わた》して神に祈る。

最近は少しずつ暖かくなってきているみたいで、ほんの少し冬の終わりを感じる。

隙間風《すきまかぜ》の多いこの教会も以前よりは寒くなくなった。

立ち上がって司祭様に礼をする。

「ありがとうございます」

「いえ、お祈りされる方を迎《むか》えるのが教会の役目ですからな」

それじゃあ一般人《いっぱんじん》立入禁止みたいになっていた大教会はどうなるんだ？　という疑問が湧《わ》いたが言わないでおいた。

「また来ます」

「いつでもお待ちしておりますぞ」

そうして教会を出ようと歩き始めた時――

「あっ、司祭様！　ここにいたんですか！」

ガタンと扉が開き、教会の中に三人が駆け込んできた。

よく見るとジョンとパーティを組んでいるサム、ノエ、ブーセだ。

「教会の中では走らないように」

「すみません……。いや、そんな場合じゃないんですよ！」

三人は慌てた様子で喋《しゃべ》り始める。

「実はジョンが、帰ってこないんです！」

「落ち着きなさい。帰ってこないとは、どこに行ったのですか？」

「昼頃からクラクラ茸《だけ》を集めてくるって出ていって、まだ戻らないんです！」

「途中《とちゅう》でモンスターに襲われたのかも……」

クラクラ茸……って例の廃坑《はいこう》か？　ここからだとそこまで遠くないだろうし、もう戻ってきてないとおかしい。

いや、そもそもどうして一人で採取に行ってるんだ？

「ジョンはなんで一人でそんな場所に？　前は四人で行ってたよね？」

「俺達は雪かきの依頼があったんです……。でも、ジョンは皆の分もクラクラ茸を集めて来るって言って……」

「別に私達はいらないのに……」

……そういえばあいつクラクラ茸が異常に好きだったっけ。好きすぎて無理に採取に行っちゃったんだな。

「司祭様！　どうしよう⁉」

「さて……どうしたものか……」

司祭様が顎《あご》に手をやり首を捻《ひね》る。

冒険者がこういう状態になった場合、基本的には救助なんて出ない。自己責任が冒険者の基本だ。

しかし当然ながら仲の良い冒険者が有志を募《つの》って救助に行く場合もあるし、冒険者ギルドが調査の名目で人を出す場合もある。その行方《ゆくえ》不明の原因によってはもっと大きな問題を生むかもしれないからだ。

「最近、食べ物の値段が上がっちゃって、あまり食べられなくなったから無理しちゃったのかな……」

ブーセがそう呟いた。

「……」

そう言われると若干責任《じやつかん》を感じるんだよなぁ……。

直接的な関係はないとはいえ、自分がやったことの余波で様々なことが動いてしまったのだから。

「じゃあ僕が少し見てきますよ」

「おぉ、行ってもらえるのですかな」

司祭様に頷《うなず》き、すぐに教会の外に出ようとすると三人が追ってきた。

「ルークさん、俺達も連れて行ってください！」

「私達も行きます！」

「……じゃあ道中は僕の指示に従うこと。いいね？」

「はい！」

ソルマールの風の三人を連れて即席《そくせき》パーティで町の門を出て例の廃坑を目指す。

「このままだと陽《ひ》が落ちる前に戻れないかもしれない。野営もあり得るから覚悟《かくご》しておくように」

「はい！」

「町まで戻ってこられたらスラムにいい場所がありますよ！」

サムがそう言うので「そうなったら頼む」と返す。

しかしそうなったとして、本当にスラムで一泊するのが野営よりマシなのかは今は判断出来ない。

それは後から考えよう。

こっそりマギロケーションを発動し、周囲を窺《うかが》いながら歩を進め、途中、岩の陰《かげ》から出てきたホーンラビットを三人に気付かれる前にダッシュで一瞬で近づき、ミスリルの槍で串刺《くしざ》しにする。

「フッ！」

「ギュア！」

まだバタバタ動いているホーンラビットにとどめを刺し、サッと魔石だけ抜《ぬ》いて残りをズダ袋の中に入れた。

もうこのレベルのモンスターに手間取る理由はない。

処理もそこそこに、時間もないのでさっさと先に進む。

「凄《すご》い……」

「ホーンラビットを一瞬で……」

「これがギルドから期待されている冒険者の力なのね……」

後ろから色々と聞こえてくるけど、それを無視してどんどん進む。

そうして四号坑道《こうどう》と呼ばれていた廃坑の入り口の近くの岩裏に到着した時、マギロケーションにおかしな反応を感じた。

三人を手で制し、口に指を当てて黙らせる。そして人差し指を軽くクイッと動かして三人をゆっくり呼び、小声で三人に状況を伝える。

「廃坑の入り口に誰かが立ってる」

「ここからそんなことが分かるんですか？」

「うん。ちょっとだけここで静かに待機していてほしい」

周囲は岩と雪に囲まれた大地。どんよりした空が茜色《あかねいろ》に染まりかけている。

音を立てないようゆっくりと岩に近づいて張り付き、岩から少しだけ顔を出して廃坑の方を確認した。

二〇〇メートルぐらい先の廃坑の入り口には黒いローブを着た一人の人間が立っている。ローブによって性別などは分からない。

「これは、最悪かもな……」

小さく呟く。

その人影《ひとかげ》の顔には見覚えのある仮面が張り付いていたのだ。

そう。以前、この廃坑で見たけど、怪《あや》しそうだったから近づかなかった謎の人物と同じ仮面だ。

ゆっくりと三人の元に戻って状況を話す。

「廃坑の前を怪しい人が見張ってる」

「それってどういう……」

「分からない、けどジョンが中にいるなら面倒《めんどう》な事態に巻き込まれた可能性はある」

「じゃあ助けにいかないと！」

「静かに！」

三人をもう一度、黙らせる。

状況はあまり良くないかもしれない。

廃坑前の見張りは倒《たお》せる……かもしれない。しかしその後が問題だ。

見張りがいるってことは他に仲間もいるはず。つまり集団ということになる。しかし集団は集団でも仮面舞踏会《ぶとうかい》を楽しみに来た貴族には見えないし、ゲートボールをプレイしに来た王都老人会にも見えなければ、悪人に改造人間にされた仮面のヒーローにも見えない。どちらかと考えなくても悪人側だろう。あんな怪しい奴《やつ》らがマトモな連中なわけがない。

つまり、あそこに突撃《とつげき》すれば得体の知れない謎の集団と敵対関係になる可能性がある。

頭をガシガシ掻《か》いて考える。

そもそもジョンがあの中にいると確定したわけじゃない。下手に強行突破して中にジョンがいなくてあの仮面らが完全に無関係だったら最悪中の最悪の状況になる。しかし彼らに話を聞いても正直に答えてくれるとは思えない。

といった僕の考えをサム、ノエ、ブーセの三人にかいつまんで話した。

「——という状況なんだ」

「じゃあジョンはどうなるんですか？」

「暗くなったら僕が中に忍《しの》び込む。君らは日が出てる内に先に戻ってスラムで隠《かく》れ場所を用意してほしい」

「でも……」

「忍び込むって、どうやるんです？　あんなにしっかり見張られたら無理ですよ……」

三人の懸念《けねん》は分かる。けど——

「大丈夫。闇夜《やみよ》は僕の時間だからね」

◆　◆　◆

三人にはホーンラビットの入ったズダ袋を渡し、解体して食べておくように言って帰した。

そうして岩場の陰で夜を待つ。

途中、冒険者らしい一団が近くを通ったのをマギロケーションで探知したが、結局誰とも会わないまま時が過ぎ、辺りは夜の帳《とばり》に包まれた。

「……闇よ」

頃合いを見計らって闇のローブの効果を発動する。

闇夜より濃《こ》い闇が闇のローブから溢れ出し全身を覆《おお》っていく。

そして ゆっくりと岩陰《いわかげ》から出て廃坑に向かって進む。

　辺りには唸る風の音と遠くから聞こえてくるモンスターらしき生物の鳴き声だけ。

「……」

　闇のローブの効果があるとはいえ、やっぱり怪しい人物に自《みずか》ら近づいていくのは緊張《きんちょう》するな。

　周囲の状況をマギロケーションで確認しながら進む。

　廃坑前を見張っている男は夜になったにもかかわらず明かりなどを使わず、その場に立ったままだった。

　その時点でかなり怪しいよね。普通は光源の魔法なりを使って光を確保するはずだし、やましいことがあるからこそ、それが出来ないのだろう。

　足跡《あしあと》を残さないよう新雪の上を避《さ》け、石の上や踏《ふ》み固められた場所を選んで歩いて廃坑に近づきながら小さな石を拾う。そして廃坑が目の前まで来た時、男の視界の外にその石を勢いよく投げた。

「！」

　仮面の人物がピクリと反応し、廃坑の外を向く。

　やっぱり小さな物音も聞き漏らさないか……。こいつがどこの所属でどんな任務を与《あた》えられているのかまったく分からないけど、それなりに訓練を積んでいるように感じる。

　仮面の人物はゆっくりと廃坑から出てきて小石が落ちた方に慎重《しんちょう》に進んでいった。

　それを見送り、入れ替《か》わるように廃坑の中に侵入。

「……」

　上手《うま》くやり過ごせた……。

　心の中でホッと胸を撫《な》で下ろし中に進む。

頭の中で廃坑の地図を思い浮かべ、最短で探索《たんさく》出来るルートを考えていく。

ある程度はマギロケーションで探索出来ることを考えると全ての道を調べる必要はないはずだ。

出来るだけ静かに歩きながら真っ暗な廃坑の中を東へ西へと進む。

途中、以前にジョンらと出会った場所も通ったけど、そこのクラクラ茸は全て消えていた。

ジョンが取り尽《つ》くしたのだろうか？　いや、この冬は食料危機が起こっていたんだし、スラムの人々が多く来たんだろう。

となると、ジョンはもっと奥まで進んだ可能性があるな。

下へと傾斜《けいしゃ》していく道を進みつつ複数の枝分かれした道をマギロケーションで確認。どんどん先に進んでいく、と――

「……」

奥の方からかすかに人の話し声が聞こえてきて立ち止まる。

立ち止まると、より鮮明《せんめい》に声が聞こえてくる。

「誰か、いる……」

この先になにかがある。

しかし、この廃坑の地図にはそんなおかしな場所は記載《きさい》されていなかったし、前回来た時も変わった様子はなかったはず。

「この先になにがあるんだ？」

そう考えていると通路の先に光が見え始め、マギロケーションに人の影が映り込む。

何者かが奥からこちらに歩いて来ている。

慌てて側道に入って岩の陰に身を隠す。

そこから少し顔を出して通路を窺っていると、足音や話し声がだんだん近づいてきた。

「――計画を――」

「――封鎖《ふうさ》しろ」

なにかを話しているけど全ては聞き取れない。

どんどん足音が近づいてきて、声もはっきり聞こえるようになってくる。

声からして男。人数は二人……いや三人か。

声がどんどん近づいてくる。

そうして僕がいる側道から見える場所を奴らが横切っていく。

その瞬間、その姿を一瞬だけ覗《のぞ》き見た。

「あの子供はどうなさいますか？」

「まずは情報を吐《は》かせろ」

「分かりました」

男達は黒いローブに仮面の姿。廃坑の入り口にいたヤツと同じだ。

やっぱりどう考えても厄介《やっかい》な状況に置かれているのは間違いない。これはもう僕も色々と覚悟を決めないといけないかもしれないぞ……。

男達が通り過ぎてから通路に戻り、男達が来た方向に急いで向かう。

とりあえずこの先でなにが行われているのかと、ジョンの行方だけは調べておく必要がある。

通路を進んで階段を下り、また通路を進んでいく。すると――

「これは……」

マギロケーションに明らかに地図には書いてない空間が映し出されている。

勿論《もちろん》、僕が前に来た時も存在しなかった空間だ。

「新しく掘《ほ》ったのか？」

いや、そんなことをする意味が分からない。

慎重にその空間がある方に近づいていくと、そこには二〇畳《じょう》や三〇畳はありそうな大きな空間があることが感じられた。

そしてその空間の中には様々な『モノ』があることも感じられた。

「……」

ゆっくりと先に進む。

暫く歩くと、通路の先から淡く青白い光が漏れているのが見えた。

光に吸い寄せられる夏の虫のようにその光を目指して進む。

「……なんだ、これは」

そしてその場所にたどり着く。

「……通路の壁《かべ》が崩《くず》れたのか？」

地図上ではただの通路の壁だった場所が崩れ、その先に謎の空間が広がっていて、そこから青白い光が漏れている。

その崩れた壁の穴から顔だけ入れて中の様子を窺う。

「……おいおい、なんだよこれ」

そこにあったのは、祭壇《さいだん》。

広い部屋の中央に祭壇があり、それを取り囲むように青白い魔法陣が地面で光っていて、その先には――

『聖馬の門』

頭の中に浮かぶ言葉。

祭壇の奥にはどこか見覚えがあるような白っぽい柱が立っており、それを見ると『聖馬の門　聖《せい》獣《じゅう》界への扉』という言葉が浮かんできたのだ。

「マジか……」

あれってやっぱりカリム王国で見た妖精《ようせい》の門と似たようなモノだよね？

頭の中が『？』で埋《う》まる。

そもそもなんでこんな場所にそんなモノが存在しているんだ？　あの仮面の男らはこれを見付けてどうするつもりなんだ？

頭がこんがらがりながら部屋に入ると、部屋の隅《すみ》に人が倒れているのが見えた。

「ジョン！」

走り寄ってジョンの状態を確認していく。

鼻の下に手をやって呼吸を確認。手首を掴んで脈を測る。

手足を縄《なわ》で縛《しば》られ気絶しているが、大きな怪我はないように見える。

「良かった……」

胸を撫で下ろし、ナイフで縄を切ってから念のためにヒールをかけて立ち上がる。

ジョンはまだ気絶したままだ。

本当に意味が分からない。

どうしてジョンはこんな場所に倒れているんだ？　どうしてあいつらはジョンを捕《つか》まえた？　ここを封鎖してどんなメリットがある？

「……とりあえず調べよう」

それらのヒントがここにあるはずだ。

祭壇の方に近づき、周囲を歩いて調べていく。

祭壇は石で造られていて段になっている。そしてその祭壇の上にはなにかが置かれている。

「……」

今すぐ確認したいが地面で光っている巨大《きょだい》な魔法陣が気になって、その中に入っていいものか躊《ちゅう》躇《ちょ》してしまう。

が、不思議とこの魔法陣には嫌《いや》な感じがしなかった。どちらかというとリゼを呼んだ時に出てくる立体魔法陣と似たような波動を感じる……気がする。

完全に感覚なので確証はないけど。

「仕方ない。自分の感覚を信じよう」

ここで長く迷っている時間はない。あの仮面の男らがいつ戻ってきてもおかしくないし。

やるならやる、やらないなら帰る。すぐに決めて行動するしかない。

意を決し、魔法陣の中の方へ手を伸《の》ばしてみる。

すると魔法陣のエリアに手が入った瞬間、そこからヌルッとした感覚――まるで黄金竜《りゅう》の巣のエリアに近づいた時と似たような感覚があり、しかし特に問題はなく、そのまま魔法陣のエリアに一歩踏み入れてもまったく問題はなかった。

「……？　この魔法陣にどんな意味があるんだ？」

なにかがある、けどそのなにかがまったく分からない。

分からないけど、今は先に進むしかない。

なので魔法陣の中に入ってまずは聖馬の門に触《さわ》る。

「妖精の門と同じなら、これで……」

触った瞬間、魔法書を読んだ時のように頭の中に情報が流れ込んできて、魔法に関する断片《だんぺん》的な知識も入ってきた。

「サモンユニコーン……サモンユニコーンの魔法⁉」

この聖馬の門で覚えられたのは『サモンユニコーン』という魔法。

リゼを呼び出すサモンフェアリーと同じ系統だと考えると、当然アレを呼び出せるのだろう。

「いや、待てよ……。ユニコーンってなんか最近どこかで聞いたような……」

確か聖女がどうこうって言ってなかったか？

……となると、ここは聖女ゆかりの地なのか？

ますます意味が分からなくなってきたぞ……。

とにかく、今はここでサモンユニコーンを使うわけにはいかないから次に向かう。祭壇の上にあるモノの確認だ。

祭壇の正面に回り、段の上に置かれているモノを手に取れるところまで近づく。

そこにあったのは、袋。上等そうな生地《きじ》で作られた袋で、中には四角いモノが入っていると分かる。

「これ、触っても大丈夫だよね？」

ゲームだと、こういうのを大喜びで取ろうとするとバーンって感じにボスが登場して戦闘《せんとう》に入るんだよなぁ……。

これを触る前にセーブでもしておきたいところだけど、生憎《あいにく》とこの世界にはセーブポイントなんて便利なモノは存在していない。

諦《あきら》めて袋に手を伸ばし、中を確認する。

「本……ってこれ――」


『アナライズの魔法書　神聖魔法の魔法書』


アナライズの魔法書だと？

頭の中に浮かぶ文字を何度も噛み締《し》め考える。

どうしてここに神聖魔法の魔法書があるんだ？

「……いや、それ以前に」

どうしてここに『コレ』が残されているんだろう……。

この場所があの仮面の男らになんらかの価値があるなら、そこにあったアイテムなんかはすぐに回収するんじゃないか？

こんな祭壇に大事そうに安置されているモノなら尚更《なおさら》だ。

僕なら見付けた宝箱はキッチリ全部開けて回収していくね。

それなのにこの魔法書は祭壇の上に残されたままだった。

「……回収しなかったのではなく、回収出来なかった、とか？」

祭壇から降りて魔法陣の外側の空間に手を出してみる。

「……」

やっぱり通り抜ける瞬間にヌルッとした感覚があり、そこに透明《とうめい》な膜《まく》のようなモノがあるように感じた。

「……結界、とか？」

だとすると、どうして僕は通り抜けられるんだ？　神聖魔法を使えるからか？　神聖魔法に関連する場所ではあるから、その可能性は否定出来ないけど……分からないし今はゆっくり考察している時間はない。

とりあえず、このアナライズの魔法書はどんな状況であれ絶対に欲しいからいただくとして——

「……いや、待てよ」

これを僕が持って帰ると後々厄介なことになるかもしれないのか……。

仮にこの魔法陣の中にあの男らが入れなかったのだとしても、祭壇の上にある袋の存在には気付いているはずだ。

それがなくなっていたら、あの男らがどう動いて、どういった問題を引き起こすのか想像もつかない。

「そうだ！」

魔法袋の中からゴソゴソッと光源の魔法書を取り出す。

以前、死の洞窟《どうくつ》の中で手に入れた魔法書の中の一つだ。

祭壇の上に置かれた袋の中からアナライズの魔法書を取り出して魔法袋に移し、代わりに光源の魔法書を袋に入れておく。

袋の中になにが入ってたかなんて分からないはず。あの仮面の男らが袋の中を見ていないならこれで騙《だま》せるはずだ。

「これでよしっと……んっ？」

光源の魔法書を袋の中に入れようとして、袋の中に紙が一枚入っていることに気付く。

それを取り出して読んでみる。

「この魔法書を後の世のために残す、か」

ただそれだけ、そこには書かれてあった。

これを書いたのが誰だか分からないし、これを僕がどうこうしても大丈夫なのかも分からないけど、コレを他の誰かに渡すなんてことは出来ない。僕にとっても重要そうなアイテムだしね。

心の中で誰かに手を合わせる。

「この魔法書は僕が貰《もら》っていきます」

そう言いつつ光源の魔法書が入った袋を戻そうとすると、袋が置かれてあった場所の下、祭壇の台座にユニコーンの姿が彫《ほ》られているのを見付けた。

「ここはユニコーンの祭壇ってことなのかな？」

それとも聖馬の祭壇だろうか？

最初に置かれていた姿を思い出しながら袋を戻し、祭壇を降りる。

そして部屋の隅で気絶しているジョンを抱き起こした。

「ジョンをどうするか、だけど……」

抱き抱えたら闇のローブの効果で隠れるだろうか？

手に持ってる武器ぐらいなら一緒《いっしょ》に隠せることはダンジョンのボス戦で体験済みだけど、人がいけるのかは分からない。もしかしたらいける可能性もあるけど、今ここでそれに懸《か》けるのが正しいのかどうか……。

「仕方がないか……それは新たなる世界。開け次元の扉《ホーリーディメンション》」

ホーリーディメンションを開き、ジョンをその中に寝かせた。

後はジョンが起きないことを祈るのみだ。

「よしっ！　とりあえず戻ろう」

そうして急いで廃坑を逆走して戻り、入り口の見張りも問題なく抜け、廃坑の外に出た。

途中、あの男らには出会わなかったので、奴らは町に戻った可能性が高い。

もしくはこの周辺の他の廃坑に根城がある可能性も考えられるけど、それは僕が仕事でチェックしていることだからないはず。

真っ暗闇の中、マギロケーションで周囲を確認しながら町の方に向かって進み、そこそこ離《はな》れてから岩陰でホーリーディメンションを発動する。

「それは新たなる世界。開け次元の扉《ホーリーディメンション》」

扉が開いて周囲に光が溢れる。

「やっぱ夜中に外で発動するとちょっと目立つな……」

ホーリーディメンション内に入ってジョンを抱き上げる。

幸いにもジョンはまだ気絶したままだった。

ホーリーディメンションを消し、ジョンを担《かつ》いでまた道を進む。

「生物を中に入れたまま運べる……か。これ、中にモンスターを入れておいて町中で——おっと、誰か来たようだ」

マギロケーションに反応を感じ慌てて岩陰に隠れると、遠くからユラユラと揺れる光が目視でも確認出来た。

「闇よ」

念のために闇のローブの効果も発動しておく。

肩《かた》に担ぎ上げているジョンまで認識阻害《そがい》されるのかは分からないけど。やっておいて損はない。

そうして奴らは僕らが隠れている岩陰を通り過ぎた。

人数は四人。一人だけ増えている。暗闇の中、奴らの足だけが照らされて見えている。

奴ら、町に戻って誰かを連れて来たのか？

岩陰から覗き見た感じ、光源の魔法ではなくランタンを使っているようだ。

よく考えると光源の魔法は全方向に強い光を放つが、それだと目立ちすぎてしまう。しかしランタンは光も弱く、傘《かさ》でも付いていたのか足元しか照らしていなかった。こういった隠密《おんみつ》行動には適しているのかもしれないいな。

少し感心しながら町への道を急ぐ。

奴らが廃坑に戻るならジョンが消えたことにもすぐに気付くだろう。

「その後が問題だな……」

彼らがただの悪人なら問題はそこまでないけど、貴族とかそれなりに権力を持つモノなら色々と面倒になる。

とりあえず、今は急いで町に戻る方が先決だ。

そうして歩き続けて町に戻ってきた。が、当然ながら町の門は閉められていて入れない。

先に帰した三人がスラムに良い場所があると言っていたのを思い出し、スラム側に向かうと、スラムの入り口付近に人影の反応があった。

その人影に近づいていくと、どうやらサムのようだった。

サムは入り口の前に立ち、片手でランタンを持ちながら廃坑の方を睨《にら》んでいる。

そのサムに近づいていくが、サムがこちらに反応しない。

あっ、闇のローブの効果を出しっぱなしだった。

闇のローブの効果を切ってみる。

「おわわっ！」

サムが驚《おどろ》いたような顔をして後ろにこけそうになった。

「静かに」

「……」

「例の場所に案内頼む」

僕の肩の上で気絶してるジョンを親指で差しながらそう言うと、サムは頷いてスラムの中に入っていった。

僕もそれに続いてスラムに入る。

辺りにはゴミが散乱していたり、日本で建てたら違法《いほう》建築で一発アウト……というか小さな地震《じしん》一発で倒壊《とうかい》しそうな家ばかりだ。

それでも岩は周囲にいくらでもあるせいか、壁なんかは岩で作られている家が多い。

こんな家で冬場が凌《しの》げるのか心配になるけど、この世界では女神《めがみ》の祝福というレベルアップシステムがあるおかげか、一般庶民《しょみん》の耐久力《たいきゅうりょく》もそこそこ高いように感じる。耐性があるのか地球だと凍死《とうし》しそうな環境《かんきょう》でもそこそこ耐えられてる感がある。

「ここです」

サムに案内された家に入ると、中にはノエとブーセが待っていた。

「ルークさん！」

「ジョンは⁉」

「大丈夫、気絶してるだけだから」

二人に「どこか寝かせられる場所はない？」と聞くと、壁側に敷《し》かれていた毛皮に誘導《ゆうどう》されたので、そこにジョンを下ろした。

「すぐに目を覚ますと思うけど、暫くは身を隠していた方がいいかも」

「それは、どういうことですか？」

「廃坑の中でなにがあったんです？」

そう聞かれて返答に困る。

どこまで話していいものか……。

「……とりあえず、ジョンに話を聞いてからにしよう」

そうして隠れ家の中でジョンが《が》目覚めるまで待つことになった。

部屋の中は簡素というかボロボロで、地面は剥《む》き出し。部屋の中央には囲炉裏《いろり》というか石を集めて簡易的に作られた焚火《たきび》台のようなモノがあって、そこでは石炭の欠片《かけら》が燃えていた。

鉄串《てつぐし》に刺さったホーンラビットの肉から肉汁《にくじゅう》が垂れ、火の上に落ちる。

パチパチと脂《あぶら》が弾《はじ》ける音がして、良い匂いが漂《ただよ》ってくる。

「それにしてもこの家、一体どうしたんだ？」

「前に見付けたんです。誰も使ってないんで俺達の隠れ家にしようってなって」

「いやいや、ここ使って本当に大丈夫なの？」

「大丈夫っすよ。何年か前からいきなり消えちまうスラムの住人が増えてて、ここもそんな人の家っすから」

「……いやいや、いきなり消えるって、それはそれで大丈夫なの？」

「スラムには色々あるんですよ」

「……」

脂がパチッと弾けて落ちる。

「そろそろ食べ頃っすよ！」

全員がホーンラビットの肉に手を伸ばし、さぁ食べようというタイミングで後ろのジョンがムクりと起き上がる。

「んぁっ……飯か？」

「飯か？　じゃねぇよ！　心配させやがって！」

「そうよ、心配したんだからね！」

「だから一人で行くなって言ったじゃない！」

三人に詰《つ》め寄られて揺さぶられるジョンはまだ状況がよく分かっていないみたいだ。

「まぁまぁ、それぐらいにして。ジョンもまだ寝ぼけてるみたいだし、とりあえず落ち着いて、まずは食べながら話そう」

そうして、皆がジョンを捜《さが》してたというこれまでの状況なんかを説明しつつ、ホーンラビットの串《くし》焼《や》きを食べた。

「で、あの洞窟でいったいなにがあった？　最初から全部話してほしい」

僕がそう聞くと、ジョンは頬《ほお》張《ば》っていた肉を飲み込み喋り始めた。

「俺はただクラクラ茸を集めてただけっすよ。でもいつもの場所には生えてなくて、奥まで探してたら壁が崩れてて見たことない遺跡《いせき》があって——って、そうだ！　遺跡っすよ！　遺跡を見付けたっす！　まさかいつもの廃坑に遺跡が眠《ねむ》ってるなんて！　くぅぅぅ！　やっぱ冒険者は最高だぜ！」

「えっ！　遺跡!?」

「マジかよ！」

「今度、探検しましょ！」

なんだか四人がワイワイ盛り上がってきてしまったので水を差しておく。

「分かった。とりあえず今はその話はいいから。それでどうしたんだ？」

「えっ？　いや遺跡だし、調べてたんすよ。でも床《ゆか》が光ってたところには壁があるみたいにどうしても入れなくて、色々やってみたんすけど駄目で、そしたらいきなり仮面の男が来たんすよ」

やっぱりあの魔法陣は結界的ななにかだったっぽいぞ。

念のため、偽装《ぎそう》工作しておいたかいがあった。

「それで？」

「いつものクラクラ茸仲間だと思って挨拶《あいさつ》したんすよ、うぃ～っすって」

「……で？」

「そしたらあいつ、いきなりぶん殴《なぐ》ってきやがって！　そこまでしか覚えてないっす。いやぁ、挨拶したのにいきなりぶん殴るなんてクラクラ茸愛好者の風上にも置けないっすよ！」

「うんうん、本当にな。……なんて言うとでも思ったか⁉」

「そんなやつ、どう考えても怪しいじゃない！」

「どうしてすぐに逃《に》げないのよ！」

また三人に詰め寄られて揺さぶられているジョンを横目に見ながら考える。

ジョンがあの祭壇を見ていて、それを仮面の男に見られた以上、もう『なにも見てない』ということにする『知らぬ存ぜぬ作戦』は通用しない。

まいったな……。今後、どう動くべきか……。ここで対応を間違えたらジョンだけでなく僕も厄介な状況に巻き込まれるぞ。

「とりあえず、今日あったことは誰にも言わないように。ジョンも暫くはここを出ずに隠れていてほしい」

「えっ！　出ちゃ駄目なんすか？」

「もしかすると町の門を見張られてるかもしれないからね」

「……分かったっす」

「明日、司祭様に会って相談してみて、その後で冒険者ギルドにも相談してみるから。それまでは我慢《がまん》してくれ」

　そうしてその日は隠れ家の中で毛皮のマントに包まって寝て、次の日の朝。ノエに同行を頼んでスラムを出て町に向かう。

「……」

「？」

　門の前でさりげなく周囲を窺うが怪しい人影はない。

　僕が慎重になりすぎてるだけなんだろうか？

　そのまま門を抜けて教会に向かう。

　現時点では尾行《びこう》されている気配もないし、大丈夫っぽい。

　何事もなく教会に入り、中にいた司祭様に事の成り行きを話した。

「──ということなんです」

「ふむ……」

　司祭様は顎に手をやり難しい顔をした。

「つまり、廃坑の中で遺跡を見付けたら仮面の男に襲われたと」

「そうです」

「そう言ってました」

「なるほど……それで、その遺跡とはどんな場所でしたかな？」

そう聞かれて考える。

どこまでどう話せばいいものか。

下手をすると僕や闇のローブの能力について明かさないといけなくなる可能性もあるけど……ここは言える範囲《はんい》で正直に言った方がいいかな。

「紋様《もんよう》が描《えが》かれた白い円柱の石柱があって、その隣《となり》に祭壇のようなモノがありました。それに地面には魔法陣のようなモノが光ってましたね」

「祭壇？　祭壇……。もしかして、その祭壇にはユニコーンの絵が刻まれておりませんでしたかな？」

「えっ……」

一瞬、頷きそうになって止まる。

あのユニコーンのマークは魔法書が入った袋の下にあった。僕が見ていたら色々とおかしい。

「どうでしょう？　時間がなかったので詳しくは見てないのですが、あったかもしれないですね」

はぐらかし、そう答えておく。

引っ掛《か》け問題かな？　危ない危ない……。ここで頷いてたら『あなたには祭壇に彫られたユニコーンを見ることは出来なかったはずなんですよ！』と名探偵《めいたんてい》に論破されて魔法書失踪《しっそう》事件の犯人だとバレてたわ。

「なるほど……」

司祭様はそう言って暫く考え込んだ後、こちらを見た。

「分かりました。……この話、私に預からせてもらえませんかな？」

「預かる……とは、司祭様が解決なさると？　その、大丈夫なんですか？　相手は得体の知れない者達ですよ？」

「ええ、私にも多少は伝手《つて》がありますからな。それにジョンが巻き込まれております。老骨に鞭打《むちう》ってでもなんとかしてやりますとも」

そう言って司祭様はにこやかに笑った。

「……そうならお任せしますが、ジョンはどうします？　町に戻しても大丈夫ですか？」

「それはすぐになんとかしないといけませんな。ノエ、今から書く手紙を冒険者ギルドのギルドマスターに届けておくれ」

「分かりました！」

司祭様は紙と羽根ペンを用意し、なにやら書き込んでいく。

しかし、司祭様がユニコーンのマークを知っていたのはどういうことなんだろうか。

「司祭様はあの祭壇に心当たりがおありなのですか？」

「……心当たりのあるモノ、なのかもしれません。しかしまだ確証がないのです」

司祭様はそれ以上は話そうとしなかった。

言えないってことか……。気になることは気になるけど、僕はもうあの遺跡でやりたいことは全て終わらせたし、どうしても知らなきゃいけない話ってわけでもない。

司祭様は書き終えた手紙を封筒《ふうとう》に入れ、蝋《ろう》でシーリングしてノエに渡した。

「それでは頼みましたよ」

「行ってきます！」

ノエは手紙を受け取ると走って出ていった。

ノエを見送り一段落つく。

なんだか不完全燃焼感はあるけど、とりあえずこれで僕が出来ることは終わったのだろうか？

さっきの手紙はギルマスに届けたみたいだし、偉い人がなんとかするのかもしれない。

「それじゃあ僕は帰ります」

「ルークさん。この度《たび》はウチの子らを救っていただき、本当にありがとうございました」

司祭様のその言葉に軽く手を上げて応え、僕も教会を出た。

◆　◆　◆

宿屋に入ってブライドンさんに挨拶する。

「おはようございます」

「おう。朝帰りか？」

「いやぁ、その……ちょっと昨日は飲みすぎたりして色々ありまして……」

「なるほどなるほど……。分かるぜ、分かる。お前も一人前の男だってことだな」

る。

なんだか訳知り顔でウンウン頷いてるブライドンさんを放っておいて、階段を上がって自室に入る。

「はい？」

「さて、と」

毛皮のマントを脱《ぬ》いでベッドに投げ、アナライズの魔法書を取り出した。

「まさかこんなタイミングで新しい神聖魔法の魔法書をゲット出来るなんてね」

人生どこでなにが起こるか分からないね。これこそ『情けは人の為《ため》ならず』ってヤツか。

あの時、ジョンを助けに行ってなければこの魔法書は一生手に入らなかったかもしれない。

人生ってこういう巡《めぐ》り合わせの連続なのかもね。

シオンが毛皮のマントの中に潜《もぐ》り込むのを横目に見つつ魔法書を開く。そして読む。

魔法書の中身が体の中に入ってきて、いつものように魔法書が燃え落ちる。

「これは！」

頭の中に残る魔法のイメージに興奮を抑《おさ》えきれなくなってくる。

急いで魔法を発動させようとする。

「その力は全てを読み解く魔導。解き明かせ《アナライズ》」

と、かっこよく言ってはみたものの、発動しない。

「……あれっ？　確かに覚えたんだけど……。そうか！」

恐らくこれは鑑定《かんてい》系の魔法。鑑定するアイテムを指定しなきゃ発動しないのかも？

壁に立てかけておいたミスリルの槍を手に持ち、もう一度発動してみる。

「その力は全てを読み解く魔導。解き明かせ《アナライズ》」

しかしやっぱり発動しない。

「これも違うのか？　となると……アレだな！」

魔法袋から聖石を取り出し、それでまた呪文《じゅもん》を詠唱《えいしょう》してみる。

今までのパターン的にこれで間違いないはず。

「その力は全てを読み解く魔導。解き明かせ《アナライズ》」

すると手の中の聖石が溶《と》けていき、それが虹色《にじいろ》のオーラとなってミスリルの槍を包む。

そうして暫くすると、目の前に文字が浮かんだ。頭の中ではなく、目の前だ。


『ミスリルの槍　2（6）』


「って、分かるの名前だけかい！」

思わずミスリルの槍を床に投げ捨ててしまう。

なんかこう……もっとさ、色々な情報が分かるものなんじゃないの？　攻撃《こうげき》力がどうとか、特殊《とくしゅ》効果がどうとかさ～。鑑定魔法でしょ⁉　えっ？　違うの？　もしかして名前を知る魔法とか？

「……って、待てよ」

よく見ると『ミスリルの槍』の後ろに『2（6）』という表記がある。

「この数字は……なんだ？」

2とカッコ付きの6……。まさかこれまでの持ち主の数とか倒したモンスターの数とかなわけないし。

普通に考えると攻撃力とか？　それとも品質とか？

「あっ！　もしかして強化数！　……はないか。これは一回も強化してないし」

そもそも、そうだとしてもカッコ付きの数字の方が分からない。

「……とりあえず、他のモノにも使ってみよう」

そうしてアナライズを他の所持アイテムにかけてみる。

『ミスリル合金カジェル　2（5）』
『ダークネスロッド　4（9）』
『常闇《とこやみ》のローブ　7（9）』

いくつかアナライズで見ていって、おかしなことに気が付いた。

「んん？」

「これ、名前が違う……」

ダークネスロッドとはアルッポのダンジョンで出てきたリッチっぽい骸骨《がいこつ》モンスターが持っていた錫杖《しゃくじょう》。常闇のローブはそれと同じモンスターが着ていたローブで、今僕が着ているモノ。しかし僕はこの二つのアイテムのことを名前が分からないので適当に名付けた名で呼んでいた。しかしアナライズでは違う名で表示される。

そしてミスリル合金カジェルとミスリルの槍に関しては僕が呼んでいた名前と同じモノが表示さ

れている。

「どんな違いがあるんだ？」

……もしかして、製作者がつけた名前が表示されているのか？

ミスリル合金カジェルとミスリルの槍は誰が最初にそう呼んだんだ？

「鍛冶屋《かじや》の親方だっけ？」

イマイチ記憶がはっきりしない。

「それより問題は数字か……」

どのアイテムも最初の数字よりカッコ内の数字の方が大きい。

つまり――

「この二つの数字は関連している可能性が高い」

アナライズで出てきた情報を紙に書き写しながら考える。

しかし分からない。

「やっぱり武具強化ぐらいしか考えつかないけど……」

そうは言っても強化してないアイテムに数字が付いているのだから、これが強化値だったら色々とおかしくなる。勿論、鍛冶屋の親方が強化した可能性もあるけどさ。

「そうだ！」

時止めの箱を開け、中から状態の良いクレ草を一つ取り出した。

「その力は全てを読み解く魔導。解き明かせ《アナライズ》」

『クレ草　1』

目の前に浮かぶ文字。

「おぉっ！」

クレ草に数字が付いてる！

つまり、強化をしなくても数字が付いてるアイテムはあるってこと。

「じゃあどうなるんだ？」

となると、この数字は強化値ではなく品質値的なモノなんだろうか？

「それじゃあカッコ内の数字は？」

分からない。けど、この数値に変化を与えられるかもしれないモノがある！

「シオン！　出かけるよ！」

「キュ？」

毛皮のマントの中で寝落ちしていたシオンを起こし、冒険者ギルドに向かう。

「あっ！　サモンユニコーンの検証は……まぁ後でいいか」

この宿屋の中にユニコーンを呼び出したらとんでもないことになるし、裏庭で呼び出しても大変なことになるし、町中ではどこでも試《ため》すのが難しいはず。サモンユニコーンについては次回、町の外に出た時にでも試すとしようか。

そうして宿を出て冒険者ギルドで強化スクロールを一〇枚購入《こうにゅう》。すぐに宿に戻って部屋に入る。

毛皮のマントを脱いでシオンを出して――なんだかシオンが不満そうな顔をしている。

寝ているところを起こして連れ回したのに、すぐに宿に戻ってきたのが良くなかったのかも……。

こういう場合はシオンをホーリーディメンション内に入れておくのもいいかもね。

「シオン、オランでも食べようか？」

「キュ！」

うん。機嫌《きげん》が直って良かった。

ホーリーディメンションを開いてオランを取り出しシオンに与える。

もうほとんどオランは残っていない。

ホーリーディメンション内のオランの木を眺めると、花びらが完全に散って小さな実が出来ていた。

もう暫くしたら、こっちのオランが食べられるかもしれない。

「さて！　始めようか！」

魔法袋から強化スクロールを取り出し、錫杖……もといダークネスロッドをホーリーディメンション内の奥から取り出す。

さっきダークネスロッドをアナライズした時に見た数値は『4（9）』だった。もし、この数値が強化値や品質値のような数値だったなら変化がある可能性がある。

強化スクロールをダークネスロッドに巻き付ける。

「武具強化！」

強化スクロールがモロモロと崩れていき、ダークネスロッドに吸収される。

「よしっ！　成功だ！　次は……。その力は全てを読み解く魔導。解き明かせ《アナライズ》」

ダークネスロッドを持ってアナライズを使う。

『ダークネスロッド　5（9）』

「よしっ！　変化した！」

これはつまり……この最初の数字は品質値と強化値の合計、ということになるのか？　いや、まだ他にも可能性はあるかもしれないから結論は出せない。

それじゃあカッコ内の数字の方はどうなんだ？　こっちは強化したのに変化しなかった。

「待てよ。もしかすると……」

◆　◆　◆

「ふぁ……」

ギルド内の会議室のイスに深くもたれながら座っているとあくびが出た。

「先生、今日はお疲れなのですか？」

「あぁ、昨日はちょっと忙《いそが》しくてね……」

エレナに少し心配されてしまう。

「授業の間ぐらいシャキッとしてもらわなければ困るんだがなぁ、先生？」

「おっしゃる通りで……」

読んでいた本を机に置き、眠気覚《ねむけざ》ましに外の景色を見ながらお茶を飲む。

昨日は徹夜《てつや》で色々と調べていてあまり寝られなかった。おかげで色々なことが分かったが、そのせいでこうやって怒られているわけで……。

まず解体用のナイフを強化スクロールで強化したところ『1（2）』だったモノが『2（2）』に

なり、もう一度、強化したら『3（2）』にならずに消滅《しょうめつ》した。なのでカッコ内の数値は『強化限界値』なのでは、という予想を立てた。でも、試行回数が少ないのでまだ断定は出来ない。

もう一度、他の武具を買ってきて消滅するまで強化してみて確かめたかったが、そろそろ資金が底をつきそうだったので諦め、多少のリスク覚悟で槍を強化し『6（6）』にした。

それから他のアイテムもアナライズしてみたのだが――

「先生！　どうですか！」

エレナがそう言いながらヒールの光を見せてきた。

彼女の使う回復魔法はもう普通のヒールと変わらないレベルの光を放っていた。

最初はまったく駄目だったのに凄く成長したものだ。子供の成長とは本当に早いモノで、暫く見ぬ間にまったく別人に成長していて驚くみたいな――って、年寄りみたいなことを考えてしまうな……。

「凄いね。もう十分、一人前のヒーラーだね」

もうそろそろ彼女との修行《しゅぎょう》も終わりなんだろう。

そう思わせるぐらい、彼女は成長していた。

「そんな……私なんてまだまだで……」

なんとなく彼女もその時を感じたのだろうか、口ごもる。

そんな空気を変えようとしたのか、エレナは言葉を続けた。

「そうだ、先生！　明日も炊《た》き出しがあるのですが、先生も来られますか？」

「明日？　明日は――」

そういえば、ここに来る前に調査依頼を受けたんだっけな。

「ごめん、明日は他の依頼があって出られないと思う。また今度、参加するよ」

「そうですか……」

エレナは少し残念そうな顔をした。

その顔を見て調査依頼を一日延期しようかと思ったけど、やっぱり依頼を優先することにした。

冒険者は信用が大事だし！

「じゃあ、次回は来てくださいね！　絶対ですよ！」

「勿論！　また今度ね」

◆　◆　◆

翌日。宿の部屋を出て一階に下りる。

「おう！　今日も朝から依頼か？」

「はい。ちょっと出てきます」

「気を付けろよ。最近あまり町の雰囲気が良くないからな」

「分かりました」

ブライドンさんに見送られ宿を後にする。

町は地面の雪が少し解けてきて春の暖かさが顔を出し始めた。

そんな春の陽気とは裏腹に町の空気はどんよりしたままだ。開いてる店が減り、道行く人もどことなく覇気《はき》がないように見える。やっぱり、色々あってこの町は悪い方に向かっている気がする。

「そろそろ次にどうするか考えないとな」

雪が解けたらもうこの町に留《とど》まる理由がなくなる。

エレナも一人前になった。町の状況も悪い。次の行き先は考えておいた方がいいだろう。

町を出て廃坑に向かい歩く。

遠くでエレナが炊き出しをしているのが見えた。

彼女は今日も頑張っているようだ。

「僕も頑張るか」

気持ちを新たに歩を進める。

エレナは自分のしたいことを見付けたのかもしれない。

誰かのために頑張ること。それが彼女の見付け出した一つの答え。

最初はオドオドしていて自分からなにかをするという姿を見せなかった彼女だけど、今は自分の意思で積極的に動いている。今日だって彼女は僕の知らないところで炊き出しの話を進めていて、気が付けばああやって形になっていた。最初は司祭様が始め、僕が教えて紹介《しょうかい》したモノだったのに今じゃ彼女が中心になっている。

「エレナには人を惹《ひ》き込むなにかがあるのかもな」

彼女はいつか大きなことを成すのかもしれない。

そんな彼女が変わるキッカケになれたことが嬉《うれ》しくもあり、少し誇《ほこ》らしかった。

「さて！　ここまで離れたら大丈夫かな」

「キュ？」

「今から新しい仲間を召喚《しょうかん》するよ！」

町からはもう十分離れた。マギロケーションで周囲を確認しても人気《ひとけ》はない。

そろそろ残っていたもう一つの魔法の実験をしてもいいだろう。

それに今日の調査場所はかなり遠いところにある。ユニコーンという名前からして馬だろうし、

乗せていってもらえるならお願いしたいところだ。

「キュキュ？」

「大丈夫さ。リゼみたいに友達になれたらいいね！」

魔法袋から聖石を取り出し呪文を詠唱する。

「よしっ！　いくぞ！　わが呼び声に応え、共に駆けろ《サモンユニコーン》」

リゼの時と同じだと考えて聖石を握《にぎ》ってたのは正解だったようだ。

手の上の聖石がホロホロと崩れ、やがて立体魔法陣になっていく。やっぱりこれもリゼの時と同じだ！

一つ違うのは魔法陣の大きさ。リゼの時とは比べ物にならない。これを宿の部屋で展開してたらエライことになっていたはず。きっとブライドンさんにぶっ飛ばされていたことだろう。

「来いっ！　ユニコーン！」

「キュ！」

魔法陣がパリンと崩壊《ほうかい》し、光が四足歩行の生き物を形作っていく。

そうして地面に降り立ったソレは「ブルルッ！」といないた。

「おおっ！　かっこいい！」

「キュ！」

白い体で額に一本の角を生やした馬、ユニコーン。

ユニコーンは静かにその場に佇《たたず》み、こちらを見つめている。

その瞳《ひとみ》からはどういった感情があるのか読み取ることは出来なかった。

「や、やあ」

「キュ！」

ユニコーンが静かすぎて心配になって話しかけるも、ユニコーンは特に変わらず静かに佇んだままだ。

「……」

「……」

静寂《せいじゃく》が続く。

その静寂に耐えられなくなって、ゆっくりとユニコーンに歩み寄り手を伸ばした。

次の瞬間――

「ブルッ！」

「おぉっ⁉」

ユニコーンが勢いよくガッと噛みついてきて、慌てて手を引っ込めた。

「ブルルッ！」

「へ？」

どういうことなの⁉

頭の中がハテナに包まれる中、ユニコーンはクルリと回転し、後ろ脚《あし》でキレイなローリングソバットを放ってきた。

「ちょっ――」

慌てて回避《かいひ》し後ろに下がる。

そして体勢を立て直しユニコーンの方を見た時――ユニコーンはスタコラサッサと遠くに走り去っていた。

「は？」

理解が追い付かず、頭の中がハテナに染まる。

どうなってるの？　僕が見付け、僕が覚えて、僕が召喚し、僕の召喚獣になったはずなのに……どうして……。

僕が想像してたのは、お馬さんが出てきて、仲良くキャッキャウフフと戯《たわむ》れて、それからそれに跨《また》がって颯爽《さっそう》と明日に向かってランナウェイする絵だったのに……。

ユニコーンの姿はもう見えない。目視の範囲外に消え去ってしまった。

「は？」

もう一度、同じ呟きが漏れた。

「キュ……」

シオンの同情的な声と寂《さび》しい風音だけが周囲に響いていた。

◆　◆　◆

なんだかんだありつつお仕事に向かう。

「色々あってもお仕事には行かなきゃならないんだよね……」

「キュ……」

社畜《しゃちく》のような言葉を吐きつつ、慰《なぐさ》めてくれているのか呆《あき》れているのか分からないシオンを撫でながら道を進む。

今日のお仕事は町より少し遠めの場所にある廃坑の調査だ。

貸し出された地図を見る。

「……この廃坑って前に来たことあったかな？」

この冬の間、無数の廃坑を調査したけど見覚えのない場所だった。

町に近い場所は頻繁《ひんぱん》に調査が入るけど、遠くの廃坑はあまり調査されない。単純に町から遠ければ問題が起きても危険ではないからなんだろうけど。あまり調査の手が入らない場所に行かされる身としてはそれだけ危険度が増すので嬉しくはない。

「問題が起こらなければいいけど……」

そうやって立派にフラグを建築しつつ数時間後、廃坑に到着。マギロケーションを使いつつ中を探索していく。

こうやっていくつもの廃坑を調査していると、鉱山の内部構造の規則性にも気付いてきた。内部はどこも基本的に同じ掘られ方をしているのだ。

やっぱり縦横無尽《じゆうおうむじん》に掘り進めてしまうと強度面とかで問題が生じ、崩落《ほうらく》の危険性が高まるのだろうか？

「でも、死の洞窟のところの廃坑はもっと複雑だったような……」

ボロックさんがいたあの場所。あそこは迷路《めいろ》のようになっていて、ドワーフもそこらに目印を書いていたはず。人間とドワーフでは穴掘りの文化が違ったりするのか、それとも時代が違うから技術面で違いがあるのか。いや、そもそもあの洞窟は廃坑であると同時に地下の町と町を繋ぐ連絡《れんらく》通路的な側面もあったし、複数の意図があって複雑化してしまっただけなのかも——などと考えながら廃坑を探索し、ようやく最深部の部屋に到着。

そこにあったのは——

「机だ」

変に立てたフラグが雑に回収されることもなく、最後の部屋には机とイスが散乱しているだけだった。

「どうしてこんな場所に……」

今までの廃坑にはこんなアイテムは残されていなかった。

横倒《よこだお》しになっているイスを持ち上げ強度を確認する。

「問題ないな」

机やイスはまだ使えそうだ。

恐らくこの廃坑が遠すぎたため、ここが廃坑になった時にも持ち帰られず放置されたのだろう。

その後ここを探索した冒険者らも、こんな場所からわざわざ机やイスを担《かつ》いで持ち帰ろうとは思わなかった。大体そんなところだろうか。

「ということで、机とイス、ゲットだぜ！」

「キュ！」

誰も使わなくなったモノだし、僕がいただいても問題ないよね？

「それは新たなる世界。開け次元の扉《ホーリーディメンション》」

ホーリーディメンションを開き、浄化《じょうか》をかけた机とイス二脚《きゃく》を運び入れた。

「レイアウトは、どうしようか？」

「キュ？」

「快適なお部屋ライフにはレイアウトが重要なんだよね」

「キュ……」

アレでもないコレでもないと考えるも、結局は部屋の奥に設置することにした。

机を運び入れ、イスを運び入れ、それに座ってみる。

「いいね！」

長年放置されていたにもかかわらず、ガタツキもなく悪くない状態だった。

雨風には晒《さら》されてなかったからなのだろうか。

ただ、机もイスも年輪に沿って削《けず》れたのか少し凹凸《おうとつ》があり、滑《なめ》らかではない。

「まぁいいか。ついでにここで地図の描き写しもしちゃおうかな」

ギルドから貸し出された地図は返却《へんきゃく》しなきゃいけないので、初めて行く場所の地図を渡された時は適当に描き写すようにしている。

手に入れたばかりの机とイスを使い描き写す。

ちゃんとした測量なんてやってないのか、それともそんな地図は僕らみたいな冒険者の目には入らないのか、縮尺なんかは合っていない気がするので正確に記入する必要はない。ただ大体の位置が分かるように描けばいいだけだ。

「よしっ、出来た！　じゃあ、帰るか」

「キュ！」

もう一脚のイスに座っていたシオンが机に飛び乗り、そこから僕の肩に飛び乗ってフードの中に入ってきた。

シオンがいつものベストポジションに収まったのを確認し、ホーリーディメンションを出て廃坑を戻る。

「早く帰ってブライドンさんが作った夕食を食べたいね」

「キュ」

そんな話をしながら廃坑を戻り、出口に近づいてきた時、外に違和《いわ》感を覚えた。

「……なにか、いる」

廃坑の外になにかの反応があった。

慌てて光源の魔法を消す。

マギロケーションで把握《はあく》した感じ、形は人型、大きさは三メートル以上。手足も体も太く、ゴリラのように感じられる。明らかに人間ではない。

そのナニカが廃坑の出口付近に陣取っていて、外に出ることが出来なくなっている。

「アレは、なんだ？」

この周辺にあんなモンスターが生息しているという報告は冒険者ギルドにはなかったはずだ。

「……いや、確か最近、正体不明のモンスターの報告があったか」

その正体不明の謎モンスターがアレだとすると、少々厄介かもしれないな。

どんなモンスターか分からないし、わざわざここでそんな謎モンスターと戦うリスクを取りたくはない。

「暫く様子を見よう」

岩の陰に隠れながらその場で様子を見ていたけど、謎のモンスターがその場から動く気配はない。

「……シオン？」

フードの中のシオンの様子がおかしいので触ってみると、少し震《ふる》えていた。

シオンが怯《おび》えている？　あのアルッポのダンジョンでボスに対しても堂々と戦ったシオンが？

「それだけヤバい相手……なのか？」

シオンを撫でながら考える。

でも、このままでは埒《らち》が明かない。一戦、交えてみるか？

いや駄目だ、勝てなければ全てが終わってしまうかもしれない。

しかし、だからといってここでずっとヤツが消えるまで待ち続けるのか？　ホーリーディメンションがあればそれなりの期間、留まることは可能だけど――

と、考えていて意識が逸《そ》れていたその瞬間、謎のモンスターが消えていた。

「は？」

そしてその気配が数メートル先に迫《せま》っていた。

「ちょっ――」

慌てて岩陰から飛び出し、距離《きょり》を取りながら魔法を発動する。

「光よ、我《わ》が道を照らせ《光源》」

廃坑の中に再び光が満ちる。

そして僕が隠れていた岩がドカンと破裂《はれつ》した。

「くっ！」

そこにいたのは、黒い影。黒い人型のモンスター。廃坑にいた仮面の男とは違う完全なる人外。

それは全身がどす黒っぽい嫌な色のオーラのようなモノに覆われていて不気味だった。

腕が長くてゴリラのようにも見えるけど、大きさがそんなレベルではない。

廃坑の高さが二メートルちょっとなので、そのモンスターは窮屈《きゅうくつ》そうに体を丸めながらこちらを見ていた。

その目は血のように赤く光っていて、普通のモンスターとは明らかに違う。異質で、ナニカが根本から違う気がした。

「グァア！」

「なんだ、こいつは？」

そう言っている間にもモンスターはドシンドシンと近づいてくる。

「やるしかないか」

覚悟を決め、槍を強く握りしめる。

「光よ、我が敵を穿《うが》て！　《ライトアロー》」

まず小手調べにライトアローを放ち、後ろにバックステップする。

手から放たれた光の矢はドカッと謎のモンスターに命中するも、一瞬で霧散《むさん》した。

「効いてないか……」

やっぱりライトアローでは火力不足らしい。

次の魔法を準備しようとすると、謎のモンスターが一気に距離を詰めてきて右腕を振り抜いた。

「グォォォォ！」

「くっ！」

それを後ろに下がりながら躱《かわ》し、続いて飛んでくる拳《こぶし》の連打も避《よ》けながら槍を突き入れる。

が、棒でゴム板でも突いているかのような感触《かんしょく》が腕に伝わってくるだけだった。

「嘘《うそ》だろ⁉」

なんだこのモンスター⁉　今までの他のモンスターとはなにかが違う！

よく分からないまま謎のモンスターに圧《お》され、廃坑内を下がり続けながら攻撃を避け、隙《すき》を見て反撃を入れる。しかし攻撃が通らない。ただただ圧され続けるだけ。

モンスターの攻撃を穂先で大きく弾き、バックステップで大きく距離を取って呪文を詠唱する時間を稼《かせ》ぐ。

「神聖なる光よ、解き放て、白刃《はくじん》《ホーリーレイ》」

放たれた神聖魔法の光の閃光《せんこう》が謎のモンスターに突き刺さる。

「グオォォォ！」

「効いた！」

ホーリーレイが右腕に命中。その傷痕《きずあと》から黒い血のようなモノがボタボタと垂れてきて地面に落ちた。

が、その傷痕もすぐに治っていく。

「浅すぎるか！」

それ以前に治癒《ちゆ》能力が高すぎる！

「オォ！」

謎のモンスターがまた接近してきて腕を振り回す。

それを避けて槍で払い、避けて突く。

しかしまったく効いた様子がない。

何度も何度も繰り返し、隙を見てホーリーレイをぶちかます。

しかしダメージが入っているのか分からない。

「グァ！」

「ぐっ！」

躱しそこねた拳を左手の甲《こう》で弾くように逸らすが、その左手に激痛が走る。

左手の甲がただれ、骨まで見えている。

「触っただけでこれかよ……ちょっと卑怯《ひきょう》すぎやしないですかね？」

なぜかは分からないけど、このモンスターに触《ふ》れるだけで肉が焼ける——というより、腐食《ふしょく》している？

　こんなモンスターが町に行ったら、それだけで小さな町や村なら壊滅《かいめつ》しかねないぞ。どうしてこんなモノがそこらを歩いてるんだ？　凄いモンスターのバーゲンセール中か？

「光よ、癒やせ《ヒール》」

　簡単な回復魔法で応急処置し、戦闘に戻る。

「このままじゃ……」

　体に疲れが溜《た》まり、魔力も減ってきた。

　しかし突破口が見付からない。

　攻撃を避け、弾き、槍で突く。

　極限の緊張感の中でどんどん精神が研ぎ澄まされていく。

　謎のモンスターの右の拳をギリギリで見切り、逆の拳を屈《かが》んで避け、槍で薙《な》ぎ払う。

　また次の拳を避け、槍で突く。

　それらを何度も何度も繰り返していく内、思考が加速し、どんどん謎のモンスターの動きが見えるようになってきた。

　どんどん無駄《むだ》な動きもなくなってきて、最小限の動きで攻撃を躱すようになってくる。

　最小限の動きで避け、どうせ当たってもダメージがなさそうだし脱力《だつりょく》し最小限の動きで槍を振るう。

　頭の中で思考が高速回転する。

「ふぅ……」

大きく息を吐き出す。

体は高速で動かしながら考える。

これからどうしようか。

逃げるにしても逃げるタイミングがないし、廃坑の出口側を塞《ふさ》がれてるので逃げられない。

戦って勝つしかないけど攻撃が通らない。

これって詰んでるのでは？　と考える。

しかし、どうして触れただけで腐食したんだ？　そんな二足歩行モンスターいたか？

考えてみるけど思い付かない。

そういえばシオンは大丈夫だろうか？　フードの中に入ったままだけど。

シオン、怯えてたな……。やっぱりこんな意味不明なモンスターはシオンも怖《こわ》いのだろうか？

「あれっ？」

なにかが思いつきそうだけど、出てこない。

黒いモンスター。触れただけで腐食する。シオンが怯える……。

頭の中がグルグルと回転する。そして閃《ひらめ》いた。

「そうか！　お前、アレと同じヤツなんだな！」

そう気付いた瞬間、疲労《ひろう》が生んだ脱力状態から一気に覚醒して体に力が漲《みなぎ》り、その勢いで気持ちを乗せて槍を振り上げた。

ミスリルの穂先が青銀の軌跡《きせき》を描きながら走る。

「グオォォオォオ!?」

宙を舞《ま》う腕。

飛び散る黒い液体。

そのままの勢いでクルッと回転し、右手で謎のモンスターの体に触れる。

そして――

「不浄なるものに、魂《たましい》の安寧《あんねい》を《浄化》」

右手から溢れ出した虹色のオーラが謎のモンスターを包む。

「オォォォォォ！」

「いけっ！」

周囲全体が虹色のオーラに包まれ、全てを浄化していく。

それからどれぐらいの時間が経っただろうか。

一秒か、一〇秒か、一分か。分からないけど次に気付いた時、目の前には白い砂山だけがあった。

「やっぱり、か……」

その場に崩れ落ちるように尻《しり》もちをつき、そのまま寝転がる。

このモンスターは、死の洞窟で出会った黒いスライムと同種。……いや、同種かは分からないけど、根源的なモノは繋がっているモンスターなのだろう。

物理的な攻撃はあまり効かないけど神聖魔法や、そして浄化は凄く効く。

例の大きな黒いスライムも浄化で倒した。

「これ、浄化がなかったらどうすればいいんだろうな？」

一般ピーポーにはもう絶望的な気がするけど、どうなんだ？

町から距離があるとはいえ、誰かが被害《ひがい》に遭《あ》う可能性は普通にあったはず。

「キュ？」

寝転がった瞬間にフードから転げ落ちたシオンが不思議そうな顔をしている。

まぁシオンからしたら、例の大きな黒いスライムに卵ごと溶かされようとしていたのだから、似たような雰囲気を持つこのモンスターは怖かったんだろうね。

「さて、と」

起き上がり、あぐらをかく。

「これ、どうするかな」

目の前には浄化で出来上がった砂山があった。

前回の黒いスライムの時はそのまま放置したけど、今回は放置するのはマズい気がする。

ここは定期的に人が出入りする場所だし、こんなモノがあったら不自然すぎるし、これでなにかしらの調査でも入って探《さぐ》られたら面倒だし。

「片付けるしかないか……それは新たなる世界。開け次元の扉《ホーリーディメンション》」

ホーリーディメンションを開き、布袋とスコップを取り出し、かき集めた白い砂を中に詰めていく。

シオンもザザッと前脚で白い砂をかき出して手伝ってくれている。

「はぁ、疲れてるのに……」

最近は地下に潜ったり土や砂をいじったり、そんなことばっかりしている気がする。そろそろモグラにでも転職するべきなんだろうか？

そうして砂を片付けていると、中から光の魔結晶《まけつしょう》が出てきた。

「うわぁ……。嬉しいけど、これで余計に面倒になるな……」

これは間違いなく闇の魔結晶が浄化の効果で変質したモノだ。つまり、僕がここでこの謎モンスターを倒したという証拠《しょうこ》がなくなったということ。

まぁそれ以前にモンスターの死体が全て消えているのだけど……。

「じゃあ冒険者ギルドには報告出来ないか……」

疲れた体に鞭打ち、白い砂の袋詰《ふくろづ》めを終わらせホーリーディメンション内に収納した。

そうしてようやく廃坑の外に出る。

「今日は厄日《やくび》なのか？」

「キュ……」

なんだか今日は悪いことばかり起きてる気がするぞ。

町へ戻る道を進みながら思う。

今日は本当に様々なことが起こった。

ユニコーンには振られるし、変なモンスターには襲われるし、絶望的にツイてない。

とにかく、もう早く町に帰ってブライドンさんの夕食を美味しく食べて、ゆっくりベッドで眠りたい。今日は色々と大変だったし、奮発してガラス瓶の葡萄酒を開けようかな。そう、ルバンニの町で買ったヤツ。それでささやかな祝杯《しゅくはい》をあげよう。それに追加で串焼きでも追加注文するのも悪くない。

最後ぐらい良いことがあってもいいじゃないか！

「そうだね！　シオン！　帰ったら豪遊《ごうゆう》しよう！　今日は串焼きも追加するよ！」

「キュ！」

「じゃあ町にBダッシュで帰ろう！」

――と思いながら急いで町に帰ってきたのだけど……。

「あれ、は……」

町の方向に黒い煙《けむり》が見えた。

急いで走り、目の前の小高い丘《おか》に登る。

「嘘だろ……」

町から立ち上る黒い煙。そして火の手。

明らかになにかが起こっていた。

しかし、もうなにがなんだかサッパリ分からない。

「今日は厄日なのか？」

その呟きだけが風に流されていった。

第六章

そして時はさかのぼる

CHAPTER 6

閑話《かんわ》　冒険者《ぼうけんしゃ》は大移動する

時は冬の初めにさかのぼる。

「なんだと！　それは本当か⁉」

イスペップ村戦士団のメンバーが聞いた情報はにわかには信じられないモノだった。

なんとアルッポのダンジョンが攻略《こうりゃく》され、消滅《しょうめつ》したというのだ。

イスペップ村戦士団はザンツ王国サリオール伯爵《はくしゃく》領内にあるイスペップ村を拠点《きょてん》とし、村の警備を行っている冒険者パーティだ。団員も代々村出身者の跡取《あとと》り以外で構成され、普段《ふだん》は村から出ることは少ない。しかしモンスターの襲撃《しゅうげき》が少ない冬の間は仕事がなくなるため、お金を稼《かせ》ぐために別の町に働きに出ることが慣例となっていた。そして、イスペップ村では長い間、冬はアルッポのダンジョンに行くというのが当たり前になっており、別の場所に行くという考えは誰《だれ》にも、頭の隅《すみ》にすら存在していなかった。

「落ち着いてください。これは事実です。先日、確かにアルッポのダンジョンは消滅しました。このギルドでも確認《かくにん》済みです」

「そんな……」

受付嬢《じょう》にそう言われてしまうと信じるしかない。

しかしアルッポのダンジョンが消滅するなど彼《かれ》らの想像力の外の話であり、次にどうすればいいのかなんて考えられなかった。

「どうするんだよ、おい！　今から他探すって無理だぞ！」

「だから言っただろ！　遊んでないでもっと早く動こうって！」

他のメンバーが叫《さけ》ぶ。しかし良案は出ない。

「クソッ！　誰だよアルッポのダンジョンをクリアしちまったヤツはよ！」

リーダーは叫び、苛立《いらだ》ち紛《まぎ》れにカウンターテーブルをダンッと叩《たた》いた。

そうして彼ら三人は答えが出ないまま酒場に移動し、時間もないのに葡萄酒《ぶどうしゅ》を飲みながら話し合いを始めた。

「どうすんだよ」

「どうするったって、今から行ける場所なんざ決まってるだろ」

「ここに留《とど》まるか、村に帰るか――王都に行くか……」

そこで全員の言葉が止まる。

暫《しばら》くの沈黙《ちんもく》の後、一人が口を開いた。

「俺《おれ》はイヤだぞ。王都なんてな」

「あぁ、俺だってイヤだぜ。なにより物が高すぎる」

「じゃあどうするんだ？　ここにいても金になんねぇし、村に戻《もど》りゃ肩身《かたみ》が狭《せま》い。そうだろ？」

また全員が黙《だま》り込《こ》む。

全員、分かっているのだ。選択肢《せんたくし》はないと。

その日は酒場で飲み明かした三人は翌日最初の馬車で王都を目指した。

なんだかんだありつつ王都に到着《とうちゃく》した三人は人の多さに驚《おどろ》き、物価の高さにも驚き、冒険者の多さにもっと驚きつつ、冒険者ギルドで情報収集を始めた。

「ちょっといいか？　安い宿とか知らねぇか？　こっちに出てきたばかりでよく分からなくてよ」

「今年はどこも高いんじゃねぇか。周辺から冒険者が大量に集まってきてやがるからな」

「そう、なのか？」

「今年は過去一だぜ。金が出せねぇならスラムで空き家でも探すっきゃねぇな」

そうして彼らは宿に泊《と》まることは諦《あきら》め、スラムの空き家を探すことにしたのだった。

◆　◆　◆

閑話　鉱山管理人の憂鬱《ゆううつ》

日の差さない鉱山の中の埃《ほこり》っぽい部屋。

鉱山管理人の男は手紙を読み、スラリと立つ若い商人風の男に怒《いか》りをぶちまけた。

「ふざけてるのか⁉　鉱石の買い取りを止《や》めるだと！」

鉱山管理人は机をドカッと殴《なぐ》りつけ、そのまま殴りかかりそうな勢いのまま手紙を持ってきた男を睨《にら》んだ。

「いえ『買い取りを止める』などとは申しておりませんよ。我々は『一時的に中断したい』とお願いしているのです」

「どちらでも同じだ！　契約《けいやく》を破ると言っているのには変わりないからな！」

商人風の男は苦笑いを浮《う》かべる。

「滅相《めっそう》もない。契約を破るなど考えたこともございません。故《ゆえ》にこうしてお願いに参上しております」

「そんな『お願い』とやらが聞き届けられるとでも思ったか！　鉱業は国営事業……この国の主幹

産業だぞ！　国がそんなことを許すわけがない！」

二人の論戦は平行線を辿《たど》る。

が、商人風の男が状況《じょうきょう》を打開出来る言葉を吐《は》く。

「ご心配には及《およ》びません。この件については既《すで》に王太子殿下《でんか》から了承《りょうしょう》を得ております。アルッポのダンジョンの消滅により鉱石の需要《じゅよう》が減っていることをご説明したところ、快諾《かいだく》していただけましたよ。勿論《もちろん》、公爵《こうしゃく》閣下にもです。後は管理人のあなたに承認していただければ全《すべ》てが丸く収まります——さあ、こちらが殿下からの証書です」

「ぐっ……」

机の上に置かれた手紙には王家の紋章《もんしょう》でシーリングされていて、それがほぼ確実に王家の誰かからの手紙だと分かった。

王太子と公爵が出てきた以上、既に商人とは裏で取引が終わっているはず。つまり、ここで鉱山管理人がゴネたところで結果は変わらない。ただ意のままに動かない鉱山管理人がクビになるか、『なんらかの事情』で仕事が出来なくなるか——とにかく拒否《きょひ》する意味はなかった。

そのことに気付きながら、鉱山管理人は王太子からの手紙を確認した。

「……はぁ」

そして引き出しの中から紙を取り出して、なにやら書き込んでから印を押《お》すと、雑に机の奥《おく》へと滑《すべ》らせる。

商人風の男はそれを受け取り、中を一読してジャケットの内側に収めた。

「ご理解いただけたようで、我《わ》が主《あるじ》も喜びます」

それだけ言って商人風の男は足早に部屋から出ていく。

鉱山管理人はその背中に「私は、どうなっても知らんからな」と言葉を投げる。

商人風の男がそれを聞いていたのかは分からなかった。

暫くして鉱山管理人は部下を呼び、次の命令を出した。

「雇《やと》う鉱山労働者の数を減らせ。それから倉庫が満杯《まんぱい》になり次第《しだい》、鉱山の操業を停止する」

そうして数日後、王都にある鉱山の操業が全て停止した。これによって後に大きな変化が訪《おとず》れるとは、この時まだ誰も気付いてはいなかった。

◆　◆　◆

閑話　デフレスパイラル

ゴォォォッと炉《ろ》で火が燃える。

赤く赤く燃える。

しかしその炉に投下するのは鉄でも銅でもミスリルでもなく、水の入ったヤカンである。

「はぁ……」

鍛冶屋《かじや》の親方はため息を吐《つ》く。

このところ、めっきり注文が減り、ついに武具を打つことがなくなった。

まったく仕事がないのだ。

いつからどうしてこうなったのか、まったく分からないが、いつの間にかこんな状況に追い込まれていた。

鍛冶師ギルドの他の面々も同じ状況で、そろそろギルドとしてなんらかの対策を打つことになるのかもしれない。

親方は濡《ぬ》らした布でヤカンを取り出してカップに注ぎ、それをグイッと飲む。

炉の前は落ち着いた。どこにいるより落ち着いた。

鍛冶師としての性《さが》なのか、仕事がなくても炉の前に座《すわ》り、火を入れ、それを眺《なが》めていた。

「親方！」

扉《とびら》が開け放たれ、店番をしていた弟子《でし》が飛び込んできた。

「注文です！　親方！」

「本当か⁉」

親方は立ち上がり、急いで店の方の扉を開く。

するとそこには、まだまだ若い少年が立っていた。

親方は少し落胆《らくたん》する。これではあまり大きな仕事にはならないかもしれないからだ。

しかしそれを見せずに親方は話しかけた。

「注文だって？　なにを作るんだ？」

「槍《やり》が欲《ほ》しいです」

「素材は？　どんな槍にするんだ？」

気が急《せ》いて次々と口から質問が飛び出てくる。

親方の頭の中には素材ごとの槍の作り方や大きさや形などによる仕様の違《ちが》いが浮かんでいく。

しかし少年の次の言葉でズッコケそうになった。

「ロックトータスを貫《つらぬ》ける槍を！」

「無茶を言うな！　そんなモン、オリハルコン製の槍でも貫けねぇだろ。それがしたいなら自《みずか》らの技量でなんとかしろ」

「えっ？　オリハルコン製でも無理なんですか？」

そう聞かれて親方は少し困る。

自身でもオリハルコンなんて扱《あつか》ったことはなく、本当はどうなのか実際には分からなかったからだ。

「いや、俺もオリハルコンなんざ触《さわ》ったことはねぇけどよ。いくらオリハルコンっつっても結局はただの金属だろ？　槍にすればそりゃ硬《かた》いだろうし斬《き》れ味は最高だろうが、それだけでロックトータスが貫けるわけじゃないだろ？　まぁ属性武器とか魔法《まほう》武器、アーティファクトならロックトータスぐらい貫ける武器もあるだろうぜ。俺は専門外だけどな」

そうして暇《ひま》なこともあり、少年と長々と立ち話を続けてしまったが、ハッと気付いて「で、どうすんだ？」と聞いた。

「作ります！　丈夫《じょうぶ》で魔力の通りが良い槍を」

丈夫で魔力の通りが良い槍、と聞いて様々な素材や作り方が親方の頭の中に思い浮かんでいく。

「長さはこれぐらいで、穂先《ほさき》はこんな感じ」

「なるほど、じゃあ石突《いしづき》は――」

親方は少年と槍の詳細《しようさい》を詰《つ》め、槍の形を頭の中で作り上げていった。

「で、値段なんだが――」

親方は考える。

最近、何故《なぜ》か鉱石の価格が異常なぐらい下がってきている。それに炭や他の素材の価格も下落傾向《けいこう》だ。鍛冶屋の仕事もなくなってきているから仕事があるだけで嬉《うれ》しい。今なら質の良いミスリルを使っても採算は合うだろう。

木工職人にも良い素材を用意させよう。あいつらも仕事が出来て喜ぶだろう。

色々と考えて親方は値決めをした。

「金貨一〇〇枚ってところだな」

「分かりました」

少年は値切りもせず、すぐに頷《うなず》いた。

信頼《しんらい》されているのか、と考え親方は気分が良くなり話が弾《はず》んだ。

そうして大体の形が出来上がった頃《ころ》、親方は暇なこともあって少年の持つ武器に興味が湧《わ》いた。

「ところでお前さんが持ってるその棒、ちょっと見せてくれねぇか？」

「これですか？」

その武器はミスリルと他の金属の混ぜ物で造られており、無骨な金属の棒のような形で異質だった。

その珍《めずら》しさもあって話は弾み、久し振《ぶ》りに良いモノが作れる嬉しさに心が湧き立ち、親方はいつの間にかこう言っていた。

「良いモノ作ってやるよ」

親方の心から出た言葉だった。

少年は「期待してます」とだけ言い残して去っていった。

こうして、とある鍛冶屋は久し振りの仕事にありついた。

◆　◆　◆

閑話　コット村の決断

その日、ラディン商会の行商人はコット村への冬季行商に向かっていた。

「まったく、貧乏《びんぼう》くじもいいところだぜ」

コット村への冬季行商は食料の買い付けがメインで、売上はほとんどない。つまり商人個人の評価にはほとんど繋《つな》がらなかった。しかし買い付ける食料は王都では必要不可欠なため、外すことの出来ない重要な仕事であって止められない。結果的にこの仕事は商会の中では貧乏くじ扱いになり『そういうヤツ』が行かされる仕事になっていた。

それに真冬の移動は寒さも厳しく、場合によっては命の危険もあり、人気のない仕事だった。

彼らの内心はともかく、馬車は順調に進み、予定通りコット村へ到着。しかし村の門は閉《と》ざされたままで、一向に開く気配はない。

行商人は馬車から降り、門の前まで歩いていった。

「おおぉい、ラディン商会の者だ、今年も行商に来た。門を開けろぉい」

そう叫ぶと、門の側《そば》に立っている物見台に人が登って叫び返してきた。

「断る！　今年の行商は受け入れない！」

「えっ？」

想像もしていなかった言葉に行商人は言葉をなくす。

この行商は毎年同じように行われていて、ただ決まったことを繰《く》り返すだけの単純な仕事だったはずなのに、それが断られて理解が追いつかなかった。

「バ、バカなことを言うな！　断るなんかありえないだろ！　今すぐ門を開けろ！」

「断る！　帰れ！」

取り付く島もない言葉に商人も苛立ちが隠《かく》せない。

「いいか、よく聞け！　これはお前らごときの一存で決められるような軽い話じゃない！　下手をすれば国とお前らのサリオール伯爵との問題になるんだぞ!?　分かったらさっさと門を開けろ！」

「断る！　サリオール伯爵様もご理解くださるはずだ！」

サリオール伯爵が理解してくれる。

この言葉に行商人はなにかを感じ、考える。

そして彼らが拒否する理由について興味を持った。

「そもそも理由はなんだ！　これまで問題なく上手《うま》くやってきたじゃないか！」

「上手くやってきた、だと……」

物見台の男の声が震《ふる》える。

その震えが寒さから来たものでないことは行商人にも理解出来、少し気圧《けお》されてしまう。

「理由など、自分の胸に聞けぃ！　もうお前らの横暴に付き合うのはウンザリじゃ！」

「なにを――」

その後も話し合いは平行線を辿り、結局、行商人は村に入れず王都に戻ることになった。

帰りの馬車では誰もが無言だった。

簡単に成功するはずの行商を失敗した責任だとか、これから起こるであろうこととか、様々なことで頭が一杯になる。

とにかく――

「大至急、このことを上に報告しないとな……」

馬車は王都に向けて走った。

◆　◆　◆

閑話　組織の男

暗い暗い部屋の中、机に置かれた一つのランプの明かりだけが周囲を照らす。

そのテーブルに両肘《りょうひじ》を突《つ》き、なにかを考えているように見える男が一人。

そんな沈黙と暗闇《くらやみ》が支配する部屋にドアをノックする音が響《ひび》いた。

「入りなさい」

男がそう言うと、ドアが開いて白いローブの人物が入ってくる。

その人物は軽く一礼した後、一言も発さない。

「実験体を入手しなさい。分かっているとは思いますが、町とは関《かか》わりの薄《うす》いスラムの新参者にするのですよ」

男がそう言うと白いローブの人物は一礼し、すぐに部屋から退出していく――が、それを男が「そうだ――」と引き留めた。

男は言葉を続ける。

「例のキノコも採取してきてください。アレもそろそろなくなりそうです」

白いローブの人物は肩越《かたご》しに振り返りながらその言葉を聞き、軽く頷くと部屋から出ていった。

「……」

またその部屋に静寂《せいじゃく》が戻ってくる。

ランプの中でジジッと油が跳《は》ねる音だけが響く。

男は立ち上がり、ランプの火を吹《ふ》き消して呪文《じゅもん》を詠唱《えいしょう》した。

「光よ、我が道を照らせ《光源》」

魔法の光が宙に舞《ま》い、部屋全体を明るく照らす。

男は白いローブの人物とは違う扉から出ていき、光源の光の玉と共に消えていった。

今度こそ、その部屋は沈黙と暗闇を取り戻した。

◆　◆　◆

閑話　密談

大きく豪華《ごうか》な会議室の中、これまた大きく長い重厚《じゅうこう》なテーブルの一席に男が座っている。

その男は上質そうなコートを身に纏《まと》い、優雅《ゆうが》にお茶を飲みながら誰かを待っていた。

暫くすると大きな扉がコンコンとノックされ、大きな男が入ってくる。

その男は腰《こし》に立派な剣《けん》を差し、背中に上質な布で作られたマントをなびかせ、その大きく筋骨隆《きんこつりゅう》々《りゅう》な体で周囲を制するように力強く歩いて、座っている男の反対側の席に着いた。

「待たせたな、内務卿殿《ないむきょうどの》」

「こちらも来たばかりですよ、将軍閣下」

お互《たが》いありきたりな挨拶《あいさつ》もそこそこに、すぐに本題に入っていく。

「王太子殿下がまたやらかしたそうだな」

「ええ……本当に頭が痛いことです」

ラディン商会による鉱石の買い取り延期の許可。

国営事業として国の財政を支えている鉱石の販売《はんばい》を延期するという暴挙により国の財政は逼迫《ひっぱく》していた。

そして鉱山の停止により鉱石の在庫は積み上がり、多くの失業者が生まれたことで国の経済はどん底状態である。

「それを追認した公爵閣下も、また問題であるな」

「王妃《おうひ》殿下の兄で王太子殿下の伯父《おじ》という立場を最大限活用されているようで……。大方、ラディン商会と裏で色々とあったのでしょう」

重大な問題が起こっているというのに二人の顔には切迫した焦《あせ》りの色はない。むしろ二人共に余裕《ゆう》すら見える。

「だが、その状況も、やりようによっては上手く使える、か」

「ええ、その通りです」

二人は顔を見合わせ、口の端《はし》を吊《つ》り上げた。

内務卿は言葉を続ける。

「減った予算は増税で補いましょう。そして争いの空気を演出することで……金属の需要を高める」

「うむ。古来、金属の価格が高まるのは戦時であるからな」

「そうすれば鉱山が再開され内需《ないじゅ》は回復し、軍の重要性が見直されて――」

「軍事費増強案が通りやすくなる、か」

「いいえ、通してみせますよ。将軍閣下にご協力いただけるなら、ですが」

二人はまた口の端を吊り上げる。

「問題はどこに火種を作るか、だが……」

「今は万が一にでも外に敵は作りたくありませんよ」

「分かっているとも。つつくのは内部……サリオール伯爵領にする。最近、あそこの村でラディン商会が食料の買い取りに失敗してな。これは明確な反逆行為《こうい》だろう？」

「なるほど……それなら軍を動かす名分も立ちましょう。そのうえ……食料不足の今ラディン商会が得るはずだった食料を別の商会に流してやればラディン商会を弱体化させることが出来、ひいてはそれを庇護《ひご》する公爵閣下の派閥《はばつ》を弱体化させられると」

「うむ。一石二鳥というヤツだな」

「それに――」

内務卿は将軍の言葉に被《かぶ》せるように言葉を続けた。

「その流してやる商会を将軍閣下と近しい商会にすれば、将軍閣下の懐《ふところ》も大層温かくなるのでしょうね。一石三鳥とでも言うのでしょうか」

「うん？　……まぁ、そういうこともあるかもしれんな」

二人は顔だけで笑い、相手の目を強く見つめ合う。

「ところで、サリオール伯爵が今回の作戦の後にも事を起こさないと将軍閣下は確信されておられるのですか？」

「ん？　あぁ、アレは起こさぬだろう。あの家には昔からそんな度胸などない。それが出来るのなら我が国への併合《へいごう》など許さず戦い、とっくの昔に滅《ほろ》ぼされていただろう」

「なるほど……」

「それに、サリオールの子もまだ学院にいるのだろう？」

「ええ、在籍《ざいせき》してますね」

「人質《ひとじち》がいて反旗を翻《ひるがえ》せるような蛮勇《ばんゆう》など、あの家の者は持ち合わせておらんわ。精々《せいぜい》、遺憾《いかん》の意を伝える手紙が届いて終わりよ！」

　将軍は小さく笑った。

「それにだ。仮にサリオール家が反旗を翻したとして、それがなんだ。所詮《しょせん》は田舎《いなか》貴族。物の数ではない！　王都に駐留《ちゅうりゅう》する騎士団《きしだん》だけで捻《ひね》り潰《つぶ》してくれるわ！」

　そう言って豪快《ごうかい》に笑う将軍に対し、内務卿は『その田舎貴族に食料の大部分を頼《たよ》っているのが我が国なのだがな』と思いながら、小さく「それは頼《たの》もしいですね……」と返した。

「……後は、王太子殿下をつついてみるのも面白《おもしろ》いかもしれませんね」

「ほう？」

「焚《た》き付けてやれば揉《も》め事を起こして火種を少し大きくしてくれるかもしれません」

「確かに、面白いかもしれんな」

　そうして二人の密談は続き、作戦の細部が詰められていった。

「それでは将軍閣下、計画通りよろしくお願いしますよ」

「あぁ、内務卿《あくしゅ》殿も軍事費増強の件、期待しているからな」

二人は固く握手を交《か》わす。そして並んで部屋から出ていくのだった。

◆　◆　◆

閑話　酒場の三人

「最近、どうだ？」

「聞くなよ、そんなもん。分かるだろ」

酒場の片隅《かたすみ》で気の抜《ぬ》けたラガーをチビチビと舐《な》めるように飲んでいた男らが話をしていた。

「鉱山が止まってから客も減っちまったしよ」

「そこに増税だもんな」

「なに考えてんだ！　って話だよな」

一人が熱くなって勢いでテーブルを叩く。

すると近くを歩いていた女性のホールスタッフが一喝《いっかつ》した。

「ちょっと！　暴れるんなら叩き出すからね！」

「わ、悪かったよジニー……」

男は、今度は小さくなり、ラガーに口をつけてごまかした。

「まったく……カップ一杯で長居するのを大目に見てあげるのはウチくらいなんだからね。たまにはもう少し注文してよ」

「感謝してるって。な？」

「あぁ、勿論だ！」

「聖なる白馬亭《てい》はこの町最高の店だぜ！」

そう言って男らはまたエールをチビチビ舐める。

「はぁ……まったく」

「それぐらいにしとけ、ジニー」

「お父さん……」

「今日も寄らせてもらってます！　ブライドンさん！」

ブライドンは手に持っていた皿を男らのテーブルに置いた。

「俺からの奢《おご》りだ。残り物だがよ」

「マジっすか！　いただきます！」

「流石《さすが》、ブライドンさんっす！」

「旨《うま》い！」

男らはモグモグと凄《すご》い勢いで食べていく。

さっきまでチビチビ飲んでいたのとは別人のようだ。

「もう……そこまでしなくていいのに」

「ジニーの幼馴染《おさななじみ》なんだ、大事にしないとな」

大きな町では区画ごとに同年代の子供が集まるようになり、必然的に仲良くなっていく。

そうして誰もが大人になっていき、地域に仲間意識と団結力が育まれていくのだ。

「それに困った時はお互い様だろ？　こいつらだって好きでこうしてるわけじゃない。この不況《ふきょう》で家業が傾《かたむ》いて仕事がないからこうしてるだけだ」

「それは、分かってるけど……」

「まぁ聞け。この『聖なる白馬亭』はな、聖女ステラ様とその愛馬のユニコーンにあやかって付けられた名前だ。聖女様のようには無理かもしれねぇが、人々に希望を与《あた》えられるような店にしたいという意味が込められているんだぜ」

「もう……それは何度も聞いたし」

「そうだったな……。でもよ、一皿の串焼《くしや》きで人々に希望を与えられるなら、安いモンだと思わねぇか？」

隣《となり》でモグモグ食べてた男らが「確かに希望は貰《もら》いましたぜ！」とか「希望ＧＥＴだぜ！」とか「ヒャッハー！」とか叫んでいる。

しかしジニーがキッと睨むとスッと大人しくなった。

「確かに、そう、かもね」

「だろ？　希望なんて案外そこらに転がってるもんなんだぜ」

希望とは、たとえそれが小さくても、あるのとないのとでは大違いなのだ。

ブライドンはそれを娘《むすめ》に覚えておいてもらいたかった。

自分の後を継《つ》ぐであろう娘に、その『聖なる白馬亭』の理念だけは受け継いでもらいたかった。

「ブライドンさん、お客さんが来てますよ」

「あぁ、今行く」

宿の店番をしていた店員に呼ばれ、ブライドンは宿の入り口に向かっていく。

それを見送り、ジニーは少し考えていた。

「人々の希望、ユニコーンか……」

自分にも、そんな希望を与えられるような店が作れるだろうか。

不安に思いながらトレーを抱《だ》きしめる。しかし答えは出てこない。

「おっ？　どうした？」

「ハグの練習か？」

「えっ！　ジニー、もしかして好きな人でも出来たのか？」

相変わらず隣の幼馴染らは口が減らず、ジニーはトレーを振り上げたのだった。

◆　◆　◆

閑話　憤怒《ふんど》

「大変ですっ！」

一人の秘書見習いが伯爵のいる執務室《しつむしつ》の扉を勢いよく開け、息を切らしながら部屋の中に飛び込んできた。

「ノックもせずに無礼ですよ」

「す、すみません！　でも、それどころじゃないんです！」

執事長に怒《おこ》られ謝《あやま》りながらも怯《ひる》まず、手に持ったクシャクシャな手紙を己《おのれ》の主がいる執務机の上に置いた。

「手紙もこんなにヨレて……こんなモノを伯爵様に出すなど――」

「まぁよい、執事長。それで、なにがあった？」

伯爵は秘書見習いに尋《たず》ねながらクシャクシャな手紙の封《ふう》を小さなナイフで切った。

「はいっ！　伝令の者が申すには、昨日、コット村が襲撃を受けました！」

「なんですと！」

執事長は驚きの声をあげ、伯爵の方を見る。

伯爵はクシャクシャになった手紙を読みながら、静かに「続けろ」と言った。

「はいっ！　襲《おそ》ったのは所属不明の国軍、とのこと……」

「所属不明ですと？　誰の軍がやったのか掴《つか》ませないつもりですか……」

「……」

伯爵は無言で前を向いたまま、手紙を執事長の方に差し出した。

「失礼……」

執事長は手紙を受け取って中を確認していく。

届けられた手紙は二枚あり、一枚目には被害《ひがい》状況が記されていた。

執事長の顔が曇《くも》る。

死者数名。負傷者多数。家屋倒壊《とうかい》により村は壊滅《かいめつ》状態。そして村長死亡により息子《むすこ》が跡《あと》を継いだ、と。

続く二枚目。

「こちらは、筆跡《ひっせき》が違いますな」

「あぁ、コット村の村長……今は前村長の字だろう」

伯爵はそう言って俯《うつむ》き、まるで懺悔《ざんげ》でもするように組んだ指に額をのせる。

二枚目の手紙の内容は覚悟《かくご》と謝罪。さながらそれは遺書と呼んでもおかしくないモノだった。

その内容を要約すると以下になる。

王都の者に侮《あなど》られるのは我慢《がまん》しよう。しかしサリオール伯爵様のご息女に対する仕打ちは到底、許せるモノではない。よって『ささやかな抗議《こうぎ》の意』を表すことにした。が、それによって今回の事態を招いたのは全て自身の責任であり、サリオール伯爵様と全ての村民に対し、最後まで先頭に立って戦うことで謝罪としたい。

そしてサリオール伯爵に対しての『後のことはよろしくお願いいたします』という言葉で手紙は締《し》められていた。

手紙を読み終わった伯爵はイスの背もたれに体を預ける。

「あいつとは、学院で一緒《いっしょ》だった」

サリオール伯爵はそう呟《つぶや》くように発した。

「年齢《ねんれい》はあいつの方が上だったが、気が合ってな。昔はよく話したもんだ」

「平民ながら学院に行くとは、さぞ優秀《ゆうしゅう》だったのでしょうな」

「あぁ、私の右腕《みぎうで》にするつもりだったが、家を継いでコット村の村長になってしまってな」

サリオール伯爵は立ち上がり、窓の方を向いた。

外はまだ雪景色が残っているが奥に見える大通りには人が行き交《か》っていて、そこには日常があった。

伯爵は語り始める。

「私が侮辱《ぶじょく》されることはよい。それは耳を塞《ふさ》いで聞かなかったことにしてやろう。我が娘が蔑《ないがし》ろにされ酷《ひど》い仕打ちを受けても、それはサリオール家に生まれた者の務め。民《たみ》の安寧《あんねい》のためなら涙《なみだ》を呑《の》んで目を瞑《つむ》ろう。サリオール家が汚名《おめい》を着せられたとしても、口を閉ざし笑ってやろう」

サリオール伯爵の手は力強く握《にぎ》りしめられ、小刻みに震えている。

そして振り向き、高らかに叫ぶ。

「しかし奴《やつ》らは我が領民に手を出した！　それは絶対に！　絶対に許しはしない！」

執事長、秘書見習い、護衛の従士、メイド。その場にいた全ての人がその言葉に頷いた。

「コット村に救援《きゆうえん》を送れ！　準備出来次第《しだい》すぐに出立《しゆったつ》せよ！」

「分かりました！」

秘書見習いが礼儀《れいぎ》の欠片《かけら》もなく部屋からすっ飛んでいった。

「それから……領内の全軍を、集結させろ！」

「はい」

執事長は一礼し、すぐに部屋の外に向かおうとする。

伯爵の顔には怒りと様々な感情が浮かんでは消える。

憤怒一色から始まったその感情はいくつかの異なる感情を経て僅《わず》かな『迷い』という感情を呼び起こし、扉の向こうに消えていこうとする背中を呼び止めた。

「執事長――」

その言葉を遮《さえぎ》るように、執事長は「伯爵様」と言った。

執事長は扉の前で振り返る。

「伯爵様のご決断。そしてコット村前村長の行動につきましても、この領内に批判するような輩《やから》は一人もおりませぬ。我らサリオールの民も、そろそろ我慢の限界という言葉が頭にチラつくようになっておりましてな」

「そう、か……」

伯爵は伸《の》ばしかけてた手を下ろし、静かに執事長を見た。

執事長はそれを真正面から受け止める。

「あなたは我々サリオールの民の柱。そしてお嬢様はサリオールの民の宝です。それを傷付けようとする者を黙って見過ごすような者はサリオールの民にはおりませぬ！」

いつも冷静な執事長がオーガのような顔を貼《は》り付け叫び、護衛の従士すら気圧《けお》されてしまう。

執事長は言葉を続ける。

「伯爵様、思うがままにお進みください。我々も共に進みますぞ」

執事長は一礼し、部屋から退出していった。

沈黙が部屋中を包む。しかし熱気は残ったまま。

部屋の外では慌《あわ》ただしく人々が走り回る音が聞こえる。

もう暫くすれば町の住人にも話が伝わり、町中が慌ただしくなるのかもしれない。

伯爵は大きく深呼吸し、ガッと目を見開いた。

「私の鎧《よろい》と剣を準備しろ！」

「はい！」

メイドが部屋の外に走っていく。

それを見送ってから伯爵は次の指令を出す。

「監視《かんし》中の『鼠《ねずみ》』を全て捕《と》らえよ。一匹《ぴき》も逃《のが》すな」

「はっ！」

従士が部屋の外に出ていき、一人になった部屋で伯爵は呟く。

「はやまりおって……」

伯爵は暫《しば》し昔を思い出しながら外の景色を眺めた。

◆　◆　◆

閑話　婚約《こんやく》破棄《はき》されて追放されましたが、なぜか聖女と呼ばれてます　～回復魔法が凄すぎて人生変わりました～

「よいしょっと！」

エレナは干し肉の入った袋《ふくろ》を持ち上げ、鍋《なべ》の横のテーブルに置いた。

「聖女様、そんな雑用はしなくても大丈夫ですよ！」

「あの、何度も言っていますが、私は聖女様ではないですからね！」

そう言ってエレナは炊《た》き出しの準備を続けていく。

もう何度も行っている炊き出しなので、エレナも慣れたものだ。

「エレナ、そろそろ」

「あっ！　そうだったね」

マリーサに呼ばれ、スラムの住人が集まっている方に行く。

そして深呼吸して、声を張り上げた。

「それでは怪我《けが》をしている方、集まってくださ〜い」

炊き出しの時、エレナはいつも治療《ちりよう》を行っていた。

貧しい人でも怪我を治せるように、無料でだ。

「聖女様！　お願いします！」

「この子、昨日から調子が悪くて――」

「俺は足を怪我しちまってさ……」

続々と集まってくる怪我人をマリーサが一列に並べていく。

「私は聖女様ではないですよ！」

「ちゃんと並んでくれ！　でないと治療出来ないぞ！」

なぜか最近『聖女様』と呼ばれるようになってしまったけど、本人としては畏《おそ》れ多いし困惑《こんわく》するだけだ。何度も訂正《ていせい》しているけど誰も聞き入れてくれなくて、エレナも半分諦めている状態。

エレナは小さく「よしっ！」と呟き、自分に気合いを入れる。

いつもは彼女《かのじょ》の先生が一緒に治療してくれて、彼女が治せないような大きな怪我をした患者《かんじゃ》も彼女が治してくれていた。でも、今日は一人で全ての患者を診《み》なければならない。先生は別の仕事で来られなかったからだ。

「しっかりしないと、ね……」

少し緊張《きんちよう》しながらも順番に治療していく。

一人、二人、三人。列は長く、まだまだ終わらない。

途中《とちゅう》、炊き出しのスープが完成しても、エレナは魔力ポーションを飲みながら治療し続けた。

「エレナ、そろそろ休憩《きゅうけい》しよう」

マリーサが良いタイミングで休憩を入れる。

エレナは額に汗《あせ》を浮かべ、その顔には疲労《ひろう》の色が見えていた。

「……うん」

「悪いが暫く休憩する。少しこのまま待っていてくれ」

マリーサがエレナを仮設テントの方に連れて行こうとする。

やはり一人でこの全ての患者を診るのは難しかったのかもしれない。

思い返してみると、いつもは先生が治療の大部分を引き受けてくれていた。だからこそ、この炊き出しでの無料診療《しんりょう》が成り立っていた。そのことを改めて思い知らされ、エレナはちょっぴり落ち込んだ。でも——

「うん！　よしっ！」

「エレナ？」

それでもすぐに切り替《か》え、前を向く。

これが最近、エレナが大きく変わったところだった。

以前のように後ろ向きで、すぐにマイナス思考になるのではなく、とにかく頑張《がんば》って一生懸命《けんめい》に前を向こうとする姿勢。それはエレナが先生との修行《しゅぎょう》によって得た変化だった。

その変化に気付き、マリーサは「フフッ」と笑う。

「どうしたの？」

「いや……。エレナは変わったな、と思ってね」

それも、良い方向に。

最初は若すぎるし少し怪《あや》しいと思ったけど、エレナの先生はエレナにキッチリと回復魔法を覚えさせ、こうしてエレナを変えた。もう、認めるしかない。

マリーサは自身もしっかりと前を向き、未来を考えようと思った。

しかし、そんな彼女らに、あまり聞きたくない声が近づいてきたのだ。

「邪魔《じゃま》だ！　どけっ！」

「道を開けろ！」

冒険者にしては上品な鎧を着た男らがスラムの住人らを蹴散《けち》らしてエレナに近づいてくる。

マリーサはエレナの前に立ち、険しい顔を見せる。

周囲の人々は困惑の表情を浮かべながら見守っている。

「久し振りだな、エレナ。……いや、エレナリア・サリオール」

そうして現れた男の顔を見て、エレナの顔が曇る。

「イラ様……」

同じ学院の生徒であり、元のパーティメンバーでもあり、エレナのかつての婚約者で、それを破棄した男。

その周囲には、いつもの取り巻きと、スミカと名乗ったいつぞやの少女もいた。

エレナの顔は強張《こわば》り、マリーサの服の裾《すそ》を握りしめている。

そのエレナの昔の癖《くせ》を背中に感じ、マリーサはエレナを守るためにもう半歩、前に出た。

「最近、派手にやってるそうだな」

「……どういうことでしょう」

質問のような言葉にエレナは慎重《しんちょう》に答える。

「聖女だなんだと名乗り、こうやって貧民《ひんみん》共に施《ほどこ》しを与えているのだろう？」

「……聖女と名乗ってはおりません」

「おいおい、とぼけるなよ。お前が聖女と呼ばれて調子に乗っていることぐらい、調べがついてるんだぜ」

「そんなことは――」

取り巻きAの言葉にエレナが反論しようとした言葉を遮りながらイラが言葉を放つ。

「まぁそれはどうでもいい。とにかくその力、我々が上手く使用してやることにした。ついてこい」

「ど、どういうことです？」

エレナが困惑の表情を浮かべている間に取り巻きの一人が無遠慮《ぶえんりょ》にズカズカと近寄ってきてエレナの腕を掴んだ。

「痛ッ！」

「おいっ！　止めろ！　どういうことだ」

マリーサが剣を抜こうとするのをエレナが押し止《とど》める。

「どうもこうもない。お前とまた婚約するなどお断りだが、その力は使ってやるというのだ。行くぞ」

イラがそう言うと、エレナの腕を掴んでいた取り巻きがグイッと遠慮なくエレナの腕を引っ張り、強引《ごういん》に連れて行こうとする。

無理に引っ張られたエレナが痛みで顔を歪《ゆが》める。

異様な光景に周囲の人々は理解が追いつかない。

そんな中、その無茶苦茶なやり方に我慢の限界に達したマリーサが怒りの表情で剣のロックを親指でピンッと外す。そして覚悟を決めた。

ここで剣を抜けば、奇襲《きしゅう》なら一人は斬れる。二人目もいけるかもしれない。しかし三人目は分からない。四人目については絶望的だ。

そして仮に全てが上手くいったとしても、ここで剣を抜けば――死は免《まぬが》れない。

ここで剣を抜けば間違いなく重罪人になる。上手くこの場を逃れても、いずれどこかで処刑《しょけい》されることになるだろう。しかしそれでも、ここで引くわけにはいかなかった。

ここでエレナを渡《わた》してしまえば、どんな扱いをされるか分からない。

マリーサは昔の記憶《きおく》を走馬灯のように思い出していく。

子供の頃、初めてエレナに会った日のこと。最初は彼女の年の近い友人としてあてがわれたが、いつしかエレナのことを本気で守りたいと思うようになり、魔法の才能がなかったので剣の道に入ることにした。執事の子が剣の道に進むことを両親は反対したけど、マリーサは絶対に譲《ゆず》らなかった。

そして心配しながらも応援してくれたエレナの顔。二人で一緒に祝った誕生日。学院で無二の親友を見付けたというエレナの父の言葉を聞き、二人で学院に夢を抱《いだ》いていたあの頃。……学院での絶望感。

もう二度とエレナにはあんな顔はさせないと誓《ちか》ったのに、今ここでその顔と震える手を見ている不甲斐《ふがい》なさ。

全ての想《おも》いを胸に秘《ひ》め、マリーサはカッと目を見開く。

そしてエレナとその家族に累《るい》が及ばないよう祈《いの》りながら右手に全力で力を込めた。

次の瞬間《しゅんかん》――

「気安く聖女様に触ってんじゃ！　ねぇぞ！」

横から飛び込んできた男がエレナを掴んでいる取り巻きをぶん殴った。

放《ほう》り出されて体勢を崩《くず》したエレナをマリーサが慌てて引き寄せる。

「俺はこの足を聖女様に治してもらったおかげで今がある。どこぞの偉《えら》いさんのクソボンボンかは知らないが、聖女様に乱暴するヤツはこの俺が許さんからな！」

「あなたは……」

エレナはその男になんとなく見覚えがあった。

その男はエレナが炊き出しを始めて最初に治療した冒険者だった。

ただ、この場にエレナの先生がいたのなら『いや、あの怪我はエレナでは治せなかったから僕《ぼく》が治したよね!?』と鋭《するど》いツッコミを入れたはずだが、この場にはそんな空気の読めない男はいなかったので話はそのまま進んでいく。

「そうだ！　聖女様になにしやがる！」

「ふざけんじゃないわよ！」

「とっとと失《う》せやがれ！」

固まっていた周囲の人々も男の勇気に動かされたのか、口々に罵声《ばせい》を浴びせていった。

その勢いに取り巻きらが少し怯んで後退する。が、勢い付く人々を黙らせる男がいた。

「お前ら……俺様を誰だと思っている！　俺はこの国の王太子、イラジャイ・ソルマズだぞ！」

イラが苛立ちながらそう言った瞬間、周囲の人々に動揺《どうよう》が走る。

「王太子……」

「王太子って本当なのか……？」

「お、おい。どうすんだ？」

人々に先程《さきほど》までの勢いは消え失せていく。

「まったく、この卑《いや》しい貧民共が……。おいっ！　目障《めざわ》りだ、殺せ」

「はっ！」

イラの後ろに控《ひか》えていた護衛が剣を抜き、取り巻きを殴った冒険者に斬りかかった。

「は？」

飛び散る鮮血《せんけつ》。倒《たお》れていく体。

彼は剣を抜く間もなく袈裟《けさ》懸《が》けに斬り捨てられた。

「俺に逆らい、貴族に暴行を加えた罪をその命で償《つぐな》え」

「あぁ！」

エレナが倒れた冒険者に駆《か》け寄り、両手をかざす。

「今治しますから！　光よ、癒《い》やせ《ヒール》」

「聖女……様……」

冒険者はゴプリと黒い血を吐き、手を震わせる。

「どうして⁉　どうしてこんなことを！　彼だってあなたの――この国の民ではないですか！」

エレナは叫んだ。

「民、だと？　こいつらがか？」

イラは喉《のど》の奥でククッと笑う。

「こんな掃《は》き溜《だ》めに住むゴミなど税金も払《はら》いやしない役立たずの虫けらだろう？　民などではないわ！」

「そんな！」

その言葉に多くの人々が俯き、体を震わせた。

それは怒りから来る震えなのか。それとも恐怖《きょうふ》なのか、情けなさなのか。分からないが、誰もその場を動けなかった。

「傷が塞がらない！　どうして⁉」

エレナは涙を浮かべながら懸命に治療しようとする。

しかし、残念ながらその傷はエレナの魔法で治せるモノではなかったのだ。

それでもエレナは一生懸命、治療しようとする。

「ごめんなさい……ごめんなさい……」

エレナは懺悔をするように、大粒《おおつぶ》の涙を流しながら治療を続ける。

「聖女、様……いいんだ……もう、いいんだ……」

「よくない！　よくないよ！　お願い！　治って！」

エレナの懸命《けんめい》な治療にもかかわらず、男の動きは次第に鈍《にぶ》っていく。

「茶番はもういいだろ。おいっ！　早く来い！」

「とっとと立てよ！」

取り巻きがまたエレナの腕を掴もうとした時、今度こそマリーサは覚悟の剣を抜き放ち、切っ先を取り巻きに向けた。

「いい加減にしろ！　エレナはどこにも行かん！　お前達の好き勝手にはさせんぞ！」

「マリーサ！　駄目《だめ》！」

エレナが止めようとするが、もう遅《おそ》い。

王族に剣を向けた以上、マリーサの処罰《しょばつ》は免れないのだ。

「ほう……貴様、俺に剣を向けることがどういうことか、分かっているんだろうな！　国家反逆罪だぞ！」

国家反逆罪。その言葉に周囲の人々に動揺が走る。

しかしマリーサは覚悟を決めた顔でまっすぐに前を見る。

「だったらどうした！　ここで主を守れなければ、騎士失格だ！」

そして友達としても失格だ、とマリーサは強く思った。

マリーサは言葉を続ける。

「ここで諦めたら、一生エレナの顔をまっすぐに見られなくなるんだよ！」

マリーサのその叫びに、周囲の民衆の中にも顔色を変える者達がいた。

いつもは聖女聖女と呼んでいたのに、ここでなにもせずに見過ごしたら次にエレナと会った時その顔をマトモに見られるのかと。

そんな彼らの葛藤《かっとう》を他所《よそ》に、マリーサと護衛の戦闘《せんとう》が始まる。

護衛の剣を受け、流し、避《よ》け、反撃する。

それは鬼神《きじん》のような強さで、学院の生徒のレベルでは到底なく、一流の剣士の剣だった。

しかし、王太子であるイラの護衛とは近衛《このえ》騎士団の一員であり、近衛騎士団とは王国一の猛者《もさ》を集めた集団である。いくら学院で優秀であっても、そもそも学院の生徒と近衛騎士団では格が違いすぎたのだ。

次第にマリーサの体に傷が増え始め、押されていき、剣を捌《さば》ききれなくなってきて――

「ぐふっ……」

マリーサの胸に剣が吸い込まれた。

「マリーサ！」

マリーサの耳にエレナの叫び声だけが響く。

剣が引き抜かれ、マリーサはゆっくりと後ろに倒れていく。

世界がスローモーションになっていく。

そんなゆったりとした世界の中で目の端《はし》に映るエレナを見て、マリーサは自分が『守れなかった』ことを思い知る。

「あぁ……」

その絶望感が倦怠《けんたい》感によって打ち消されていく。

生ぬるい安らぎ。

体から力が抜け、そのままエレナの腕の中に飛び込み、その温かさを知る。

「駄目！　駄目だよ！　マリーサ！　光よ、癒やせ《ヒール》」

しかしマリーサを貫いた深い傷は治らない。

ヒールにはそこまでの能力はない。

必死に治療しながら、腕の中でゆっくり弛緩《しかん》していくマリーサを感じ、エレナは絶望の足音を聞く。

「なんだ、それも治せないのか。聖女などと呼ばれているのに使えんな。やはり無能は無能。我々には必要ない、か」

「だから私は最初からそう言っているじゃないですかぁ」

スミカがイラにしなだれかかりながら言う。

「そうだったな。内務卿が聖女だなんだと言うから来てみたが、とんだ無駄足《むだあし》だ」

「もう帰りましょう。私、そろそろお茶にしたいです！」

「そうだな」

一行は何事もなかったかのように踵《きびす》を返す。そしてティータイムを彩《いろど》る茶菓子《ちゃがし》の話題について語っている。

しかしエレナはそれどころではなかった。ただただ必死にヒールをかけ続ける。

「あぁ……駄目だよ……」

大粒の涙を流し続けながら、必死に、必死にマリーサを治そうとする。

エレナにとっては最初の友達で、一番の親友。失うわけにはいかない大切な人。

しかし、治らない。治せない。エレナでは、治せない。

こんな時に先生がいたら治せたのだろうか、とエレナは思う。でも、先生はここにはいない。今は自分でなんとかするしかない。

「マリーサ！　お願い！　マリーサ！」

エレナの叫び声が響く。

その声に一人の男が顔を上げる。

「ふ、ふざけ、るなよ！」

男は民衆の中から一歩二歩と進み出て腰の剣に手を伸ばす。

「なにが王太子だ！　聖女様にこんな酷い仕打ちをしやがって！　ここで黙ってちゃ一生お日様の下を歩けねぇ！　仲間や娘に合わせる顔がねぇんだよ！」

そう言って剣を抜き放ち、切っ先を王太子に向けた。

すると、それに続く者が現れる。

「……そうだ、な。このままお前らをタダで返しちゃ、俺は一生後悔《こうかい》する。そんなのはごめんだぜ！」

「あぁ、ここでなにもしなきゃ男がすたるってもんよ！」

「ゴミだの虫けらだの好き勝手言いやがって！　お前らなんぞが治める国なんざ、こっちから願い下げだ！」

一人の男の言葉が伝染していき、大きなうねりになっていく。

やがてそれが群衆全般《ぜんぱん》に伝染し、スラムの住人だけでなく騒《さわ》ぎを聞きつけて遠巻きに集まってきていた町の住人にも広がっていく。

これまでの国に対する不満が、出口を見付けたかのように口から飛び出してくる。

「お前らが増税したせいで、うちの店は……」

「こんな不景気なのに、のんきにお茶だと？　ふざけやがって！」

「俺は知ってるぜ！　ラディン商会から金貰って鉱山を止めたのはこの王太子だってな！」

「それは本当か⁉」

人々の敵意が広まって、王太子一行を包んでいく。

その雰囲気《ふんいき》に少し圧され、イラは怒鳴《どな》り声を上げた。

「黙れ下民が！　お前ら一族郎党《ろうとう》、国家反逆罪で死刑《しけい》にされたいのか！」

護衛が一気に抜剣《ばっけん》し、イラを囲むように広がって民衆に剣を向けた。

それに民衆がたじろいで半歩下がり、膠着《こうちゃく》状態が生まれる。

「どいつもこいつも国に逆らいやがって！　おいっ！　見せしめに数人殺せ！」

その言葉で護衛が前に出てターゲットを探し、一人の女性の前に進み出た。

それは、エレナと一緒に炊き出しに協力していた女性だった。

「な、なんだい！　私を殺そうってのかい！」

女性は持っていた料理用の棍棒《こんぼう》をギュッと握りしめ、剣のように前に出した。

「女だからって舐めんじゃないよ！　こちとら人生の酸《す》いも甘《あま》いも経験してるんだい！　人の後ろに隠れるしか能のないそこのボンクラより度胸はあるんだからね！」

女性はそう言いながらシュッシュッとスイングをし、王太子を睨む。

「なんだと！　王族侮辱罪《ぶじょくざい》だ！　そいつを殺せ！」

「はっ！」

護衛が剣を振り上げる。

周囲の誰もが息を呑んだ。

そして剣が振り下ろされようとした瞬間――奇跡《きせき》が起きた。

「ん？」

どこからともなく聞こえてくる馬の蹄《ひづめ》の音。

そうして民衆や建物を飛び越え、白い影《かげ》が舞い降りた。

「あれは！」

「ユ、ユニコーン……」

「ユニコーンだ！　ユニコーンが現れた！」

白い体に額から一本の角を生やした馬、ユニコーン。それが民衆の真ん中に降り立ち、エレナの顔を見つめていた。

「ユニコーン……」

エレナはその名を呼ぶ。

ユニコーンはエレナの方に近づいていき、エレナに顔を寄せる。

「お願い、ユニコーン！　助けて！　お願い……」

「……」

エレナは大粒の涙を流し続けながらすがるように頭を下げた。

ユニコーンはなにも言わずにそれを聞き、頭を落として角をマリーサの方に向けた。

次の瞬間、暖かい光が角から発せられ、マリーサの体を包んでいく。

すると青白くなってきていたマリーサの顔に赤みが戻り、マリーサが「ゴホッ、ゴホッ」と咳《せき》をして目を覚ました。

「私は……どうして？」

不思議そうな顔で目覚め、そうして目の前の白い馬を見て「ユニコーン……」と呟く。

その後ろでは、最初に斬られた冒険者の男もついでに復活し、ムクリと起き上がって「ここはどこだ？」と周囲を見回している。

「マリーサ！」

「エレナ？　私は助かったのか？」

エレナがマリーサに抱きついた。

群衆はそれを見て言葉を失っている。

そして、抱き合う二人とついでの男一人を見ていた人々の中から、どこからともなくポツポツとある言葉が発せられていった。

「奇跡——」

奇跡。その言葉が群衆の中に広まるのに時間はかからなかった。

それはどんどん広がって、やがて街中に伝播《でんぱ》していった。

「なにをしている！　ユニコーンがなんだ！　早く殺せ！」

「いや、しかし……」

王太子一行は内輪揉《うちわも》めを始める。

この国でユニコーンとは『聖女と共にある神の御使《みつか》い』である。聖女ステラが残した伝説のおかげでこの国にはそのイメージが民衆の隅々《すみずみ》まで浸透《しんとう》しているのだ。なのでユニコーンに剣を向けるなど不敬であり自殺行為に近かった。

「ユニコーンは聖女と共にある……」

「ユニコーンは神の御使い……」

「神のお告げ……神託《しんたく》――」

人々の中に『神託』という言葉が広まっていく。

止めどなく広がっていく。

その中心であるユニコーンは、炊き出しで配られるはずだったオランの実をモグモグ食べている。

そして一人の男が叫んだ。

「テスレイティア様は聖女様をお見捨てにはならなかった！　ユニコーンをここに遣《つか》わし、我らを導いてくださっている！　なにを恐《おそ》れる必要があるのか！」

群衆の中から「確かに！」とか「神のご意志だ」など男に同意する言葉が発せられる。

男はもっと声を大きくし、叫んだ。

「天意は聖女様にある！」

その言葉に周囲から「オォォオオオオ！」という地響きのような声が上がる。

周囲の誰もが武器を取り、武器がない者は石でも鍋でも丸太でも手近な物を掴み頭上に掲《かか》げて叫んだ。

「聖女様を守れ！　神は我らにお味方くださる！」

「王太子を叩き潰せ！　絶対に許すな！」

「全員、俺に続け！　突っ込めぇぇぇ！」

「オォォォォ！」

地響きのような音と共に群衆が鬼神のように突っ込んでいく。

その姿は圧巻で、その場にいた誰しもが血湧き肉躍《おど》った。

「殿下！　ここはもう保《も》ちません！　一旦《いったん》、王城へ退却《たいきゃく》しましょう！」

「なにを言っている！　下民ごとき全員撫《な》で斬《ぎ》りにしろ！」

「無理です！　数が違いすぎる！」

護衛の一人が王太子を引っ掴み、剣を振り回して突破口《とっぱこう》を作り城の方に退却していった。

◆　◆　◆

閑話　教会の不正

地下にある部屋の中、ステラ教会の司祭であるサディクは、立ったまま机の上にある書類をアレコレ探《さぐ》り、そのおぞましき内容を確かめていた。

「なんと……」

サディクは本棚《ほんだな》にあった本も素早《すばや》くめくり、その内容をざっと読み取っていく。

読めば読むほどサディクの顔は険しくなっていき、その内容が好ましいモノではないと見て取れた。

そうしている内、部屋の外でコツコツと足音が響いてきて、それが扉の前で止まる。そしてギイィと音を立てて扉が開いた。

「……」

扉を開けたのはローブで全身を覆《おお》った仮面の人物。

その仮面の人物は部屋の中にいたサディクに気付くなり杖《つえ》を構えて戦闘態勢を取る。

しかしそれに動じず、サディクは本を読みながら口を開いた。

「まさか大教会の地下でこんな実験をしているとは……想像すら出来なかった」

「……どうしてここにいる」

仮面の人物が低くくぐもった声で問う。

「私もかつてはこの大教会でそれなりの役職を持っていた身。地下の隠し通路ぐらい把握《はあく》しておるよ」

「……なぜ気付いた」

仮面の男は部屋の中に一歩踏《ふ》み込みながらまた問う。

「相変わらず質問が多い男だ……。そうだろう？　メンデス。いや、今はメンデス教会長と呼ぶべきですかな」

「……」

メンデスと呼ばれた男は暫く沈黙した後、ゆっくりと仮面を外した。

「久し振りだな」

「えぇ。こんな形で再会するとは思いもしなかったがね」

サディクは本を閉じ、それを机に置いた。そして言葉を続ける。

「我々は時に忘れそうになる……神からいただいた恩寵《おんちょう》をね。そうは思わんか？」

「……」

サディクは天井《てんじょう》付近に浮遊《ふゆう》していた光源の魔法の玉を降下させ、右手の上に移動させる。

「我々、教会に属する者は当たり前に使っているこの光源の魔法も一般社会では使える者が少ない、それなりに珍しいモノなのだ。我々はこれが当たり前すぎて時にそのことを忘れてしまう」

「……なにが言いたい」

「見た者がいるのだよ。仮面の怪しい人物が色々と動いているのをね。そしてその怪しい者達は光源の魔法を当然のように使っていたという。いくつか証言を得たが、皆《みな》が口を揃《そろ》えてそう言うのだよ」

「……」

「私は光属性持ちが集まる場所を一つしか知らない。そして、そんな人らが人知れず悪巧《わるだく》みをするとしたらこの地下の隠し通路しかないと考え、ここに来てみた。それだけのことだよ」

「そうか……」

サディクは光源の魔法の玉を天井に戻し、メンデスに向き直る。

「さて、そろそろこちらの質問に答えてもらう番だろう」

サディクは一冊の本を机から取り、それをメンデスに見えるように持った。

「人造聖女計画……。これはなんだ？」

「……」

「人には聞くだけ聞いて、自分は答えないつもりか？」

メンデスは息を吐き、持っている杖の石突で地面をカツンと突いた。

そして堰《せき》を切ったように喋《しやべ》り始める。

「聖女ステラの生《お》い立ちは特殊《とくしゅ》だった。スラムに生まれ落ち、極貧《ごくひん》の中で育ち、いつの間にか強大な力を持ち、人には成し得ないような功績を上げ、気が付けば聖女として覚醒《かくせい》されていた。そんなことはほとんど後世には伝えられておらず、口伝やこういった禁書にしか残されていないがな」

メンデスは近くにある本棚を指し示した。

「私は考えたのだ。もし、聖女ステラの覚醒がその特殊な生い立ちにより成されたモノだとしたら、となJ」

「バカなことを……。そのようなこと、あろうはずもない」

「本当にそうかな？」

メンデスは部屋の中を進み、サディクの横を通り過ぎて部屋の奥にある扉の前に立った。

「聖女ステラが幼少期に毎日のように食べていたモノがある。それはこの地では安価で手に入り腹を満たせるが、軽度の毒性があり食べ過ぎると精神に異常をきたす。だが、それを大量に食べ続けていたはずの聖女ステラに異常は見られない。私はそこに秘密があるのではないかと考えた」

メンデスは扉を開き、中をサディクに見せる。

「そして長い実験の結果、私は見付けたのだ。クラクラ茸《だけ》の中に回復魔法の効果を増強出来る成分があることをな！」

部屋の中にあったのは手術台のようなベッドと檻《おり》。

檻の中には生気のない顔の人間が転がっていた。

「回復魔法に影響《えいきょう》する成分が出てきた以上、これは間違いなく聖女を創り出すための重要な要素の一つなのだ！」

「……お前は、なにも分かっておらんのだな」

「なに？」

呆《あき》れたような、哀《あわ》れみを帯びたような声を出したサディクにメンデスは苛立ちを覚えた。

「聖女とはそのようなモノではないのだ。回復魔法がどうとか、そういう問題ではない。あれは我々の知る回復魔法――光魔法とは完全に別物の存在。仮に一般的な回復魔法の効果を上げる効能がそれにあったとしても、そこに関連性はないのだよ……」

「なにを意味不明なことを――」

「それに、もしその話が本当だったとして、それがなんだ？　このような悪事に手を染めて聖女を創り出したとて、それがなんになるのだ？」

メンデスは嘲《あざけ》るように鼻で笑う。

「甘いことを……。多くの人々を救うには多少の犠牲《ぎせい》が必要な場合もある。スラムの人間が多少犠牲になるだけで崇高《すうこう》な研究が進むなら安いモノだろう？　実際、スラムで数人消えても誰も気にしなかったしな」

「スラムの人々が消えていたのはお前の仕業《しわざ》だったのか……」

「だとしたらどうするんだ？」

「決まっておろう。ここで止めるしかあるまい」

サディクは持っていた杖を構える。

それを見てメンデスは天井からぶら下がっていた紐《ひも》を引っ張った。

するとメンデスの後ろ側から仮面の男らがゾロゾロ出てきた。

彼らはその手に様々な武器を握っている。

「私にはそれなりに賛同者がいてね。……久し振りに研究について話せて楽しかった。礼を言うぞ」

「大教会がそこまで腐《くさ》っているとは……。だが、私がただ闇雲に一人で乗り込んできたと思っているのか？　もう出てきていいぞ」

サディクがそう言うと、サディクの後ろの扉から二人の人間が入ってきた。

「お前は……鉄拳《てつけん》のフービオ、それに鮮血のブライドンか」

「教会長様に二つ名まで覚えてもらえてるとは、光栄だな」

「俺もまだまだ捨てたもんじゃねぇな！」

冒険者ギルドのギルドマスターであるフービオと、今は宿屋のオーナーであるブライドン。冒険者は引退したが巨漢《きよかん》の二人が入ってくるだけで威圧《いあつ》感が増した。

「大人しく投降しろ。痛い思いはしたくないだろう」

「お断りだ。こんなところで崇高な研究を終わらせるわけにはいかんのでな」

「そうかい。じゃあ仕方ねぇな……」

そうして言葉のやり取りが終わり、静かに両者が戦闘態勢に入っていく。

広くもない部屋の中でお互いがジリジリと距離《きょり》を詰め――激突《げきとつ》した。

◆　◆　◆

閑話　ニック

「ふ～……今日も酒が旨い！」

ニックは今日も冒険者ギルドに併設《へいせつ》された酒場のカウンターに陣取《じんど》り、美味《おい》しく酒を飲んでいた。

「それぐらいにしとけよ。ちょっとペースが速いぞ」

「わぁってるよ！」

マスターの小言に返し、また「もう一杯！」と注文した。

冬場、それなりに稼ぎが安定した冒険者は二通りの行動を取る。一つは冬場でも働ける場所を見付け、冬の仕事をこなす。もう一つが、冬場の仕事を諦めて秋に蓄《たくわ》えたモノで英気を養う。どちらが正しいとは一概《いちがい》には言えないが、それなりに若くて上を目指す冒険者ならどんどん功績を上げる方を選ぶ傾向にあるだろう。

問題はそれなりに歳《とし》を食った冒険者だ。

自分の力量や限界が見えてきて、頑張っても女神《めがみ》の祝福が与えられなくなり、全てにおいて停滞《ていたい》してくる。そうなると無理して頑張っても上は狙《ねら》えないのだから無理はせずに安定的な仕事しかしなくなってくる。冬場なんかは余計に無理して働く気がなくなるものだし、ゆったりと一日を過ごしたりする。

それを人は『老い』と関連付けたりもするのだが、それもまた一つの冒険者の生き方であるし、そういった冒険者にも重要な役割があったりする。

「よう！　ニックの旦那《だんな》。今日も朝から酒浸《さけびた》りかい？」

「うるせぇぞ小僧《こぞう》。一流の冒険者は冬には仕事はしないもんだ」

「ははっ！　相変わらずだな！　……実はな、最近ちょっと困ってることがあって――」

「あぁ？　まぁ……それなら町の西にある――」

若い冒険者の相談に乗る。

誰が決めたわけでもないが、そういう役割もあるものだ。

若い冒険者は彼らから話を聞き、成長していき。情報や経験といった形のないモノも受け継がれ、時代は続いていく。

「大変だ！」

若い冒険者が冒険者ギルドに飛び込んできて叫んだ。

その様子が尋常《じんじょう》ではなく、ニックは席から立ち上がって男の方に歩み寄って話を聞く。

「どうした？　喧嘩《けんか》でもあったのか？」

「そんなもんじゃねぇ！　門の……門の前で戦闘が始まってる！」

その言葉に周囲の冒険者らがざわつき、周囲に緊張が走った。

ニックの表情が少し曇る。

場合によっては町中にも大きな被害が出るかもしれない。こういう場合、どう動くにしても素早く状況を判断して迅速《じんそく》に次の行動の方向性を決めなければならない。

対処出来る状況なら早急《さっきゅう》に対処した方がいいし、最悪の場合は町から逃《に》げることも選択肢の一つになる。ここの判断を間違えたり遅かったりすると、この世界では生き残れないのだ。

「モンスターか？　それともどっかの軍か？」

「モンスターじゃない！　貴族？　かなんかが町の人間とやり合ってんだよ！」

「は？」

ニックは状況がまったく掴めなかった。

貴族が揉め事を起こすことはある。しかし大騒動《おおそうどう》に発展することはあまりない。貴族と争っても良いことはないし、どこかの段階で騒動は大きくならずに終わるモノだ。しかし今回は『戦闘』が起こっているらしい。それはまったく意味が分からない状況である。

「どれぐらいの規模だ？」

「数人とかじゃない！　一〇〇人以上は確実にいた！」

想像以上に大きな規模に、ニックは自分では判断しきれないと考え冒険者ギルドの受付を見た。

「ギルマスはいるか？」

「昨日の夜からお戻りになってません」

「どこにいる？」

「それが、分からないのです……」

ギルドマスターがいないと冒険者全体を動かすような決定は出来ない。

しかし時間は待ってくれない。

となると、今は個人でなんとか状況を見極《みきわ》めて立ち回るしかないだろう。

「少し様子を見てくる」

そう言ってニックは冒険者ギルドの外に出る。

遠くに聞こえる騒ぎの音。

周囲は人が普通に行き交っており、まだ混乱は起こっていない。しかし遠くで聞こえる喧騒《けんそう》に異常さを感じたのか、いつも以上に大通りに人が集まってきていた。

とりあえず問題の中心地に向かおうと考え門の方に行きかけた時、その元凶《げんきょう》らしき集団が門の方から現れた。

上等な胸当てや剣に身を包んだ護衛らしき男らが貴族の子弟《してい》らしき子らを引き連れ、時に雪に足を取られながらも道を走ってきたのだ。

「どけっ！　邪魔だ！」

「道を開けろ！」

彼らはそう叫び、なにかを警戒《けいかい》しているのか剣を振り回して進行方向の人間を近づけさせないようにしている。

その異常とも言える警戒度合いにニックは不信感を覚えた。

その時――

「あっ……」

騒ぎの見物にでも来たのだろうか、路地から走ってきた子供が大通りに飛び出してしまった。

しかも、よりによって貴族の護衛の前に。

「近づくなと言っただろうが！」

それに気付いた護衛の男が剣を振り上げ、振り下ろそうとする。

「なっ！」

ニックは驚愕《きょうがく》する。

いくら貴族が特権を持っているとはいえ、いきなり子供に斬りかかるなどなかった。しかしそれが目の前で起きようとしている。

その刹那《せつな》、ニックの心に様々な感情が渦巻《うずま》き、頭の中では崩壊《ほうかい》したコット村の映像が再生されていた。そして、ある冒険者から聞いた言葉をチラリと思い出す。

その瞬間にはニックの体は勝手に動いていて、これまでに感じたことのない神速で相手に接近し、雷鳴《らいめい》のような音を発しながら雷《かみなり》のような速度で抜剣して護衛の剣を受け止めていた。

「相手は子供だぞ！　いきなり斬ろうとするヤツがあるか！」

「黙れ！　逆らう気か！」

ギリギリと軋《きし》む剣。周囲の驚きの声。

考える前に助けてしまったものの、この先どうすればいいのかニックにも分からない状況になってしまった。

しかも間の悪いことに王城の方から兵士達が走ってくるのが目の端に映る。

ニックは頭の中で舌打ちをし、打開策を考えようとするも、答えは出ない。

「なんの騒ぎだ！」

「我々は王太子殿下の護衛だ！　見ての通り殿下が暴徒に襲撃されている！　今すぐに暴徒を鎮圧《ちんあつ》せよ！」

「はっ！」

ニックは最悪中の最悪の状況に頭を抱《かか》えそうになるが、生憎《あいにく》と両手は使用中で頭は抱えられなかった。

「王太子……万事休《ばんじ》す、か」

そう呟いた後、倒れている子供に「すぐに逃げろ」と言い、覚悟を決める。そして力任せに護衛の剣を撥《は》ねのけた。

王太子一行相手に剣を抜いた時点で人生はほぼ終了と言っていい。

「まったく……いつからこんな国になっちまったんだろうな？」

愚痴《ぐち》をこぼしながら剣を構える。

何年も前からずっとマズそうなところはあった国だが、ここまでは酷くはなかった。

思い返せばアルッポのダンジョンが消滅した頃から余計におかしくなった気もする。が、一介《いっかい》の冒険者でしかないニックには詳《くわ》しい因果関係は分からない。

兵士達がニックを囲むように配置され、異常さに気付いた町人が逃げていく。

「あ～……あれ、なんだったか。確かモモクリサン……」

さっきの瞬間、頭に浮かんだ言葉を思い出そうとする。

冒険者ギルドでよく話す若い冒険者から聞いた言葉だった。

若いくせに妙《みょう》に落ち着いた少年で変な深い知識も多く持っており、いつもとは逆に教わることもあって妙にニックの頭の中に残っていた言葉。それは『桃栗《ももくり》三年柿《かき》八年』であるが。

ニックはその言葉を完全には思い出せなかったが、意味は思い出せた。

「確か、何事も成すまでにはそれなりの時間がかかる、とかそんな話だったな」

ニックはこの絶体絶命の中で妙に落ち着いていた。

なんだかもう吹っ切れたのかもしれない。

「成すまでに時間がかかるのなら、早く始めなきゃいつまでも変わらん、か」

「なにを意味不明なことを！」

襲いかかってきた兵士の剣を弾《はじ》き、蹴《け》り飛ばす。次の兵士の剣を捌いて軌道《きどう》を逸《そ》らし、また蹴り飛ばす。

「抵抗《ていこう》するか！」

「抵抗しなきゃ殺されるんでな」

知らなかったとはいえ、王太子に剣を向けた時点で死罪である。抵抗しないだけ損だ。

だが、多勢に無勢。抵抗してもどれだけ意味があるのか分からない。絶望的な状況に変わりはない。

そうこうしているとニックの後ろで剣を抜く音が聞こえた。

「まったく……見ず知らずの子供を助けるために国に喧嘩売るたぁニックの旦那らしいぜ」

「だな」

「なんだかんだでお人好《ひとよ》しなんだよね」

さっきまで冒険者ギルドの中にいた冒険者らが武器を取り出し、ニックの横に並び立っていた。

「おい……お前ら、勝ち目のない戦いなんだぞ！」

「まぁ、旦那には世話になったしな」

「あんたにならこの命、預けても構わねぇ」

「私も最近のこの国には我慢ならなかったんでね。もう未練はないさ！」

冒険者ギルドの中からゾロゾロと冒険者が出てくる。

「う～い……。なんだ？　ワシの誕生日パーチーか？」

ついでにブルデン爺《じい》さんも酒瓶《さかびん》を持ったまま出てきた。

「お、お前ら！　冒険者が国に逆らってただで済むと思っているのか！」

守備隊の隊長が剣をニックに向けながら叫ぶ。

それに呼応するかのようにニックも叫んだ。

「お前らはコット村で虐殺《ぎゃくさつ》を行い、ここでまた住民を殺そうとした！　もう、うんざりしてんだよ！」

その言葉に事情を知っている冒険者らは頷き、詳しい事情をまだ知らない一般人は驚いた顔をする。

「虐殺だって――」

「俺も聞いた。コット村はもう壊滅状態だと」

「流石にそれは――」

民衆の中に様々な感情が広がっていく。

その感情は様々なモノだったが、確実に国に対してはポジティブなモノではなかった。

すると、民衆の中から一つの声が上がる。

「俺は知ってるぞ！　そこにいる王太子がラディン商会から賄賂《わいろ》を受け取って、ラディン商会が鉱石を買わなくていいようにしたんだ！　だから鉱山は停止したし、だから俺達は失業したんだ！」

どこからともなく聞こえたその言葉に民衆の心は揺《ゆ》れる。

この町の住人なら景気が悪い理由が鉱山の停止にあることは百も承知。それは大きな問題で大変なことではあるが、詳しい事情を知ることがない一般人には天災と同じで諦めるしかないことでもあった。しかし、その元凶が目の前にいて、しかもそれが自らの私腹を肥やすために行われたとしたらどう思うか。

「王太子が賄賂を受け取った……」

「賄賂を稼ぐために鉱山を止めたのかよ」

「増税もこいつのせいじゃないか！」

言わずもがな、その場の全ての敵意が王太子に降り注ぐ。

それまでただの傍観者《ぼうかんしゃ》だった町の住民も、今にも襲いかかりそうな空気に包まれている。

その時、門の方から王太子を追ってきた民衆が数を増やしながらなだれ込んできた。

「いたぞ！」

「王太子だ！　やっちまえ！」

「国軍がなんだ！　調子に乗るんじゃねぇぞ！」

ニックら冒険者を囲んでいた兵らが後ずさり、その大通りは次第に国軍と民衆の二つの勢力に分かれていった。

「お。俺は知らんぞ！　知らんからな！　守備隊！　早くなんとかしろ！」

王太子が叫び、守備隊長が慌てて陣形を組み直すが、その場の形勢は完全に逆転していた。

「全隊、鎮圧せよ！」

次の戦いが今始まる。

門の外で始まった小さな騒動は、こうして火種を撒《ま》き散らしながら国を揺るがす大騒動になったのだった。

◆　◆　◆

閑話　そうして伝説へ……

「あれは……どうなっている⁉」

エムレ・サリオール伯爵は王都ソルマールを望む丘《おか》の上でそう叫んだ。

王都は何故か混乱しているようで、王城からは黒煙《こくえん》が上がっている。

「現在、調査中ですが、何者かが王城を襲撃していると思われます」

「反乱、か」

「恐らくは」

「天は我らを見放さなかった、か……」

サリオール伯爵は空を見上げ、目を閉じる。

サリオール伯爵の進軍は分が悪い賭《か》けだった。軍の規模は王家の方が上であるし、人質は取られているし、城攻《しろぜ》めという本来なら不利な戦いを行うわけで、良い要素なんてほぼない状態。勿論、覆《くつがえ》すための策は時間をかけて準備していたのだが、それを含《ふく》めても勝率はそこまで高くはなかった。

なのに今、天に導かれたとしか思えない好機が目の前にある。その場にいた誰しもが神の見えざる手を感じざるを得なかったのだ。

サリオール伯爵は後ろに控える自軍を振り返り、叫ぶ。

「見よ！　天はソルマズ王家の悪政をしっかり見ておられたのだ！　天意は我らにある！　全軍、進め！」

その言葉に全ての兵士が雄叫《おたけ》びをあげ、王都に向けて進軍していった。

そうして王都ソルマールに様々な目的や理由で剣を取った者が集まり、それぞれの信念のために戦った。

後の世では『革命の日』や『ソルマズの落日』などと呼ばれたその日は、ザンツ王国にとっては歴史が塗《ぬ》り替わる大きな転換点《てんかん》となったのだ。

しかし、この日の出来事には不審《ふしん》な部分が多く、後世の歴史家の中には疑問視する声も多い。

まず『聖女』と呼ばれたエレナリア・サリオールが王都のほとんどの住民や冒険者らを味方に付

け、そこに父であるサリオール伯爵をも呼び、一日で大教会を断罪し、当時の王家を壊滅させたという話は流石に盛りすぎである、というのが大多数の歴史家の意見である。

恐らく、サリオール伯爵が娘の影響力を上手く使い、民意を得て王家を滅ぼし、その後に大教会の改革を行ったが、王位簒奪《さんだつ》の汚名を上手く薄めるために民衆にウケる劇的な展開のストーリーに歴史を修正したのではないか、というのが研究者の間で囁《ささや》かれている話だ。

だが、歴史というモノは人の数だけ存在し、歴史書では語られない真実があるもの。実際にどうだったのかは、その時に生きていた人にしか分からない。

そう。別に暗躍《あんやく》するつもりはなかったのに何故か本人すら知らずに暗躍した感じになってしまう、という意味不明な状況に置かれた人物の話も歴史書には書かれない真実であるのだが、それはまた別の話として――

こうして、伝説は生まれたのだ。

エピローグ

EPILOGUE

本番にはいないのに打ち上げには参加する人の話

「今日は厄日《やくび》なのか？」

そう言いながら町に向かって走り出す。

スタンピードがあったのか？　いや、それならもっとそこらに爪痕《つめあと》を残しているはず。

なら、どこかの軍が攻《せ》めてきたとか？　もしくは大型モンスター？

しかし遠くから見る限り、こちら側からは壁《かべ》や門が破壊《はかい》されているような様子は確認《かくにん》出来ない。

まったく意味が分からないまま雪道を駆《か》け抜《ぬ》け、ようやく門のところに到着《とうちゃく》して荒《あら》い息を整える
ために下を向き、そして顔を上げたら中年女性が門の外で掃《は》き掃除《そうじ》をしていた。

「……」

そこにはいつもと変わらない光景が……いや、いつもなら門のところに兵士がいたし、わざわざおばさんが門の外を掃除しに来るなんてなかった気がするぞ。

おかしいけど、おかしいようにも見えない。不思議な感覚で脳がバグりそうになる。

門の方に近づいておばさんに話を聞こうとした。

「すみません。今戻《もど》ったんですけど、なにがあったんですか？」

「ん？　あぁ、もう終わったよ。今は広場で打ち上げでもしてるんじゃないかねぇ」

それだけ言うとおばさんは掃除へと戻っていった。

もう終わった、とはどういうことだろう。今日はなにかイベントでもあったっけ？　収穫祭《しゅうかくさい》……は終わったし、冬だし雪まつりとか？　いや、煙《けむり》が出てたから花火大会かも！　それとも時期を考えると新年会とか？　……いやいやいやいや、僕《ぼく》だけ新年会に呼ばれずに仕事で飛ばされてたとかイヤすぎるんだけど……。

「とりあえず冒険者《ぼうけんしゃ》ギルドに行くか……」

よく分からないまま門を抜けて町に入る。

町は人の姿が少なく、なんだか店の片付けとか壊《こわ》れた壁なんかを修理をしている人が多い。

朝、出かける時に見た町より全体的に荒《あ》れている気がする。

これは！　もしかして！

「牛追い祭りか！」

……いやいや、この周辺に牛系モンスターが出るなんて聞いたことないし、それはないな。

だとすると……。

「トマト祭り的な？」

う～ん……そこまで汚《よご》れてないからこれも違《ちが》うだろう。

まぁでも、だんじり祭《まつり》とか御柱祭《おんばしらさい》とかみたいな奇祭がこの世界では普通《ふつう》に行われている可能性も否定出来ないんだよね。僕にもまだまだ理解出来ていない風習なんかは普通にまだあるだろうしさ。

色々と考えながら町の中心部に歩いていくと、段々と賑《にぎ》やかな声が聞こえてくるようになった。そして広場に近くなると、多くの人々が通りに繰《く》り出していて、楽しそうにカップに注がれた酒を呷《あお》っているのを目にするようになってきた。

よく見ると多くの人の服はボロボロになっていたり、怪我《けが》をして血が滲《にじ》んでいたり、包帯を巻いている人も少なくない。

しかし彼《かれ》らの顔は晴れやかで、実に楽しそうだった。

これは、もしかして！

「そうか！　喧嘩《けんか》祭りか！」

キュピーンと閃《ひらめ》いて手を叩《たた》く。

確か日本にも素手《すで》で殴《なぐ》り合う奇祭があったはず。それならこの異世界に似たような祭りがあってもおかしくないぞ！

あまりに完璧《かんぺき》過ぎて冴《さ》えまくる名推理に気分を良くしながら冒険者ギルドに入り、受付に完了《かんりょう》報告した。

「調査完了です。内部にモンスターがいましたが、成り行きで討伐《とうばつ》しておきました」

「それはご苦労様です」

例のモンスターの報告について色々と考えた結果、とりあえず『内部にいたモンスターを討伐した』という事実だけを報告することにしたのだ。

しかし今日は冒険者ギルド内もやけに賑やかで、いつも以上に人が多く、筋骨隆々《きんこつりゅうりゅう》なむさっ苦しさに溢《あふ》れているんだよね。

受付嬢《じょう》に聞いてみる。

「今日は賑やかですね。なにかお祭りでもあったんですか？」

これでさっきの名推理の答え合わせをしようとしたのだけど、聞いた瞬間《しゅんかん》、受付嬢がピクリと止まって驚《おどろ》いた顔をした。

「えっ？　もしかして、ルークさんはさっき帰ってこられたのですか？」

「ええ、勿論《もちろん》そうですよ」

受付嬢は難しい顔をして、少し考えるような素振《そぶ》りを見せた。

僕の名推理は誰《だれ》にも言っていないのに、そんなに驚かれてるのが意味不明すぎるんだけど？

えっ？　もしかして本当に僕抜きで新年会してたパターン？　それで気まずくなってる感じ？

いやいやいや……。えっ？　嘘《うそ》でしょ？

などと内心で冷や汗《あせ》をかいていると、受付嬢が言葉を選ぶように喋《しゃべ》り始めた。

「あの、説明が難しいのですが、簡単に説明するなら――革命が起きました」

「……えっ？　革命って、あの革命ですか？」

「ええ、その革命ですね」

意味が分からなすぎて頭の中が『?』で埋《う》まっていく。

「いや、まったく意味が分からないのですが。では、この騒《さわ》ぎは?」

「ソルマズ王家打倒《だとう》と聖女エレナ様を祝福する祝宴《しゅくえん》ですよ!」

「……は?」

頭の中の『?』がどんどん増えていく。

ソルマズ家の打倒? エレナ? えっ? エレナ?

どこに、なにが、どうして、それが関係するんだ?

なにがなんだか余計にさっぱり分からなくなってきた……。

そうして僕だけが取り残された世界で宴《うたげ》は勝手に続いていった。

僕が『桃栗《ももくり》三年柿《かき》八年だけど妖精《ようせい》の薬を使えばほぼ一瞬』であることを思い出して唸《うな》ったのは暫《しばら》く後のことであった。

◆　◆　◆

真の黒幕

「こうなることは分かっていたはずだ」

大理石で作られた豪華《ごうか》な部屋。その中に散らばるかつて兵や貴族だったモノ。

そして壁にもたれかかるように血の海に沈《しず》む男。

その男に剣《けん》を向けながらサリオール伯爵《はくしゃく》は静かに語りかけた。

彼の声は怒《いか》りを含《ふく》んでいるようで、悲しみに溢れているようで、やるせなさが滲んでいるようで、様々な感情に満ちている。

「それでも、こうする……しかなかったのですよ……」

男は力なく。絞《しぼ》り出すようにそう言った。

誰の目から見ても男の命が尽《つ》きようとしていることは明白であった。

「こんなことが、お前の望んだことなのか？　こんなことが……」

語りかけるサリオール伯爵の声は震《ふる》えている。

「この国は腐《くさ》り切っていた……他に方法は、なかった……」

男は巧《たく》みに王族や貴族、官僚《かんりょう》までもそそのかし、煽《あお》り、操《あやつ》り、彼らに悪辣《あくらつ》な行動を取るように仕向け、国内に火種が燻《くすぶ》るように仕向けていった。そしてそれが雪で他国から攻められにくい冬の時期に上手《うま》く爆発《ばくはつ》するように誘導《ゆうどう》していたのだ。

全《すべ》ては彼の計算通りだった。一つを除いて。

「だとしても。どうしてコット村を襲《おそ》った？　何故《なぜ》あいつを、スコットを殺した？」

「計算外でした……。まさかスコットがあんなに抵抗《ていこう》するなんて……。抵抗しなければ、あそこまでの被害《ひがい》はなかった……」

サリオール伯爵、コット村の村長スコット、そしてこの男。三人はその昔、王立学院で学友だった。

一緒《いつしよ》に笑い、遊び、語り、時には悲しみも共有した仲間。しかしその三人も、一人は死に、もう一人の命もすぐに消えようとしていた。

「お前が逝《い》ったら私はどうなる！　私を置いていく気か？」

「貴方《あなた》には……大勢の仲間がいるではないですか……」

それは自分にはなかったモノだと男は思った。

男は言葉を続ける。

「それに私は……あちらで……スコットに、詫《わ》びなければ……」

そう言いながら男は血を吐《は》いた。

「おいっ！」

堪《たま》らず剣を投げ捨て、サリオール伯爵は男に駆け寄る。

男の顔は青白く、もはや時間が残されてないことは明白だった。

男はその青白い手で、信じられないような力でサリオール伯爵の手を握《にぎ》り、最後の力を振《ふ》り絞るように言葉を発する。

「王に……なれ……」

その言葉がサリオール伯爵の心に突《つ》き刺《さ》さる。

男の手から力が抜けていく。体からも力が抜けていく。

そして魂《たましい》さえも抜けていく。

サリオール伯爵は男の体を地面に横たえ、静かに神に祈《いの》った。

その男は確かに大罪を犯《おか》したが、それでも、友としては祈ってやりたかった。

サリオール伯爵は立ち上がり、前を向く。

「安らかに眠《ねむ》れ、内務卿殿《ないむきょうどの》……いや、我《わ》が友オザンよ」

静かにその言葉だけを残し、サリオール伯爵は部屋を後にする。

国のためにも、民のためにも、そして友のためにも、立ち止まることは許されないのだから。

◆　◆　◆

伝説の聖女の冒険

その昔、ステラという女が王都ソルマールにあるスラムに生まれ落ちた。

スラムでの生活は過酷《かこく》で、その日に食べるモノにも事欠く有様だったが。そんなある日、ステラはツルハシを担《かつ》いで鉱山に向かおうとして一つのキノコを発見した。

「なんだこれ？　食えっかな？」

そう言い終わるやいなや、ステラはノータイムでそのキノコを口に放《ほう》り込《こ》み、ムシャムシャと咀《そ》嚼《しゃく》する。

食えそうなモノは誰かに取られる前に口に入れるという、スラムで彼女《かのじょ》が得た生きるための知恵《ちえ》だった。

「うん、悪くないな！」

しかし数分後、ステラの体に異変が起こる。

「……頭がクラクラするぞ」

少しのフラつきと思考がどんどんネガティブになる精神効果。そのキノコは毒キノコだったのだ。

しかしステラは動じない。

「まぁ、でも食える食える！　クラクラするからクラクラ茸《だけ》と名付けよう！」

ステラはクラクラ茸の毒ですら撥《は》ね返す鋼《はがね》の肉体と精神を持ち合わせていたのだ。

そうしてクラクラ茸を栽培《さいばい》したり鉱山を掘《ほ》り返したりイエティを退治しながら月日は流れ、気が付けばステラは立派な冒険者になっていた。

冒険者ギルドの中、モシャモシャと肉を食べていたステラに冒険者が話しかける。

「おう、ステラ、仲間がちっとやらかしちまってな。治してやってくれや」

「いいぞ。銀貨五枚な！」

「司祭でもねぇのにちゃんと金は取りやがる。しっかりしてやがるぜ！」

「おいおい、教会なんかより良心的だろ？」

「ちげぇねぇな！　アレに比べたらお前が聖女様に見えてくるぜ！」

ステラはいつの間にか、どこからともなく回復魔法《まほう》を覚えてきて、暇《ひま》な時に冒険者などの怪我を治す副業をしていたのだ。

そして回復魔法が使えるようになった頃《ころ》からステラは周囲から驚かれる程《ほど》ツイていた。

「はっはー！　また成功だぞ！」

ステラは嬉《うれ》しさのあまり武器を掲《かか》げながら謎《なぞ》のポーズを取る。

何故かステラが武器強化をするとほぼ確実に成功するのだ。他の冒険者からしたら意味が分からない。

「一〇連続成功……バカな……」

「もしかして、あのポーズに秘密があるのでは？」

「俺《おれ》も真似《まね》してみるか……」

力こぶを作ったり体を捻《ひね》ってみたり脚《あし》に力を入れてみたり。筋骨隆々の男達《たち》がやればサマになるが、華奢《きやしや》な少女であるステラがやるとちょっと変だった。

そうしてソルマールでは武器強化の前に変なポーズをキメるのが伝統になったのだが、それはまた後の世の話。

そんなことがありつつもソルマールで平和に暮らしていたステラだが、ある日、彼女に危機が訪《おとず》れた。

「なんだって！　イエティが群れで襲ってきたって？」

「山の奥《おく》から出てこないイエティがどうしてこんな場所に……」

なんと、イエティの大群が町に攻め込んで来たのだという。

他の冒険者がうろたえている中、ステラは立ち上がる。

「ふざけやがってイエティめ！　どんだけ倒《たお》してもまともな金にならないクセに私の住んでる町を襲うなんて！　ぶっ潰《つぶ》してやる！」

そう言ってステラは冒険者ギルドから飛び出し、ユニコーンに乗って駆け抜けていった。

そしてその日、町の周辺に巣くっていたイエティは絶滅《ぜつめつ》した。

聖女ステラの伝説はこうして始まったのである。

あとがき

皆様《みなさま》、お久しぶりです。刻一《こくいち》です。

書籍《しょせき》版の方はもう一年ぶりになってしまいましたが、今年もギリギリ発売することが出来るようです。これも書籍版をお買い上げいただいている皆様のおかげ。本当にありがとうございます。


さて皆様、今回の六巻はどうでしたか？　楽しんでいただけたでしょうか。

裏話的なことを書いていくと、六巻の最初期のコンセプトは『ダンジョンの消滅《しょうめつ》が周辺地域にどんな影響《えいきょう》を与《あた》えるのか』でした。

今ちょっと思い返してみて気付いたのですが。以前なろうで掲載《けいさい》されていた某《ぼう》作品を読んだ時、その作品の主人公が自《みずか》らの利益のためにダンジョンをどんどん消滅させ続けていて、しかしその作中ではダンジョンの周囲に出来上がった町がその後にどうなったのか、まったく描写《びょうしゃ》されてなかったので、そこにちょっとした不満というか謎《なぞ》があって、色々と妄想《もうそう》することが出来たんですよね。

そんな妄想が今回の六巻の種になったような気がしてます。

そして今回の六巻はダンジョンの話にはしたくないと思っていました。

五巻もダンジョンの話でしたし、五巻までで四つのダンジョンを書きましたからね。あまりダンジョンの話ばかりになるのは本意ではないので、ここでは別の話を入れてみたいと思いました。

そうして今回のラストを考え付いたのです。

小説を読む人の中には面白《おもしろ》い読み方をする人がいて。最初から順番に読むのではなく、まず『あとがき』から読む人とか、最初だけ読んで次にラストを読んで最後に中央を読む人とか、とにかく様々な楽しみ方をする人がいるらしいので、ここではネタバレになるようなことは書かないようにしますが——

とにかく、主人公があいった形でこの国の物語に関《かか》わるのも面白いのではないかと考えました。とは決めたものの、WEB版を書いている時——特に終盤頃《しゅうばんごろ》はかなり不安でした。果たしてこの形式の話が受け入れてもらえるのだろうか？　とね。

実際、僕《ぼく》の肌《はだ》感覚ではWEB小説の読者の中には『閑話《かんわ》』というモノを嫌《きら》う人が一定数いて、読み飛ばす人がそれなりの割合存在することは把握《はあく》していたのですが、それでも書いてしまったんですよね。だってアホっぽい顔をしながら主人公から逃《に》げていくユニコーンの姿が見えてしまったのだから！

ぶっちゃけ、頭の中のその絵を目指して書いていたようなところはあります。

最近、馬の餌《えさ》やり動画を見ていたのが影響したのかもしれませんね……。

小説家には大きく分けると二タイプあって、最初から最後まで完璧《かんぺき》に決めてから小説を書くタイプと、ほぼなにも決めずに書き始めるタイプがあるんですよね。僕はどちらかと言えば後者タイプなんですが、この書き方だとキャラが勝手に動くことがあって、動いてしまうとどうしようもないというか、それが面白かったらそうするしかない感じになってしまう。勿論《もちろん》、動いた先の形が面白くなければ修正するしかないのですけど、面白かったら従うしかないんですよね。

実のところ、書く前の想定では、主人公にはもっと物語の核心《かくしん》的なドロドロとした政治闘争《とうそう》に関わってもらおうと考えていたんです。でも、そうはならなかった。ユニコーンだけの責任ではないけど、キャラが勝手に動いたその先が光り輝《かがや》いていると、もうそうするしかなくなるんです。

キャラが勝手に動いた、という話で思い出したのですが、今回はマリーサも最後の最後にかなり自由に動いてくれました。

書いてる本人もマリーサがあんなに活躍《かつやく》するなんて考えてもいなかったし、変なことを書くようですけど、マリーサの内面やバックボーンが知れて面白かったです。が、WEB版のあの場所を書いている時は想定していた文量の二倍三倍と勝手に増えていって、終わらないし疲《つか》れたしで「これいつまで続くんや……？」と思いながら書いていた記憶《きおく》があります。

ですが、それがまた楽しいし、面白いところでもあります。


最後に、今回もカクヨムでWEB版限定のSSか閑話を書く予定です。

読んでいただければ嬉《うれ》しいです。

タイトルの頭に『WEB版限定』と書いてあるので、書籍版を読んでくださっている人はそこだけチェックしていただければ大丈夫《だいじょうぶ》。基本的にこの書籍版はWEB版のアップグレード版になっているので、書籍版とWEB版の両方を読まなければ分からない的な話はないはずです。

現時点での予定としてはWEB版に『六巻発売記念SS』とKSPにもなにか書くつもりです。

それと地味にWEB版を読んでる読者にもあまり知られてないのですが、カクヨムのドラゴンノベルス公式ページにもSSが置いてあったりします。ちょっと探しにくい場所ではありますが、こちらもチェックしていただければ嬉しいですね。

それではまた次回、どこかでお会い出来ればと思います！

二〇二三年一一月一五日　刻一

本書は、カクヨムに掲載された「極振り拒否して手探りスタート！　特化しないヒーラー、仲間と別れて旅に出る」を加筆・修正したものです。

DRAGON NOVELS
ドラゴンノベルス

極振り拒否して手探りスタート！
特化しないヒーラー、仲間と別れて旅に出る 6

2024年1月5日　初版発行

著　　者　刻一《こくいち》

発 行 者　山下直久

発　　行　株式会社 KADOKAWA
〒102-8177　東京都千代田区富士見2-13-3
電話 0570-002-301（ナビダイヤル）

編　　集　ゲーム・企画書籍編集部

装　　丁　AFTERGLOW

D　T　P　株式会社スタジオ205 プラス

印 刷 所　大日本印刷株式会社

製 本 所　大日本印刷株式会社

DRAGON NOVELS ロゴデザイン　久留一郎デザイン室+YAZIRI

●お問い合わせ
https://www.kadokawa.co.jp/（「お問い合わせ」へお進みください）
※内容によっては、お答えできない場合があります。
※サポートは日本国内のみとさせていただきます。
※ Japanese text only

定価（または価格）はカバーに表示してあります。

ISBN978-4-04-075189-4　C0093